El regreso de la señorita Ridley

Noa Alférez

COLECCIÓN
milamores

El regreso de la señorita Ridley

ISBN: 9788419542717
ISBN ebook: 9788419542236

Derechos reservados © 2022, por:

© del texto: Noa Alférez
© de esta edición: Colección Mil Amores.
Lantia Publishing SL CIF B91966879

MIL AMORES es una colección especializada en literatura romántica y libros sobre amor publicada por Editorial Amoris - Lantia Publishing S.L. en colaboración con Mediaset España.

Producción editorial: Lantia Publishing S.L.
Plaza de la Magdalena, 9, 3ª Planta.
41001. Sevilla
info@lantia.com
www.lantia.com

IMPRESO EN ESPAÑA – PRINTED IN SPAIN

Prólogo

Londres. 1835.

El hombre esquivó el carruaje y cruzó hasta el otro lado de la calle, maldiciendo de manera soez cuando sus botas se enterraron en el barro mezclado con excrementos de caballo que atestaba las calles de esa parte de la ciudad. Y no porque le preocupase mancharlas, sino porque la suela estaba tan gastada que sintió que esa maloliente humedad le traspasaba los calcetines de lana y llegaba hasta sus pies. Pero, si todo salía bien, pronto podría comprarse un par de botas nuevas y lustrosas. Aunque su prioridad era pasar unos cuantos días metido en una mullida cama rodeado de fulanas y ginebra; el calzado podía esperar.

Entró en la taberna y miró a su alrededor hasta que localizó al caballero que le esperaba, tan fuera de lugar con su elegante abrigo y su sombrero calado hasta las cejas, en aquel tugurio donde todo olía a sudor, orines y alcohol. Soltó una carcajada desdeñosa al sentarse frente a él y ver que se tapaba la boca y la nariz con un pañuelo.

«Ricos», pensó mientras sus dientes de oro brillaban a la mortecina luz del candil que pendía sobre sus cabezas.

—Llegas tarde —reprochó el caballero con tono áspero—. ¿Lo has hecho?

El hombre volvió a reír mientras le indicaba con un gesto al tipo que atendía las mesas que le sirviera. Esperó pacientemente a que le llevara un vaso empañado y se lo llenase de ginebra, que apuró de un trago antes de hablar.

—Debes de creerme muy estúpido para hacer algo así en mitad de Mayfair.

—Ya te he dado un adelanto —masculló apretando los dientes, inclinándose hacia él de manera amenazadora—. Si no haces el trabajo, te juro que vas a pasar el resto de tu apestosa vida entre rejas. Puedo hacerlo, Bournet, sabes que puedo.

Sin darle tiempo a reaccionar, Bournet le sujetó del nudo de su elegante pañuelo y tiró de él hasta casi tumbarlo sobre la mesa.

—Si eres tan valiente, hazlo tú mismo, desgraciado. —Soltó su agarre mientras el caballero volvía a su asiento, mirando hacia los lados para comprobar que no habían llamado demasiado la atención. Pero allí cada uno tenía sus propias miserias de las que encargarse y nadie se inmiscuía en las de los demás si sabían lo que les convenía—. Es un trabajo arriesgado. Podría encargarme de él y estaría muerto antes de que su cuerpo tocase el suelo. Pero siempre le acompaña esa maldita cría. Sus gritos histéricos alertarían a todo el mundo. Sin contar con que nunca van solos. Niñeras, su cochero, lacayos... parece un puto desfile militar. Demasiados cabos sueltos.

—¿Entonces? ¿Y si entras en la casa en mitad de la noche? Los robos ocurren, y en ocasiones...

—En ocasiones alguien del servicio o el mismo dueño de la casa aparece con un arma y te vuela el trasero. Hay que pensar con la cabeza, Fly —afirmó golpeándose con insistencia en la sien con el dedo índice, con tanta fuerza que el caballero pensó que le dejaría marca—. Encontraré el momento, tranquilo. Tú vuelve a tu casa, a tu hogar dulce hogar, y ten preparado el traje que usas para los funerales.

Fly se quedó absorto, sumido en sus dudas mientras Bournet se marchaba sin pagar lo que se había tomado. Sacó un par de monedas y las dejó sobre la mugrienta mesa, ansioso por salir de aquel insalubre lugar. Pero sus piernas no le respondían. Siempre había sido muy impaciente. Si por él fuera, todo esto ya habría terminado, pero puede que Bournet tuviese razón. Cualquier imprevisto podía dar al traste con el plan. Nada de cabos sueltos, nada de testigos. Así debía ser.

1

Ser la niñera de la pequeña Annabelle Ridley era un trabajo bien pagado y cualquiera habría matado por conseguirlo. Hasta que aquel pequeño diablillo sacaba la parte más rebelde de su carácter, cosa que ocurría la mayoría de los días, y había que perseguirla por toda la casa para acabar de peinarla, o buscarla hasta en el más recóndito armario de la mansión para que acabase de merendar. Y en esas estaba Mary en ese momento. Se acercó sigilosa a la alacena donde guardaban la ropa de cama y alargó la mano para abrir la puerta, pero, antes de que llegara a hacerlo, la madera se abrió de golpe y la niña salió en tromba profiriendo un grito de guerra. La niñera se tambaleó agradeciendo que su nariz hubiese salido intacta del encontronazo y bajó las escaleras pensando seriamente si había llegado el momento de presentar su dimisión.

Annabelle llegó al piso de abajo justo en el momento en que su hermano Brendan y su abogado, el señor Brooks, salían del despacho, y estuvo a punto de arroyarlos a ambos.

—Cielo, ¿se puede saber qué o quién te persigue para que corras de esa manera? ¿Un tigre, un fantasma? —preguntó el joven sujetándola de los hombros, intentando calmarla.

Annabelle, con gesto brusco, se apartó el pelo negro que caía desordenado sobre su frente y dirigió el rostro ceñudo hacia la escalera, clavando una mirada hostil en la niñera.

—Peor. Mary quiere que me tome una cucharada de ese repugnante aceite de pescado —confesó con gesto de asco.

—Es bueno para los huesos, y para el estómago y... —Mary suspiró con impaciencia—. Lord Ashton, no puedo consentir que su hermana me desautorice y me falte al respeto de esa manera. —La joven se enderezó adoptando su pose más profesional—. Cada vez que tengo que peinarla y vestirla para salir es una verdadera tortura, porque, en cuanto me doy la vuelta, se ha quitado la ropa y deshecho el peinado. Esta mañana lo ha hecho tres veces. Y eso no es todo: roba dulces de la cocina constantemente. Ayer en el mercado, un comerciante la reprendió porque volcó una caja de huevos que tuve que pagar. Esta mañana ha metido mis guantes nuevos en el saco de la harina y no es la primera vez que mis cosas personales desaparecen durante semanas, hasta que a ella se le antoja devolvérmelas. Creo que debería ser más duro con ella, si me permite decirlo.

Brendan miró a su hermana, preocupado, pero se sentía incapaz de enfadarse con ella. Habían perdido a sus padres, Benjamin y Margot, con muy pocos meses de diferencia, su madre en un desafortunado accidente doméstico al caerse por la escalera y su padre de una enfermedad pulmonar, y a sus casi diez años no había podido digerirlo todavía. Se rebelaba contra todo y contra todos a base de impertinencia y travesuras, y no podía culparla por ello. Él mismo estaba furioso con Dios o con quien fuera que los hubiera metido en aquel abismo de dolor e incertidumbre. Con apenas dieciocho años había heredado el título, la fortuna y el destino de los Ashton, y por añadidura le correspondía procurar el bienestar de la pequeña. La familia de su padre parecía haberse olvidado de que ellos existían y después del funeral habían vuelto a sus propias vidas, dejando a Brendan y Annabelle a su suerte. Brooks, su mano derecha y la persona encargada de velar por ellos, le insistía en que consentirla no la iba a ayudar a largo plazo, pero sabía que él era lo único que le quedaba en el mundo y la pequeña aún lo estaba asimilando. No podía herirla castigándola por su rebeldía, si esa era la forma que Annabelle había elegido para descargar su frustración, aunque era consciente de que necesitaba una educación mejor que la que él podía darle, y se estaba planteando seriamente la posibilidad de mandarla a algún colegio donde moldearan su carácter.

—Añadiré lo que pagó en el mercado y los guantes a su salario. Y un pequeño extra por todos los trastornos causados. —Mary abrió la boca para protestar, pero sabía que lord Ashton era generoso, y prefirió aferrarse a la posibilidad de ver sus honorarios engordados, aunque tuviera que aguantar a esa niña tozuda y malcriada un poco más—. Y no se preocupe, Annabelle y yo tendremos una conversación sobre lo que ha ocurrido. Anna, pide disculpas a la señorita Mary.

Annabelle apretó los labios con fuerza fulminándola con la mirada. Además de testaruda, era muy orgullosa y le costaba horrores reconocer que se equivocaba a pesar de su corta edad.

—¿Annabelle? —la voz de Brendan sonó como una advertencia bastante clara y la niña musitó un «lo siento» tan imperceptible que Mary se tuvo que conformar con leerle los labios—. Tómese el resto de la tarde libre, Mary. Yo me encargo de este diablillo.

Mary suspiró aliviada y se marchó tras hacer una escueta reverencia.

Michael Brooks lo miró meneando la cabeza y Brendan se encogió de hombros. Ya habría tiempo de corregirla y hacer de ella una señorita refinada y estirada. Por ahora solo era una niña asustada y dolida, que trataba de encajar lo mejor que podía los golpes inesperados del destino.

—Os dejo, tengo que pasarme por mi oficina —se despidió aceptando el sombrero y los guantes que el mayordomo diligentemente le ofreció—. Si esperas a mañana, te acompañaré hasta el puerto.

Se ofreció, a pesar de que no estaba de acuerdo con los gastos excesivos que Brendan estaba asumiendo. Puede que fuese su consejero, pero no tenía potestad para prohibirle nada, y, aunque había intentado hacerle ver que adquirir un barco no era una inversión demasiado sensata, el joven se había empeñado en dar los primeros pasos para iniciarse en el comercio marítimo. Incluso tenía previsto convertirse en capitán del barco, aunque su único contacto con un navío habían sido sus paseos en barca en el lago de su propiedad en el campo.

—¿Bromeas? Estoy deseando ir a echarle un vistazo a ese barco. Tengo el presentimiento de que este es el apropiado para aprender a navegar.

—Brendan... —le advirtió valiéndose de la confianza que le daba haberlo conocido desde que era un niño—. No te precipites. No puedes dejarte llevar por un capricho y el ansia de vivir una aventura, tenemos mucho trabajo que hacer antes de que puedas marcharte del país sin más.

—Oh, vamos. No seas aguafiestas. —Hizo un aspaviento con la mano para quitarle importancia al sermón de Brooks—. Para eso estás tú, sabes que confío ciegamente en ti, seguro que mis asuntos están mucho más saneados contigo al frente.

—Por eso mismo deberías...

Brooks se dio por vencido al ver que Brendan comenzaba a gesticular imitando su gesto severo para hacer reír a la pequeña Annabelle. Ambos hermanos soltaron una carcajada y Brendan le dio una palmada en la espalda a Brooks.

—Deja de preocuparte, con cada visita tengo la impresión de que tienes un poco menos de pelo.

Brooks puso los ojos en blanco dándose por vencido y se marchó. Probablemente el joven vizconde no aprendería la lección hasta que se diera de bruces con la realidad y, si para ello tenía que perder unos cuantos cientos de libras, que así fuera. Aunque estaría vigilante para no dejarlo caer del todo, tenía que dejarlo cometer sus propios errores o no maduraría nunca.

—¿Qué es eso del barco? —preguntó Annabelle colgándose de los faldones de su levita.

—Oh, nada importante, no quiero molestarte con mis asuntos —bromeó mientras paseaba hacia su despacho con las manos en los bolsillos, sabiendo que ella no se rendiría.

—¡Bren! —gritó exasperada intentando alcanzarle con sus pasos cortos y airados—. Dímelo, dímelo, dímelo. ¿Vamos a tener un barco como me prometiste? ¿Me llevarás a ver el mar? ¿Y los delfines?

Brendan soltó una carcajada al ver las mejillas sonrosadas de su hermana y su creciente emoción.

—¿Un barco? ¿Yo he dicho la palabra barco? Seguro que lo has oído mal —continuó sacándola de quicio mientras le pellizcaba su pequeña nariz.

—¡Has dicho barco! —Annabelle se subió al sofá del despacho y comenzó a saltar completamente eufórica, ansiosa por salir de aquel lugar gris y poder ver con sus propios ojos todos esos paisajes maravillosos de los que su hermano le había hablado.

Brendan cogió a su hermana en brazos y la elevó en el aire mientras giraba con ella.

—Sí, mi pequeña consentida. Nos subiremos a ese barco y no nos bajaremos hasta que hayamos visto delfines, sirenas y hasta al mismísimo Neptuno. Y además tendremos a mano todo el aceite de pescado que nos apetezca.

—¡Puagh! —Annabelle se estremeció al pensar en el mejunje que tanto odiaba—. Brooks dice que las sirenas no existen.

—Brooks es un aguafiestas. Verás la cara que se le queda cuando le contemos todo lo que hemos visto a nuestra vuelta. Se le caerá todo el pelo de golpe.

Annabelle se retorció de risa al imaginarlo.

—Venga, pequeña. Busca tu abrigo, vamos a ver nuestro barco.

2

—Mariposa.

—¿Mariposa? ¿Qué tipo de nombre es ese para un barco? Los piratas se morirían de risa al vernos —cuestionó Brendan, mientras el carruaje se acercaba a la peor zona del puerto de Londres. Miró por la ventanilla mientras su hermana seguía intentando encontrar el nombre perfecto para su balandro. Le extrañó que el lugar al que se dirigían estaba rodeado de edificios que parecían a punto de derrumbarse. Había redes y pequeñas embarcaciones en desuso acumuladas en la orilla del río, y la poca gente con la que se cruzaban les dirigía miradas de hostilidad.

Brendan golpeó el techo y su cochero abrió la ventana que los comunicaba.

—¿Sí, milord? —preguntó con evidente tensión en la voz.

—¿Estás seguro de que es aquí, Jake?

—Esta es la dirección que me indicó, milord. Hay un almacén grande un poco más adelante y se ven algunos barcos en el muelle. Puede que sea ahí donde está el balandro.

Brendan asintió mientras el carruaje reanudaba la marcha de manera más trabajosa, por el barro que se acumulaba en la calzada. Tomó aire y concentró su atención en Annabelle, que le tiraba insistentemente de la manga.

—Ya lo tengo. Se llamará Rayo, porque seremos tan veloces como uno de ellos.

—Cielo, los barcos no pueden tener nombres que invoquen las tormentas, dicen que trae mala suerte. Ni rayo, ni trueno ni tornado...—Annabelle frunció el ceño. No imaginaba que poner nombre a un barco fuera tan difícil. Miró la muñeca de trapo que llevaba en su regazo, el último regalo que recibió de su madre y de la que no se separaba. Había sido muy fácil encontrar un nombre para ella. En cuanto la vio, supo que se llamaría Sweet. Esperaba que, cuando viera el barco por primera vez, ocurriese lo mismo—. Encontraremos un nombre rimbombante, ya lo verás.

Trató de conformarla, aunque la ilusión que había sentido ante la idea de ver su barco se estaba esfumando a marchas forzadas. Había oído hablar de la miseria y la precariedad que existía en algunas partes de la ciudad, especialmente en los arrabales del río, y solo había que alejarse del brillo cegador de las fachadas lujosas y de la zona del puerto donde se amarraban los barcos más grandes e importantes para encontrarse con aquella otra realidad, mucho menos amable y, sin duda, más peligrosa. Los niños se afanaban en buscar entre el fango intentando encontrar algo de valor que la corriente hubiese arrastrado hasta allí, y en algunos lugares se apostaban mujeres de dudosa reputación, buscando sacar algunas monedas para subsistir. Definitivamente debería haber dejado a Anna en casa, hasta él mismo estaba impresionado por lo que estaba contemplando.

El carruaje se detuvo abruptamente y Brendan se asomó de nuevo para ver dónde estaban. Miró la fachada del edificio desvencijado que tenía delante y escuchó a su cochero bajarse y entablar conversación con varios hombres. No había motivo para preocuparse, pero probablemente Brooks tenía razón y aún era demasiado inexperto para moverse por ciertos ambientes.

—Prométeme que no te vas a mover de aquí, cielo. Vuelvo enseguida —dijo pellizcando la nariz de Annabelle, que estaba cada vez más intranquila.

Ella obedeció mientras las voces de los hombres sonaban cada vez más lejanas. Se asomó a la ventana del carruaje y le resultó extraño que todo pareciese gris, y en su mente infantil imaginó que alguna maldición había caído en aquel lugar robándole el color a lo que la rodeaba. Annabelle descendió del carruaje. Su abrigo de color granate contrastaba como una amapola nacida a destiempo, entre el barro oscuro, las redes malolientes, el agua negra del río y el cielo plomizo. Vio a un par de críos, con los rostros y las ropas sucias, observándola desde una esquina del edificio, e incluso ellos parecían fundirse con la opacidad que los rodeaba. Se dieron un codazo al percatarse de su escrutinio y desaparecieron de su vista tras la esquina del barracón, donde presumiblemente había entrado su hermano. Decidió ir en busca de Brendan, aunque se ganase una buena reprimenda. No le apetecía permanecer ni un minuto más en aquel lugar, quería volver a casa, aunque eso supusiera tener que tomar un par de cucharadas del brebaje de Mary.

Avanzó con paso lento e inseguro entre maderas y barcos a medio construir hasta que llegó a un pasillo que se ensanchaba. Se tapó la boca para no gritar al encontrar a Jake, el cochero, tirado en el suelo con una mancha oscura que se hacía más grande y que empapaba el suelo de tierra. Escuchó de nuevo las voces de los hombres y, a pesar de que el miedo la impulsaba a echar a correr, la súplica de su hermano pidiendo clemencia la hizo quedarse paralizada. Como si no tuviese voluntad para huir, se acercó ocultándose tras unas maderas hasta que pudo ver a tres hombres rodeando a Brendan.

—Por favor —lloriqueó mientras caía al suelo de rodillas—. Os daré lo que pidáis, pero tened piedad, os lo ruego.

—Dame lo que tengas —vociferó otro tras escupir en el suelo junto a él.

Brendan obedeció, sacando el contenido de sus bolsillos y quitándose el sello de oro del meñique. Uno de los hombres rebuscó con brusquedad en los bolsillos del chaleco de Brendan hasta encontrar el reloj de oro con el emblema de la familia que había heredado de su padre, que contenía un retrato en miniatura de Margot Ridley.

—No es mucho, pero puedo daros más si tenéis clemencia, por favor —volvió a suplicar con la esperanza de convencerlos, sin saber que su sentencia de muerte estaba firmada desde hacía mucho tiempo.

—No te preocupes, chiquitina —se burló el que le había robado el reloj soltando una carcajada grosera. Desde su escondite, Annabelle vio cómo sus dientes desprendían un destello dorado y metálico reflejando la escasa luz que entraba por las claraboyas—. Ya tenemos lo que necesitamos.

Sin darle tiempo a reaccionar, le asestó una puñalada en el pecho que sesgó su vida en el acto. Brendan cayó desplomado hacia delante emitiendo apenas un sonido ahogado.

Annabelle no se había dado cuenta de que había gritado hasta que vio las caras perplejas de los tres delincuentes vueltas hacia su precario escondite. Se cayó hacia atrás y comenzó a arrastrarse con una presión en el pecho que apenas le permitía respirar. Se levantó para echar a correr, pero sus piernas parecían enredarse entre sí y volvió a caer de rodillas provocándole un intenso dolor. Apenas veía lo que tenía delante con la visión nublada por las lágrimas y, al sentir una enorme mano levantarla de un tirón, no pudo evitar orinarse encima. Con toda la rabia, el dolor y la vergüenza pataleó y se retorció hasta que se escapó de su agarre y huyó despavorida en dirección al carruaje. Pero no había nadie allí que pudiera socorrerla, no había nadie en el mundo que pudiera ayudarla ya.

—Encárgate de ella, Callum. Y, a ser posible, que no aparezca el cuerpo —ordenó Bournet sin inmutarse, y le lanzó una bolsita de piel, que Callum cogió al vuelo.

Annabelle observó, paralizada por el miedo a los dos hombres que se perdieron de su vista tras el edificio para salir después a todo galope montados en unos caballos tan oscuros como todo lo que les rodeaba.

El tal Callum clavó en ella sus ojos saltones provocándole un escalofrío. El hombre sorbió sonoramente por la nariz y, acto seguido, se pasó la mugrienta manga de su abrigo para limpiarse.

—No me des muchos problemas y todo será mejor para los dos. ¿De acuerdo? No tienes a dónde ir y lo sabes.

Annabelle comenzó a retroceder despacio por el muelle a la vez que él avanzaba hacia ella. Las lágrimas corrían sin descanso por su cara y los sollozos hacían temblar su cuerpo dolorido, pero lo peor era sin duda la tristeza tan profunda que le apretaba el corazón haciendo que le costase respirar.

Callum alargó la mano hacia ella intentando engatusarla, como si quisiera domar a un potrillo asustado, pero el brillo de la navaja que escondía en la otra mano alertó a Annabelle, que retrocedió hasta que ya no quedó nada bajo sus pies y se precipitó a las frías aguas del Támesis. El inesperado impacto con el agua le cortó la respiración, aturdiéndola y, a pesar de que su cuerpo intentaba bracear para salir a flote, su cabeza se negaba a luchar contra lo inevitable.

Un dolor agudo la sacó del trance al sentir un fuerte tirón del pelo y el escozor de sus pulmones al recibir una bocanada de aire le hizo darse cuenta de que estaba viva. Impactó con fuerza contra el suelo y comenzó a toser intentando expulsar el agua que había tragado. Su cuerpo convulsionó varias veces hasta que vomitó todo el contenido de su estómago.

—¡Maldita cría! —gritó Callum mientras la arrastraba hacia su viejo carromato, sin darle tiempo a recuperarse—. Vámonos de aquí antes de que me arrepienta.

El viaje hacia ninguna parte pareció durar una eternidad. Con cada bache del camino, el pequeño cuerpo de Annabelle se estremecía. Se sentía mareada, temblaba incontrollablemente por el frío y las arcadas hacían que se doblara sobre sí misma constantemente. Pero ya no quedaba nada en su estómago, ni en su corazón, ni en su cabeza... Estaba inmersa en aquella oscuridad que la rodeaba, y tenía el convencimiento de que ella también se había vuelto gris.

Cuando varias horas después el hombre retiró la manta raída con la que la había tapado, no se movió. Callum la sacudió para ver si todavía estaba viva, temiendo haber traído hasta la puerta de su propia casa a una niña muerta, con el consiguiente problema que supondría tener que deshacerse del cadáver. Debería haber dejado que se ahogara en el río, pero recordó el rostro de su esposa, la única persona que todavía pensaba que existía una pizca de bondad en él, pobre ilusa, y decidió que aquella criatura bien podría ser un regalo que le alegrara su triste existencia.

Sin hijos y luchando cada día por un mendrugo de pan que llevarse a la boca, Callum se veía obligado a aceptar los pequeños encargos que recibía de vez en cuando, aunque llevaba años intentando alejarse de la vida de delincuente que lo había llevado a la cárcel en su juventud. Nancy era un alma pura que se apiadó de él cuando lo encontró medio muerto de hambre en la calle. Estaba en deuda con ella, y quizás la hija que nunca tuvieron pudiera darle una razón para vivir. Desde luego, aquella idea había sonado mucho mejor en su cabeza, y en ese momento, mientras esperaba inmóvil a que Nancy abriera la puerta de su desvencijada casucha perdida en mitad de aquel páramo, con aquella niña tiritando en sus brazos, todo aquello sonaba a tragedia.

Nancy lo miró sin hablar, parpadeó varias veces y se limitó a apartarse para dejarlos pasar. La niña balbuceó algo ininteligible al sentir que la depositaban en un duro sofá. Miró a su marido con la confusión reflejada en sus facciones y él se limitó a lanzar el saquito de monedas sobre la mesa desgastada de la habitación que servía de cocina y de comedor, y que se separaba del cuartucho donde dormían por una cortina.

—Quítale esa ropa mojada, creo que tiene fiebre. Si sobrevive te la puedes quedar.

Callum se sirvió un vaso de ginebra y se lo bebió de un trago, esquivando los inquisitivos ojos de su esposa, y se fue a la cama llevándose la botella como compañía.

—Pequeña, pero ¿qué te han hecho? —susurró con dulzura mientras pasaba un paño mojado en agua tibia por sus rodillas magulladas y limpiaba de su cara y su pelo el cieno que se había adherido a él. Su marido por una vez había tenido razón y debía quitarle la ropa húmeda si quería hacerla entrar en calor. Intentó bajarle las mangas del vestido y la pequeña, con las últimas fuerzas que le quedaban, se aferró a la muñeca de trapo que llevaba, tan sucia como ella misma. Con cuidado, Nancy abrió sus manos entumecidas por el frío para depositarla junto a ella y continuó desvistiéndola. Una cadena de oro, quizás demasiado larga para una niña tan pequeña, colgaba de su cuello y, en un acto reflejo, Nancy miró sobre su hombro para asegurarse de que Callum estuviese dormido. Los ronquidos que llegaban desde el otro lado de la cortina le indicaron que no la molestaría. Le quitó la joya con la misma delicadeza que hacía todo lo demás, hasta las labores más mundanas, y observó a la luz de la vela la inscripción de la medalla que pendía de ella. «Annabelle R.». Dio un respingo al escuchar que su esposo tosía hasta casi ahogarse, pero, tras varias respiraciones agitadas, volvió a sus plácidos ronquidos. Nancy continuó con su labor y, tras frotar el pecho de la niña con aceite de corteza de sauce para controlar la fiebre, igual que su madre hacía con ella, la vistió con una de sus camisas. La pequeña se acurrucó en el sofá, sumida en un sueño inquieto mientras ella la miraba sin saber muy bien qué debía sentir o pensar de lo que acababa de pasar. Nancy observó con detenimiento su piel de porcelana, su cabello tan oscuro como las alas de un cuervo y sus manos pequeñas y delicadas. Le había parecido que sus ojos eran verdes, pero no podría asegurarlo con certeza, ya que solo los había abierto unos segundos y la habitación apenas estaba iluminada por un par de velas, no podían permitirse más. Recogió la ropa que le acababa de quitar, que, a pesar de estar húmeda y llena de barro, denotaba que era de buena calidad.

¿Quién era esa niña? Callum había traído una cantidad considerable de dinero con él, pero no era el tipo de hombre al que se le podía hacer preguntas si una quería conservar todos los dientes. No tenía mal corazón, pero el alcohol lo convertía en un monstruo y ella había aprendido a mantenerse en silencio y lejos de su vista cuando estaba ebrio. Probablemente esa niña sería la víctima involuntaria de un robo que salió mal. Imaginó a sus padres desangrados en algún camino y no pudo evitar juntar las manos y rezar una oración por esos pobres desgraciados. Les prometió que protegería a aquella niña con su propia vida. La pequeña Annabelle tendría una nueva vida a partir de esa noche, y en esa nueva realidad los vestidos de seda y encaje, y los abrigos con botones de nácar no tendrían cabida. Arrojó la ropa al fuego conteniendo la pequeña punzada de arrepentimiento. Ella jamás podría comprar ropa tan lujosa, pero sí podría darle a esa niña algo inagotable: cariño. Se dirigió de nuevo al sofá y acarició la frente de la pequeña, que había dejado de temblar. Dejó que la cadena que le había quitado se deslizara en su dedo como si fuera un péndulo mientras decidía qué hacer. Intentando hacer el menor ruido posible, buscó su cesta de costura y, con cuidado de no rasgar la tela, descosió una de las costuras de la muñeca de trapo de la niña. Colocó la cadena y la medalla camuflada en el relleno y volvió a coserla con esmero. Levantó el brazo de la pequeña y colocó la muñeca debajo, para que viese algo familiar si se despertaba durante la noche. Pero Annabelle no abrió los ojos esa madrugada, ni durante los tres siguientes días con sus correspondientes noches y, cuando lo hizo, apenas recordaba nada de lo que había sido su vida hasta ese momento.

3

Diez años después. Lowtown.

Annie retiró la olla del fuego y miró sobre su hombro, preocupada al escuchar la respiración entrecortada de Nancy. Se apresuró a llevarle un vaso de agua antes del severo ataque de tos que sabía que vendría después. Nancy tosió un par de veces y aceptó el vaso que le tendió, intentando recuperar el resuello.

—¿Te has tomado la infusión? —preguntó Annie mientras le tocaba la frente con el dorso de la mano—. Creo que te está subiendo la temperatura.

Nancy negó con la cabeza y retiró con suavidad la mano de la joven.

—Estoy bien, es lo mismo de siempre, solo necesito descansar. Vamos, vas a llegar tarde.

—Está bien. Me pasaré por la casa de la señora Baker cuando termine de trabajar. Hace muchos días que no la veo.

Annie se quitó el delantal y se apretó un poco más las horquillas. A la señora March, el ama de llaves de los Fletcher, le gustaba la pulcritud, y eso incluía la apariencia física del servicio. Aunque Annie no trabajaba interna en la mansión, la única casa de gente de alta alcurnia de ese pueblucho abandonado de la mano de Dios, llevaba años trabajando allí como lavandera. Se puso los mitones y aguantó una mueca de dolor. Las grietas producidas por los productos que usaban para blanquear las sábanas estaban tardando en cicatrizar esta vez y, en cuanto empezaban a curarse, de nuevo volvía al trabajo y se abrían de manera dolorosa.

Nancy se asomó por la ventana para ver a Annie alejarse con su paso enérgico y su postura estirada. No entendía cómo podía seguir conservando la espalda tan recta a pesar de llevar los últimos diez años durmiendo encogida en un jergón tirado en el suelo, lo más cerca posible de los rescoldos del hogar para no helarse de frío. Annie había demostrado ser una niña fuerte y una joven voluntariosa. Cuando la acogió, tuvo el convencimiento de que cuidaría de ella con todas sus ganas, pero había sido al revés: Annie la había cuidado a ella y, en cuanto había tenido uso de razón, había buscado trabajo para mantenerlas. Callum no aportaba prácticamente nada, el poco dinero que traía a casa lo gastaba en alcohol y los últimos años había tomado la costumbre de ausentarse, a veces días, semanas, y la última vez más de un mes. Realmente prefería que así fuera, ya que Callum había empezado a mirar a Annie con ojos de depredador. Nancy esperaba que dentro del alma de su esposo quedase la bondad y la integridad necesaria para no intentar hacerle daño a la niña que habían criado como si fuera su hija; al menos ella lo había hecho así.

Pero Callum, cada vez más cegado por la bestia de su alcoholismo, solo veía en Annie a una joven insolente y deseable, a la que había que bajarle los humos. A menudo fantaseaba en secreto con seguirla por el camino que llevaba al pueblo y arrastrarla hasta algún lugar lejos de la vista de la gente para arrancarle la ropa. Quería borrar de su boca la expresión mal disimulada de asco que componía cuando lo tenía cerca, y de sus ojos la furia contenida que le decía sin palabras que en realidad sabía quién era él.

Durante todo ese tiempo, Annie había actuado como si sus vivencias antes de caer al Támesis no hubiesen existido, puede que porque su memoria hubiera borrado de un plumazo esa vida a la que ya no podía volver, o por simple resiliencia. Jamás preguntó por sus padres, ni por su hermano, ni por Londres. Apenas tenía diez años, y el trauma vivido era lo bastante grande para bloquear el cerebro de cualquiera, pero, aun así, siempre les quedaría la duda. Nancy se había espantado al averiguar que la niña había sido testigo del asesinato de su hermano, algo que consiguió sonsacarle a su marido durante una de sus borracheras, aunque inmediatamente fingió olvidarlo, igual que Annie, rogando para que aquellos recuerdos quedasen sepultados para siempre en el pasado.

El bullicio de las conversaciones masculinas y los cubiertos chocando sobre la porcelana recibieron a Edward Nathaniel Wade, futuro conde de Amery, en cuanto traspasó las puertas del club de caballeros. Allí lo esperaban, en su mesa de siempre, su padre y su hermano Cameron, quien seguramente ya iría por su segunda ración de huevos con *bacon*.

—Llegas tarde —reprochó su padre a modo de saludo mientras hacía un gesto con la mano a uno de los lacayos para que trajera cubiertos para el recién llegado.

—Solo tomaré té, gracias. —Ignoró la mirada ceñuda de su padre, que siempre insistía en la necesidad de alimentarse bien para mantener el cuerpo y la mente sanos. William Wade no se fiaba de la gente que comía poco, aunque nunca argumentaba qué tenía que ver la falta de apetito con los valores morales de una persona. Pero así era, le gustaba la gente con buen paladar—. No me mires así; ya he desayunado, padre.

Cam soltó una risita mientras se pasaba la servilleta por los labios. Sabía perfectamente que eso no era verdad. A juzgar por las ojeras de Edward, podía suponer que había pasado la noche en alguna de sus fiestas, en las que el vino y el sexo nunca faltaban y, después de una noche de excesos el estómago de su hermano era incapaz de tolerar ningún alimento. Sin embargo, su padre no sospechaba que su primogénito, con su aire distinguido e imperturbable, dedicaba las noches a esos menesteres. Siempre había sido su preferido y no dudaba de su integridad, muy al contrario de Cam, cuya mala fama, a veces inmerecida, le precedía. Edward era perfectamente capaz de separar su compromiso con el título y con los negocios de la familia, de sus momentos de placer, pero su padre, mucho más severo que ellos, no lo entendería.

—¿Me has concertado la cita con Brooks? —Edward negó con la cabeza mientras se acercaba la taza de té a los labios. Su padre puso los ojos en blanco dando una palmada de frustración sobre la mesa—. No debemos demorar este asunto más.

—Padre, no quiero ser impertinente, pero estoy seguro de que tu secretario puede encargarse de ese tipo de tareas de manera mucho más eficiente que yo.

—Estás siendo impertinente.

—Pues, mis disculpas. Pero había un auténtico regimiento de chicas de pelo negro con sus respectivos acompañantes montando guardia en la puerta de su despacho.

El conde chasqueó la lengua y volvió a atacar su desayuno, haciendo que su poblado bigote gris se agitara con brío.

—Es por culpa de ese maldito anuncio. Por eso, entre otras cosas, es tan urgente hablar con él y saber a qué atenernos.

—¿Sigue buscando a esa niña muerta? —preguntó Cameron dejando de lado cualquier tipo de sensibilidad, y su hermano le golpeó con su servilleta amonestándolo.

—Brooks no se resignará hasta que encuentre la respuesta que anda buscando. Cada cierto tiempo pone anuncios en todos los periódicos intentando encontrar a alguien que arroje un poco de luz en este turbio asunto. Y más ahora, que el vizconde de Ashton va a solicitar formalmente que Annabelle Ridley sea declarada legalmente fallecida —aclaró el conde.

—Deberían haberlo hecho hace tiempo, es más que evidente que, si estuviese viva, ya habría aparecido —opinó Cam.

—Pero se toma muy en serio su labor de tutor y velará por los intereses de la muchacha hasta el último momento.

—Y eso, ¿en qué nos incumbe a nosotros, padre? —preguntó Cam.

—Es por nuestra mina de Lancashire. Desde que se hundió el puente, dependemos de que los Ridley nos dejen cruzar sus tierras para transportar el carbón. La otra alternativa supone dar un rodeo que nos retrasa hasta en dos días cuando el tiempo es malo.

Cam hizo un gesto con ambas manos instándolo a que continuara, mientras su padre se deleitaba con la última porción de jamón, masticándola lentamente.

—Joseph Ridley no es demasiado colaborador, especialmente teniendo en cuenta que su familia le vendió la mina a la nuestra pensando que no tenía nada de valor. No le sentó demasiado bien que nuestro abuelo encontrara un nuevo filón de carbón. Por eso nos sube el precio que pagamos por la servidumbre de paso cada vez que se acuerda de que el negocio va viento en popa. —aclaró su hermano mientras su padre saboreaba su té sin prisas.

—¿Y por qué demonios no hemos arreglado el dichoso puente o construido uno nuevo? Somos los Amery. No deberíamos depender de ese usurero para llevar nuestros asuntos.

—A veces pienso que todavía no has aprendido lo suficiente sobre nuestro mundo, hijo. —Su padre tenía razón. Había estado algún tiempo fuera de Londres ocupándose de la nueva fábrica y, desde que había vuelto, apenas había tenido tiempo de socializar con los de su clase y había cosas que se le escapaban. Pero el motivo principal era porque no le interesaban en absoluto esas triquiñuelas y asuntos turbios entre familias, especialmente si eso desembocaba en contratos matrimoniales. A veces se sentía estúpido teniendo que preguntar el porqué de cada cosa, mientras Edward y su padre se comunicaban en su propio idioma—. No lo hacemos porque no es rentable. Porque aun con el puente, el camino más corto es el que cruza una parte de sus tierras. Una parte que está en desuso, por cierto. Tenemos que encontrar una forma de apaciguarlo para que nos deje cruzarlas sin ponernos más impedimentos, y una unión entre nuestras familias sería lo mejor. Su hija ha debutado esta temporada y no podemos permitir que nadie se nos adelante. ¿Entendéis? —añadió el conde, mirándolos con sus pobladas cejas fruncidas—. ¿Por qué gastarnos una fortuna construyendo un puente si una boda lo puede solucionar todo mucho más rápido?

—¿Y qué te hace pensar que Ashton le concederá la mano de su hija a Edward? —preguntó Cameron mirándolo con una sonrisa socarrona.

—Eh, tú también estás soltero. No me cargues el muerto tan pronto.

—Tú eres el primogénito y el más guapo de los dos —se burló ganándose una maldición poco amable.

—Nos la concederá porque somos más ricos que él y tenemos un título más importante que el suyo. Ridley es avaricioso, pero está cayendo en el mismo error que cometen muchos de los de nuestra clase: el de creer que el dinero es inagotable. Se acomodan en sus laureles manteniendo lujos inverosímiles, pero sin preocuparse de rellenar las arcas. Además, ¿quién en su sano juicio rechazaría a un Amery? —gruñó como si la sola idea le revolviera el estómago—. El asunto es que en realidad esos terrenos todavía no le pertenecen al conde de Ashton. Según Brooks, su predecesor se aseguró de que Annabelle Ridley dispusiese de esas tierras, la casa de campo y un par de propiedades más en usufructo hasta el día de su muerte.

—De ahí las prisas por declararla muerta. Por ahora, Ashton puede disponer de las tierras, pero si la chica muerta apareciese no sería así —concluyó Edward. Le parecía lógico que el vizconde quisiese zanjar el asunto de una vez y arreglar los entresijos legales de sus propiedades.

—Exacto —confirmó William—. Solo así podrá mantenernos cogidos de los huev... La conclusión es que quiero que adoréis, aduléis y agasajéis a Charlotte Ridley como si fuera la mujer más especial sobre la faz de la Tierra. Me consta que es bonita y que no tiene un carácter complicado. Será una buena condesa —añadió señalando a Edward con el tenedor—. Además, ya tienes casi treinta años. Es una buena edad para casarse.

—Cameron también, no soy el único que debería ir pensando en sentar la cabeza.

Edward suspiró resignado. Aunque ya había mantenido con su padre conversaciones sobre la necesidad de mantener la cabeza fría a la hora de elegir una esposa adecuada, hablar de la que podría convertirse en su mujer de manera tan desapasionada le resultaba patético. Por el amor de Dios, se suponía que compartiría la vida con esa joven, sus días y sus noches, su cama, su futuro. Puede que no fuera un romántico, pero una parte de él aspiraba a algo más que a un «carácter poco complicado».

—Edward, esa muchacha puede ser la solución que necesitamos para solventar este inconveniente.

El estómago, ya de por sí revuelto, de Edward se contrajo hasta rozar la náusea mientras sus ojos se perdían en el té que se enfriaba en su taza.

—A no ser que Annabelle Ridley resucite.

No supo por qué aquello sonó demasiado parecido a una plegaria.

4

Las monedas tintinearon al caer en la palma enrojecida y despellejada de Annie, que las movió con el índice de la otra mano para asegurarse de que había visto bien.

—Es menos que la semana pasada, señora March. Creo que... —Se interrumpió al ver la mirada de desprecio que la mujer le dedicó.

—Pues entonces quizás la semana pasada te pagué de más. Esto es lo que hay y, si no te gusta, no vuelvas; mañana tendré al menos a una docena de muchachas rogando por ocupar tu puesto.

—Lo siento, señora March. Habré hecho mal la cuenta —se obligó a mostrarse sumisa y se tragó la bilis que deseaba escupirle a la cara a aquella bastarda, que se creía poderosa solo porque le daban libertad para machacar a los más débiles.

Se guardó la paga semanal en el pequeño bolsillo oculto que llevaba cosido en el interior de su corpiño y salió de la mansión apretando el paso. Quería visitar a la señora Baker y, por culpa de las nubes que se arremolinaban amenazadoras en el horizonte, seguramente la noche caería antes de lo habitual. Lory, la criada de los Baker, le abrió la puerta y la saludó con una enorme sonrisa.

—Me alegro de que esté aquí, esta vieja loca estaba tan aburrida que casi me enseña a tocar el piano.

Annie ahogó una risita mientras se dirigía, sin necesidad de ser invitada, a la salita donde Hellen Baker pasaba las tardes.

—No debería dirigirte la palabra por haberme abandonado tanto tiempo —fue el agrio saludo que recibió, aunque los ojos de la mujer se mostraban alegres de verla.

Pero Annie sabía cómo ablandar el corazón de la anciana, y le bastó con abrazarla y darle un par de besos sinceros en las mejillas para que a la mujer se le escapase una risita.

—Lo siento, me hubiese gustado venir antes, pero Nancy no ha estado muy bien últimamente.

Hellen asintió y, siguiendo su rutina habitual, sujetó sus manos y le quitó los mitones con delicadeza. No necesitó ordenarle a su sirvienta nada, la eficiente joven ya entraba en ese momento con una bandeja, portando un servicio de té y un enorme bizcocho que hizo que el estómago de Annie saltara de alegría. Lory sacó un botecito de cristal del bolsillo de su mandil y se lo entregó a la señora Baker, y la mujer le sonrió para darle las gracias.

—Está bien, come algo y ahora te echaré el ungüento en las manos. Si se te ha acabado el que te di, deberías haberme pedido otro frasco. ¿Cómo pretendes tocar el piano así?

Annie estuvo a punto de atragantarse mientras engullía el bizcocho. Estaba hambrienta. Ni siquiera recordaba cuándo había ingerido su última comida sólida, puede que el día anterior en el desayuno, o puede que no. Su prioridad era que Nancy estuviese bien alimentada, y con lo poco que cobraba, las últimas visitas del doctor y las medicinas, no podían permitirse mucho más. Le hacía gracia que para la señora Baker siguiese siendo una prioridad que no descuidase sus lecciones de piano, cuando el mundo que ella conocía se desmoronaba sobre su cabeza.

Aquella salita acogedora, empapelada con papel floreado e iluminada con docenas de velas, era una especie de oasis desde que la pisó por primera vez, y conseguía hacerle soñar que otras vidas eran posibles. Lo único que la ataba a Lowtown, aquel lugar sombrío, árido y rodeado de fango por doquier, era la obligación de cuidar a Nancy, pero, cuando ella no estuviese, no permanecería más de un segundo de lo necesario cerca de Callum. Ni siquiera conocía su apellido, como tampoco conocía el suyo propio. Ella era simplemente Annie, aunque, a excepción de Hellen, a nadie más parecía importarle.

Había conocido a Hellen cuando apenas tenía once años. Los Baker aún disponían de una posición acomodada, ya que él era maestro en un pueblo cercano. En aquel momento todavía podían permitirse tener varias personas a su servicio, en cambio, desde que su marido falleció, debía conformarse con una sola criada que hacía lo que podía y con lo ayuda desinteresada de Annie. En aquellos primeros años, Hellen Baker pasaba muchas horas sola, ya que sus dos hijas se habían casado, y a su marido le pareció buena idea contratar a la chiquilla para que le hiciera compañía y la ayudara en sus cosas personales hasta que se acostumbrase a la nueva situación. La anciana se había encariñado inmediatamente con la niña y, aunque después Annie tuvo que buscar otro trabajo para poder mantenerse, seguía haciéndole sus visitas de vez en cuando.

—Y... bueno. Cuéntame qué novedades me traes.

—Poca cosa —contestó devorando otro trozo de pastel y dándole un largo trago al té para no atragantarse—. Esa bruja de la señora March ha vuelto a engañarme con la paga.

La mujer frunció el ceño, preocupada por ella, pero parecía estar ausente, concentrada en otra cosa y, en un gesto inconsciente, acarició el periódico doblado que tenía sobre la mesilla baja junto a ella. Annie siguió su gesto con la mirada y se chupó los dedos antes de coger el diario para echarle un vistazo. Hellen la observó retorciéndose las manos buscando la manera de preguntar de nuevo lo que ya le había preguntado mil veces sin resultados. Pero esta vez había un indicio más y desde que lo había encontrado un presentimiento la mantenía en vilo, incapaz de comer o dormir, a pesar de que Lory, mucho más realista que ella, le había intentado quitar esa idea fantasiosa de la cabeza.

Recordaba, como si hubiese ocurrido ayer, la primera vez que Nancy trajo a la niña a casa. Parecía un gatito asustado, siempre un paso por detrás de ella, ocultándose de las miradas de los desconocidos, pero en sus ojos se veía la determinación de quien quiere sobrevivir a toda costa. Saltaba a la vista que era una niña despierta, y Hellen pudo comprobar con sorpresa que era mucho más inteligente de lo que había esperado. Nancy le había asegurado que era su sobrina huérfana y que no habían tenido más remedio que acogerla. Aunque había adquirido algunas expresiones propias de la gente con la que vivía, denotaba que no siempre había sido criada con esas limitaciones. A pesar de su corta edad, usaba perfectamente los cubiertos, sabía algo de números y, para su asombro, sabía leer, aunque le faltaba soltura, como si no hubiese tenido tiempo de practicar lo suficiente. Sospechaba que Annie no llevaba la sangre de Nancy en sus venas, y mucho menos la de Callum, un bruto de mala caña que andaba todo el tiempo borracho, intentando robar lo que podía aquí y allá, y que apenas distinguía su mano derecha de la izquierda.

Pero el momento en el que realmente tuvo claro que había algo extraño detrás de la procedencia de Annie fue el día en que la pilló junto al piano, tocando algunas teclas con inseguridad. Alguien se había molestado en enseñarle algo de música a la niña, y tenía más que claro que la gente como Nancy y Callum invertirían en cualquier cosa antes que en un piano. Decidió dedicar las horas que pasaban juntas a continuar con su enseñanza, usaba los libros de su marido y tres veces en semana empleaban las tardes en practicar con el piano. Para Annie, la salita con alegres estampados por todas partes de Hellen Baker se convirtió en su paraíso y cada día acudía más ansiosa y feliz a sus clases. Nunca le dijo a Nancy, y, mucho menos a Callum, con el que casi no hablaba, que estaba aprendiendo cosas que, según ellos, no le servirían para nada en aquel lugar en el que tanto costaba sobrevivir. Nancy no hubiese permitido que Annie soñara con el mundo que se extendía fuera de las cuatro paredes de su casucha. Era mucho más seguro que permaneciera resignada a la suerte que le había tocado vivir, que aspirara a casarse con algún buen chico del pueblo y que se sintiese afortunada por tener un plato en su mesa cada día. Era injusto, egoísta, incluso cruel, no darle la oportunidad de buscar sus orígenes, quizás todavía quedase algún pariente que pudiese ayudarla. Pero ella no tenía herramientas para hacerlo, Callum jamás les daría los datos que necesitaban, y con eso solo conseguiría que Annie la odiara.

Hellen había intentado sonsacarle a la niña algo de información que la ayudase a entender de dónde había salido, pero Annie siempre contestaba con evasivas. Sabía que esta vez no iba a ser diferente, pero tenía que intentarlo.

—Annie, cielo. ¿Has... has vuelto a soñar con tu madre alguna vez? —preguntó la anciana conteniendo el aliento ante la posibilidad de que se cerrara en banda.

La joven no levantó la mirada del periódico, pero fue evidente que su rostro se había ensombrecido.

—A veces —fue su escueta respuesta.

—¿Has recordado algo más? No sé, quizás algún pequeño detalle. A veces los detalles son importantes.

—¿Por qué sigues empeñada en averiguar quién era mi madre? Seguro que fue una pobre desgraciada que murió demasiado joven por culpa de una vida llena de miserias.

—Porque una persona que vive rodeada de miseria no enseña a su hija a tocar el piano, Annie. No hay pianos en las casas de los pobres. Y a la gente como Callum no le preocupa que sus hijos coman con cubiertos, mucho menos que aprendan a leer. ¿Es que no lo ves? —Hellen suspiró al poder soltar al fin lo que llevaba reteniendo en silencio tantos años. Annie la miró desconcertada, pero no dijo nada—. Te he observado durante todos estos años, intentando resolver el misterio y la razón por la que ese tipejo te traería hasta aquí, añadiendo una boca más a sus obligaciones, aunque Dios sabe bien que nunca le ha preocupado si comías o no.

Annie se puso de pie de un salto con la intención de marcharse, pero Hellen era probablemente la única persona que la había respetado, que la había tratado sin remarcar su inferioridad. Ni siquiera Nancy, demasiado ocupada en seguir respirando y esquivar los golpes de Callum, se había molestado en escucharla de verdad. La quería, sí, o eso suponía, ya que las pocas veces que la abrazaba, Annie no podía evitar percibir en ella cierto recelo y se separaba a los pocos segundos. Le había enseñado a cocinar con las cuatro cosas que tenía en la despensa, a racionar los alimentos, a limpiar el establo, a remendar la ropa una y mil veces, pero nunca le había preguntado si se encontraba bien, ni le había explicado en qué consistía la vida que transcurría más allá del umbral de su puerta.

Volvió a sentarse sin ser consciente de que estaba arrugando el periódico entre las manos.

—Cuando me desperté aquí, en la casa de Nancy, no recordaba nada. Unos días después, me esforcé en borrar los pocos recuerdos que me asediaban, intentando que las pesadillas desapareciesen. Con el tiempo, dejé de distinguir si las imágenes que vienen a mi mente de vez en cuando corresponden a mi pasado o si mi cerebro se las inventa para rellenar los huecos vacíos.

—Annie... —susurró la mujer inclinándose hacia delante para apretar su mano.

—No importa. No sé quién soy, no recuerdo dónde vivía... Lo único que sé es que estaba sola. Es la única certeza invariable que tengo desde ese día.

—Deberías leer ese periódico, hija. Aunque fueras muy pequeña, puede que algo despierte esa parte de tu mente que está dormida. Nadie puede andar ese camino por ti.

Annie dirigió una rápida mirada hacia la ventana y vio que ya estaba empezando a oscurecer. Sonrió a Hellen con gesto cansado y aceptó llevarse el diario, el pequeño frasco de ungüento y el resto del bizcocho envuelto en una servilleta. Seguro que Nancy agradecía poder cenar algo diferente.

Nancy. ¿La conocía en realidad? Tenía que reconocer que le daba miedo averiguar si ocultaba algo, pero la sensación de ser una extraña, de no pertenecer a ninguna parte, era tan persistente como una piedra en el zapato.

Tras llegar a casa y conseguir que Nancy comiera algo y se metiese en la cama, se aseó en la precaria tina de zinc, aunque apenas le quedaba jabón y era imposible quitarse del todo el olor a humo que se le adhería a la piel y el pelo por dormir tan cerca de la chimenea. Nancy volvía a respirar con dificultad y las medicinas no parecían estar haciendo efecto, por lo que tendría que pasar la noche en vela por si empeoraba. Se sentó en la mesa de la cocina con un pequeño cabo de vela encendido y desdobló con cuidado el periódico. Pasó las hojas despacio revisando los titulares por si alguno le llamaba la atención. El diario era de hacía tres semanas, por lo que todas esas noticas ya no serían importantes para la mayoría, pero en aquel pueblo solitario suponían el único contacto con la civilización. Continuó hasta llegar a una página con una esquina doblada. Hellen no quería influir demasiado en ella o sugestionarla con sus teorías, pero, como no confiaba demasiado en el azar, había preferido asegurarse de que no se le pasara de largo. El anuncio ocupaba un cuarto de la hoja y estaba acompañado de un dibujo que parecía hecho a carboncillo, que probablemente hubiese perdido calidad al ser plasmado en aquel papel tosco. En él se apelaba «de nuevo» a la colaboración ciudadana en un último esfuerzo por conocer el paradero de Annabelle Ridley, la heredera del difunto vizconde de Ashton, desaparecida tras un robo acaecido hacía diez años, en el que su hermano había sido asesinado. Se ofrecía una recompensa de quinientas libras a quien pudiera aportar información fiable y demostrable sobre su paradero, y adjuntaban una descripción de la apariencia que tendría la chica en el caso de seguir con vida: pelo negro, ojos grandes de color verde y unos veinte años de edad. Annie sintió su estómago reducirse en un espasmo, fruto de los nervios mientras su vista se nublaba.

Ridley. El apellido resonaba con fuerza queriendo escapar de su garganta. Como si lo hubiera repetido mil veces, y a la vez fuese la primera vez que lo escuchaba. Confusa, se levantó de la mesa y tropezó con sus propios pies, a punto de caer de bruces. Cogió a su muñeca Sweet, la única pertenencia verdaderamente suya que conservaba desde que tenía uso de razón. La estrechó con fuerza mientras cerraba los ojos para retener sin éxito las lágrimas.

Cientos de imágenes la bombardeaban sin piedad. Unas enormes escaleras de mármol, un chico guapo y risueño que la levantaba en el aire, una mujer hermosa de pelo negro que la acunaba para leerle un cuento. ¿Cómo saber si era real o si su cerebro se inventaba todo aquello para hacerla sentir mejor? ¿Y si de nuevo rellenaba los huecos vacíos con esa escasa información que acababa de obtener? Annabelle Ridley. Sonaba bien.

Volvió a mirar el retrato de trazos difusos. Debajo, un rótulo indicaba que su apariencia podría asemejarse a la de su difunta madre. Podría ser ella o podría ser cualquier otra joven morena de Inglaterra de su misma edad. Lo más probable era que todo fuese una casualidad. No podía aspirar a pensar otra cosa.

5

Annie aceleró el paso al sentir la primera gota de lluvia sobre la mejilla. Lo único que faltaba para rematar aquel día tan nefasto era llegar a casa empapada tras una jornada de trabajo extenuante. Las llagas de las manos le dolían de manera terrible y apenas le quedaba ungüento. A eso había que sumar que durante los últimos días casi no había dormido. Nancy continuaba empeorando durante las noches, y las pocas horas en las que Annie conseguía dormir, se veía asediada por imágenes que no entendía pero que le resultaban aterradoras: sitios oscuros, gente con la cara pintada de gris, sangre tiñendo el suelo de tierra, gritos, y el agua fría rodeándola y helándole los huesos.

Al llegar a casa, descubrió que todo era susceptible de empeorar. El carromato de Callum estaba en la puerta. Que Callum regresara justo ahora cuando ella estaba tan sensible y que los esfuerzos por mantener a los demonios a buen recaudo estaban empezando a no ser suficientes, era algo realmente malo. Cuando abrió la puerta, lo que vio la dejó fría, hasta que la furia la hizo dar un paso hacia delante y lanzarse hacia él como una loca.

Nancy estaba sentada a la mesa, envuelta en su chal de lana, mientras Callum vaciaba un bote sobre la mesa y comenzaba a contar las monedas que contenía. Eran los ahorros de Annie, todo lo que tenía y que apenas daba para asegurarse un par de semanas de comida. Los escondía en el doble fondo de un bote de especias y había estado convencida de que Nancy le guardaría el secreto. Siempre había puesto la mano en el fuego por ella, pero debería haber supuesto que, por alguna extraña razón, tarde o temprano cedería y le confesaría a su marido dónde guardaba el poco dinero que tenía. Nancy la miró con cara de culpabilidad y bajó los ojos a su regazo. Annie forcejeó para evitar que Callum se guardase las monedas en el bolsillo, pero él se deshizo de su agarre propinándole un bofetón que la lanzó contra la pared.

—Algún día —amenazó clavando en ella sus ojos enrojecidos por el alcohol—, te bajaré los humos, zorra desagradecida.

Tras devorarla con la vista, salió de la cabaña trastabillando con sus propios pies. Annie deseó con todas sus fuerzas que no volviera más, que el infierno se lo tragase aquella misma noche; por más que lo intentó, no consiguió sentirse culpable por ello. Nancy trató de acercarse a ella, pero la mirada de censura de Annie la detuvo. En ese momento se dio cuenta de que temblaba y estaba mucho más pálida de lo normal. La llevó hasta la cama y se dirigió a la cocina para preparar las medicinas, tragándose el profundo rencor y la decepción que sentía en ese momento.

Las horas pasaban con una lentitud enervante, la fiebre seguía subiendo y la respiración de Nancy se hacía cada vez más irregular. Ni los paños fríos ni las medicinas mejoraban su estado, y Annie estaba empezando a asustarse de verdad.

—Annie —susurró con esfuerzo—. La muñeca de trapo.

La miró desconcertada pensando que su petición se debía al delirio.

—Nancy, no hagas esfuerzos —le pidió mientras humedecía con un paño sus labios agrietados. La veía tan débil que el miedo a que se estuviese apagando para siempre era más real que nunca.

Nancy se aferró con las últimas fuerzas que le quedaban a su brazo deteniendo su gesto, y la miró con la suficiente determinación para que Annie obedeciese. Fue a por la muñeca y la colocó junto a sus manos, que apenas podían soportar un peso tan liviano. Los ojos de Nancy se cerraron unos segundos para tomar fuerzas. Giró la muñeca para mostrarle la costura inferior y Annie la observó cada vez más confundida.

—Descósela.

Su voz sonó firme, a pesar de que no fue más que un susurro. Annie solo quería permanecer a su lado al pie de su cama, pero se levantó para buscar las tijeras y hacer lo que le pedía. Con un gesto de la mano, Nancy la instó a buscar en su interior hasta que se quedó petrificada cuando sus dedos tocaron el frío del metal. Tiró con suavidad de la medalla y la cadena, hipnotizada por el brillo del oro bajo la tenue luz de la vela.

—¿Qué... qué significa esto? —preguntó sujetando la medalla entre los dedos.

—Es tuya. La noche que Callum te trajo, la guardé; sabía que, si la encontraba, la vendería. Eso y la muñeca es lo único que traías de tu antigua vida —relató trabajosamente. Sentía que la vida se le iba y no podía desperdiciar los últimos momentos.

—¿Quién soy, Nancy? —El nudo en la garganta apenas la dejaba hablar y se arrepintió de no haber hecho mucho antes esa pregunta que le quemaba en el pecho desde que tenía uso de razón.

—No lo sé. —Un sollozo estranguló su voz y gruesas lágrimas se deslizaron por sus sienes perdiéndose en su melena marchita—. Solo sé que estabas sola, que tu hermano murió de manera trágica y Callum te trajo hasta aquí.

—¿Trágica? ¿Quieres decir que él lo mató? —Un cúmulo de sensaciones encontradas comenzaron a chocar en su interior: ira, frustración, miedo y piedad por aquella mujer que no había sabido hacer lo correcto—. Nancy, por favor. Debes decirme lo que pasó.

—Nunca me lo dijo. Solo sé que eres de buena cuna y que algo terrible debió de pasar para que acabases aquí. —Nancy cerró los ojos, extenuada por el esfuerzo, y Annie tuvo que contener el impulso de zarandearla.

La única persona que la había cuidado estos últimos años se apagaba y estaba tan herida, tan confusa, que ni siquiera podía prepararse para el duelo. Imágenes que no podía enfocar se agolpaban en su cerebro, como si estuviese mirando a través de un cristal empañado por la lluvia. Sentía un martilleo en las sienes y estaba a punto de gritar para aliviar la desazón. Giró la medalla entre los dedos y solo entonces vio la inscripción. «Annabelle R.».

Se levantó de manera tan abrupta de la silla que estuvo a punto de caer de bruces. Rebuscó debajo del jergón donde dormía y sacó el periódico que días antes le había entregado la señora Baker. «La familia ruega a quien disponga de alguna información sobre la señorita Annabelle Ridley...»

Annabelle Ridley. El nombre reverberaba dentro de ella con tanta fuerza que temió que el dolor sordo de su pecho la hiciera caer fulminada.

6

A Nancy le habría gustado su entierro, rápido, sin demasiada emotividad y con muchas flores adornando su tumba. No hubo demasiada gente, apenas unos cuantos vecinos del pueblo y Annie, que no había podido soltar ni una sola lágrima aún. Parecía haberse secado por dentro como si estuviera habitando un cuerpo que no le pertenecía, una vida ajena y un mundo hostil.

Apretó el paso, deseosa de llegar a lo que había sido su casa por última vez. Lo único que tenía en mente era recoger las pocas monedas que Callum no había podido quitarle y sus escasas pertenencias, que se reducían a un par de vestidos y a su muñeca de trapo. Esas eran las posesiones que había conseguido atesorar en toda una vida, un par de mudas a las que no les podía quitar el olor a humo que las impregnaba. No tenía claro cuál sería su siguiente paso, pero salir de allí era su prioridad. Encendió una vela para atenuar la oscuridad perenne que parecía habitar la cabaña, más acentuada ahora que Nancy no estaba allí, y la dejó sobre la mesa. Dobló los vestidos sin preocuparse si se arrugaban o no y los metió en la bolsa de viaje, que debía de tener más años que ella, y que nadie parecía haber usado en mucho tiempo. El nerviosismo hacía que le temblaran las manos y le costase cerrarla.

La habitación se ensombreció un poco más si cabe y la piel de su nuca se erizó. Se giró rápidamente para descubrir a Callum observándola con una mirada torva desde la puerta. El hombre se adentró en la casa despacio y dejó la botella que llevaba sobre la mesa, sin dejar de mirarla.

—¿Pensabas marcharte sin despedirte del tío Callum? —Chasqueó la lengua con desaprobación varias veces y sonrió mostrando su dentadura deshecha—. Nancy era una buena mujer. ¿Sabes? No se merecía morir tan pronto.

—No se merecía vivir como vivió.

—Al final me vas a obligar a que te dé una lección por desagradecida y bocazas.

Annie no se dejó amilanar y se dirigió hacia la puerta con su bolsa en la mano. Su estómago se había convertido en un amasijo de nervios crispados y estaba a punto de vomitar. Callum la sujetó de la muñeca con fuerza haciendo que soltara la bolsa y le retorció el brazo hasta que ella cerró los ojos intentando contener el llanto.

—Te crees alguien, a pesar de ser tan miserable como yo. Debe de ser la puta sangre azul que llevas en las venas.

Un pisotón sorprendió a Callum, que estuvo a punto de soltarla, pero, si algo había aprendido en la vida, era a soportar el dolor y no soltó su agarre; al contrario, apretó aún más el brazo de Annie, con tanta fuerza que ella pensó que se lo rompería en cualquier momento. La arrastró hacia el cuartucho y la lanzó sobre la cama en la que horas antes ella misma había amortajado el cuerpo de Nancy. Dejó caer su cuerpo sobre el suyo y empezó a tironear de sus faldas sin importarle que Annie le arañara y le golpeara con todas sus fuerzas.

—Sí, retuércete, zorrita. Así me gusta más. —Soltó una risotada que hizo que Annie se estremeciera de asco. Su olor a sudor mezclado con el alcohol era insoportable y prefería morir antes de que siguiera tocándola.

El brillo de algo metálico en la vieja mesita de noche donde todavía estaban las medicinas de Nancy llamó su atención, y vio la tijera que había usado para descoser la muñeca. Estiró los dedos hasta rozarla mientras Callum forcejeaba con el cierre de sus propios pantalones, entorpecido por la borrachera. En un último esfuerzo, ella asió las tijeras y, sin darse tiempo a pensar lo que estaba haciendo, las clavó con fuerza en su costado.

Callum se quedó paralizado mirando la herida y la tijera que sostenía Annie, con cara de idiota. Trastabilló hacia atrás taponándose el corte con la mano mientras buscaba cualquier cosa que pudiese usar como arma contra ella. Pero la rápida pérdida de sangre y su estado de embriaguez hicieron que cayera de rodillas antes de alcanzar el atizador de la chimenea. Annie salió de su estupor y corrió deteniéndose cerca de la puerta con la mesa de la precaria habitación como barrera entre ella y ese desalmado.

—Esto no ha terminado —la voz de Callum resonó amenazadora en la habitación, a pesar de que sus ojos estaban vidriosos y su cara se veía cada vez más pálida.

—No, tienes razón. Todavía no. —Annie estiró la mano y cogió la lámpara de aceite que reservaban para ocasiones especiales, esas que nunca llegaban, y la estrelló contra el suelo. El aceite salpicó la mesa, el jergón donde ella había descansado todos estos años y los sucios pantalones de aquel hombre despreciable. Sabiendo que él estaba cada vez más débil, cogió la vela y la levantó en alto, con su cara convertida en una máscara de piedra—. ¿Qué ocurrió aquel día? ¿Fue un robo? ¿Por qué estoy aquí? ¡Habla!

Callum soltó una carcajada, pero apenas le quedaban fuerzas y un ataque de tos le interrumpió.

—No serás capaz.

—No creo que quieras hacer la prueba, Callum. Tienes una opción de salvarte. Si hablas, me marcharé y podrás arrastrarte como el reptil que eres. Puede que alguien sea lo bastante compasivo para ayudarte. Pero, si no me dices lo que ocurrió, arderás en la Tierra antes de arder en el infierno.

Ni ella misma sabía de dónde había sacado esa valentía despiadada, aunque puede que fuera solo el terror que le producía que la única persona capaz de arrojar luz sobre su oscuro pasado desapareciera del mapa antes de contarle la verdad. Callum debió de ver algo en su mirada, ya que se pasó la manga mugrienta por los labios resecos y comenzó a hablar.

—No lo entenderías.

—Inténtalo.

—Fue un encargo. Un tipo rico nos pagó una fortuna por eliminar a Brendan Ridley, creo que se llamaba así.

El sonido de ese nombre, tanto tiempo olvidado, provocó un seísmo en el interior de Annie y por un momento pensó que sus rodillas dejarían de sostenerla. Intentó preguntar quién lo había encargado, pero sentía que unos dedos invisibles apretaban su garganta impidiéndole respirar.

—No sé nada más. Puedes quemar todo el condado, pero no te diré nada más. Solo sé que alguien se tomó muchas molestias para que pareciese un robo. Tú no deberías haber estado allí. Me ordenaron matarte, pero tuve un destello de misericordia ese día. —Una carcajada ahogada sacudió de nuevo su cuerpo agotado—. Y así me lo quieres pagar, pequeña zorra. Debería haber dejado que te ahogaras en el río.

Annie dejó la vela sobre la mesa y se agachó para coger su bolsa. Se marchó sin mirar atrás, sin saber si le había perdonado la vida por compasión o solo por el convencimiento de que se desangraría antes de llegar a traspasar el umbral.

Al límite de sus fuerzas, Callum gritó pidiendo ayuda, a sabiendas de que nadie podía oírle. En un último esfuerzo se arrastró hasta la mesa para intentar ponerse de pie. El mueble se movió, inestable, volcando la vela que Annie había dejado encendida. El aceite derramado se prendió de inmediato como una bola de fuego, acabando con toda la pobreza, la oscuridad y la miseria que habían habitado aquellas cuatro paredes, y con la vida de Callum, cuyos gritos nadie oyó.

Si Annabelle Ridley hubiese vuelto la vista atrás llevada por la nostalgia o la debilidad, habría visto la columna de humo gris que se elevaba, fundiéndose con la niebla que comenzaba a descender sobre el páramo. Pero no era momento para volver la vista, sino para mirar hacia adelante.

7

Londres. Dos semanas después.

—Señor Brooks... —Michael levantó la vista del documento en el que estaba enfrascado y miró a su secretaria por encima de la montura de sus gafas con cara de malas pulgas—. Ya sé que no tiene ninguna cita esta tarde, pero... Hay una chica. Viene por lo del anuncio.

Él agitó la mano con desgana. Como cada vez que publicaba de nuevo el anuncio ofreciendo una recompensa por alguna pista que ayudara a dar con el paradero de Annabelle Ridley, todo un batallón de jóvenes, y no tan jóvenes, hacía cola frente a su despacho fingiendo ser ella o inventándose disparatadas historias en las que relataban que la habían visto vendiendo flores en un mercado, pidiendo limosna en las calles o incluso en un burdel. La última vez habían sido más imaginativos que de costumbre, y había quien aseguraba haberla visto agitando un pañuelo en la barandilla de un barco con destino a América o haciendo contorsionismo en un circo que hacía meses había partido de la ciudad con rumbo desconocido. El colmo llegó cuando una mujer que aparentaba rondar los cuarenta años había asegurado tener la mitad, recordar perfectamente las meriendas que su madre le preparaba con esmero y el nombre de su gato... Todo esto, mientras el tinte que había usado para simular que poseía la melena negra que se describía en el periódico le resbalaba por la frente. También acudieron algunas videntes asegurando que la pequeña se les había manifestado en sueños o en los posos del café, pero estas no duraban en el despacho el tiempo suficiente para tomar asiento. Michael se prometió que olvidaría a Annabelle Ridley, igual que lo habían hecho todos los demás. Quizás su tío Joseph Ridley, el actual vizconde de Ashton, tuviera razón y su cuerpo hubiese acabado hundido en el fango que rodeaba el Támesis.

—Despáchala. Ya te dije que no recibiría a nadie más —ordenó volviendo a concentrarse en el documento.

—Pero, señor Brooks... —La joven carraspeó, incómoda por tener que contradecir a su jefe—. Quizás debería verla, es la única que no ha preguntado por la recompensa.

—Pues será alguna tarada. Échala —reiteró molesto.

La puerta se cerró tras la joven y Michael se quitó las gafas y se apretó el puente de la nariz. Estaba cansado, y no solo físicamente. Por lealtad hacia los Ridley, no había cejado en su empeño de buscar a la pequeña Annabelle, viva o muerta. Había dado generosas propinas a los *mudlarks* que rebuscaban entre la carroña que arrojaba el Támesis para que le entregaran cualquier cosa que pudiesen encontrar, pero solo le llevaron baratijas que nada tenían que ver con ella.

La Policía sabía que el asunto del robo había sido muy extraño, nadie se tomaba tantas molestias para robar un reloj y un anillo. La hipótesis de que hubiesen secuestrado a Annabelle para pedir una buena suma de dinero a cambio cobró fuerza por un tiempo en su cabeza. Quizás Brendan se hubiese resistido, y todo se hubiese complicado. Pero nadie había pedido un rescate al nuevo vizconde de Ashton. Miles de teorías, a cada cual más macabra, comenzaron a torturarle al no obtener resultados. Puede que la hubieran vendido a algún depravado, a alguna familia que no pudiese tener hijos o a saber qué atrocidades más. Lo único cierto era que a Annabelle Ridley parecía habérsela tragado la tierra o, lo que era más probable, el río.

No pudo evitar asomarse a la ventana, solo por curiosidad. La joven salió de su edificio y cruzó la calle con la cabeza gacha. Dobló el papel que llevaba en la mano y lo guardó en el bolsillo de su abrigo. Miró a su alrededor como si no supiese a dónde ir a continuación. Parecía tan fuera de lugar como una margarita que acababa de florecer en mitad del desierto. Como si hubiese percibido su escrutinio, levantó la mirada hacia la ventana del segundo piso, donde él se encontraba, dejó caer los hombros, derrotada, y comenzó a caminar calle abajo.

Michael no había distinguido sus facciones desde esa distancia, ni siquiera sabía si su pelo, oculto bajo una cofia pasada de moda, era negro o castaño, pero el pellizco en su estómago al ver su postura fue real, muy real. Un presentimiento lo impulsó a correr más allá del límite que su edad le imponía para alcanzar a esa joven antes de que se perdiera de vista.

¿Y ahora qué? Annie tenía la impresión de que todo aquello había terminado demasiado pronto, casi antes de empezar. Después de enfrentarse a Callum, se refugió en el único sitio donde había encontrado consuelo desde que era una niña: la casa de la señora Baker. Allí le llegaron las noticias de que Callum había ardido junto con la casa, pero todos lo achacaron a un accidente o un descuido durante una de sus borracheras. Ni siquiera se molestaron en interrogarla, nadie se preocuparía de que un deshecho humano como él desapareciera de la faz de la Tierra. Enterraron lo poco que encontraron de él en una fosa común y nadie movió más el asunto. Tras unos días intentando digerir todo lo que sabía, Annie decidió que tiraría del único hilo del que disponía para averiguar la verdad sobre su pasado y Hellen se ofreció a ayudarla, aunque fuera con unas monedas para el viaje y para pagarse un discreto alojamiento en Londres durante unos días. La anciana no estaba muy de acuerdo con la idea de que una joven soltera viajase sin compañía, pero Annie insistió en librar sola esa batalla. En realidad, siempre lo había estado; ahora lo sabía.

Se alojó en la pensión más respetable que pudo encontrar cerca del East End, sin pensar demasiado en lo que haría después de visitar a ese abogado del anuncio. No se esperaba que la despacharan de manera fría sin recibirla siquiera, aunque tampoco había querido fantasear demasiado con lo que ocurriría si se demostraba que, según todos los indicios, ella era Annabelle Ridley. Se sintió estúpida, plantada en mitad de la calle con aquel recorte de periódico en la mano y la medalla con su nombre quemándole el pecho. Nunca se había rendido ante los reveses de la vida; de lo contrario, no habría podido sobrevivir, pero ahora se sentía sin fuerzas, insegura, y su cabeza se negaba a buscar una solución. Quizá volvería a intentarlo al día siguiente, quizá podría intentar averiguar dónde estaba la casa de los Ridley y probar suerte allí. Quizá incluso pudiera buscar trabajo como sirvienta e investigar por su cuenta. ¿Cuántos Ridley habría en Londres? Sería como buscar una aguja en un pajar. La idea de marcharse y olvidarse de todo cobró fuerza en su cabeza y, si hubiera tenido algún lugar a donde ir, lo habría hecho inmediatamente, pero su única amiga era Hellen y no podía aferrarse a ella y convertirse en una carga solo por el miedo a buscar su propio destino. Emprendió el camino de vuelta hacia su pensión esperando no perderse, andando despacio, ya que la habitación sin ventanas y con olor a humedad que se había podido costear era casi tan poco acogedora como la cabaña de Nancy.

—¡Espere! —Annie escuchó la voz detrás de ella, pero no se volvió—. ¡Annabelle!

Sus pasos se detuvieron y se quedó paralizada, luchando con su propia mente. Sintió un estremecimiento al reconocerse a sí misma en ese nombre. ¿Era un recuerdo o su cerebro estaba jugando con ella?

Michael Brooks llegó hasta ella con la respiración agitada, y en un impulso la sujetó de los hombros para girarla y mirarla de frente. Tuvo la impresión de haber retrocedido en el tiempo, era como mirar a Margot Ridley y a la pequeña Annabelle a la vez, madre e hija fundidas en esa mirada inquisitiva y serena, a pesar de la confusión que reflejaba. Annabelle había heredado la belleza de su difunta madre, pero, lejos de su actitud lánguida, su postura reflejaba el aplomo de los Ridley.

—No puedo creerlo, no puedo creer que seas tú.

Annabelle intentó dar un paso atrás, cohibida y sobrepasada por lo que estaba ocurriendo, pero Michael la estrechó con fuerza, aunque no fuese muy adecuado mostrar esa efusividad en plena calle.

Annabelle se dejó caer desplomada en el sofá de la salita. Todo estaba yendo tan rápido que no podía librarse de la sensación de vértigo. En los últimos días el rumor de la aparición de Annabelle Ridley se había convertido en el cotilleo más jugoso, el entretenimiento favorito de los nobles aburridos de comentar el debut de las damiselas de las casas más ilustres. Qué podía tener de emocionante comentar los fallos de protocolo de jovencitas inexpertas envueltas en tul de color pastel ante la posibilidad de hablar de que la joven, dada por muerta hacía una década, hubiese «resucitado», como decían con tono jocoso. Todo un regimiento de familiares lejanos se había apresurado a visitar Ashton House, la mansión familiar situada junto a Berkley Square, para cerciorarse de que no había ninguna duda de que la chica era en realidad quien decía ser.

Y no la había.

Michael lo había notado, había sentido el pálpito muy dentro de su pecho, casi igual de intenso que cuando vio a su madre por primera vez. La había amado sabiendo que no podría ser suya de la manera que él quería, fantaseando durante años con una vida con ella, y el simple hecho de sujetar su mano unos segundos más de lo necesario o mantener una conversación a solas ya era un triunfo. Pero no era algo excepcional. Margot Ridley tenía ese efecto sobre la gente, era inevitable caer rendido a su belleza y su magnetismo. No había podido protegerla de sí misma, no había podido evitar que muriese demasiado joven, y ante su ataúd le había prometido en silencio que cuidaría de sus hijos y, aunque con Brendan había fallado, nunca se había permitido flaquear respecto a Annabelle. Y ahora que la había encontrado, se sentía agotado y envejecido, con el peso de la tensión acumulada todos esos años sobre sus hombros.

Annabelle también estaba agotada y todavía no terminaba de asimilar que estaba en casa. Las sensaciones habían sido contradictorias y confusas, pero no podía negar que había sentido algo muy real al pisar por primera vez los escalones de Ashton House. La fachada de color claro y las elaboradas molduras blancas le resultaban familiares. Fue al llegar al vestíbulo y ver la fastuosa escalera de mármol blanco, que se abría en ambas direcciones al llegar al primer piso, cuando sus pies amenazaron con dejar de sostenerla. De nuevo, imágenes de otra vida acudieron raudas para confundirla: una niña que bajaba corriendo los escalones, la voz de su padre regañándola con dulzura, un joven apuesto con mirada traviesa guiñándole un ojo con complicidad. Esa niña era ella. Los recuerdos que había bloqueado durante todos esos años pugnaban por brotar de golpe, pero había algo, puede que el miedo, que se lo impedía.

Desde que había llegado, los dolores de cabeza la atormenta-ban impidiéndole descansar. Todo era un quiero y no puedo, y, cuanto más se esforzaba por rescatar esas vivencias olvidadas, más dudas tenía de si eran completamente reales.

No conservaba recuerdos coherentes de su vida allí, pero cu-riosamente, por instinto, su cuerpo caminaba de un lugar a otro como si hubiese paseado por Ashton House mil veces. Lo primero que hizo al llegar allí, con un Brooks expectante, fue dirigirse a la galería donde estaban colgados los retratos familiares. Había caído de rodillas arrasada en lágrimas al mirar de frente el retrato de su madre por primera vez, tan parecida a ella y a la vez tan di-ferente. Margot Ridley tenía una belleza tranquila, y reposaba en la silla como si no hubiese tenido nada mejor que hacer que posar para el pintor. Su pelo estaba peinado en delicados bucles, nada que ver con el pelo lacio de Annabelle, su nariz era respingona, y la expresión de su cara dulce. Su hija podía compartir algunos rasgos o el color del pelo, pero su nariz aguileña y su gesto adusto hacían que su rostro careciera de esa dulzura tan atrayente que ca-racterizaba a su madre. Annabelle estaba alerta permanentemen-te, como un cervatillo en el bosque, atento al más mínimo ruido para escapar de allí, y sus ojos siempre intentaban escudriñar todo lo que tenía delante.

Y en este momento lo que tenía delante era su tía abuela Renata Ridley, tía de su padre, sorda como una tapia y con tendencia a quedarse dormida en cualquier momento, hasta mientras comía. Annabelle no sabía cuántos años tenía, pero estaba tan arrugada que estaba segura de que, si estiraban su piel, tendrían bastante para fabricar a otra persona con ella. Se le escapó una risita al imaginar aquello, puede que por primera desde que había llegado a Londres. No recordaba la última vez que se había reído con ganas, quizá mientras trabajaba con las chicas en la mansión de los Fletcher. Renata no era muy buena compañía, no solo porque como carabina no era demasiado eficiente, sino porque parecía inmersa en su propio mundo. Cuando se la presentaron, la anciana la había observado de arriba abajo a través de su monóculo y, tras su intenso escrutinio, había balbuceado algo y había vuelto a su cómoda butaca situada cerca de la ventana. Annabelle se había estrujado el cerebro intentando averiguar si en su cabeza había algún recuerdo de aquella mujer enjuta... pero no lo había. Gracias a Dios, Michael le informó de que se había trasladado a Ashton House después de morir su marido hacía unos cuatro años. Había sido una decisión de su tío Joseph, poco aficionado a vivir en la ciudad y que no quería que la casa familiar se quedara vacía. Inesperadamente había sido una buena decisión, ya que su presencia allí, aunque resultase fácil olvidarla, hacía que nadie pudiese criticar a una joven dama soltera por vivir sin supervisión.

Hacía apenas unos minutos que el profesor de protocolo que Brooks había contratado para ella se había marchado, y ya estaba temiendo el momento en que volvería a entrar por la puerta al día siguiente. Hellen Baker la había instruido en las normas de conducta básicas, pero acababa de descubrir que no valían de mucho en el complejo mundo de la aristocracia. Por el amor de Dios, ¿para qué quería alguien semejante cantidad de cubiertos en la mesa? Y eso no era lo peor, lo que la había dejado desconcertada era la multitud de temas que había que esquivar en una conversación para no parecer una persona con un concepto relajado en cuanto al decoro, y estaba segura de que todos aquellos que erigían la moral como bandera se comportaban de manera mucho más laxa cuando nadie los veía.

Ella no quería bailes, ni ostentosidad, ni recibir a medio Londres en su salita de estar con cara compungida y modales recatados. En realidad, no tenía ni idea de lo que quería. Había vuelto a una casa donde no quedaba nadie que pudiese ofrecerle el calor necesario para sentirlo como su hogar.

Un alboroto en la entrada de la mansión llegó hasta ella y se levantó con curiosidad para saber qué estaba ocurriendo, rogando para que no fueran más visitas de cortesía.

Un hombre alto de mediana edad hablaba con el mayordomo y, por sus gestos y su tono elevado, parecía bastante agitado. Levantó la vista al percibir su presencia y enmudeció de inmediato al verla. Se pasó los dedos por los labios con un gesto nervioso y avanzó hacia ella con tanta determinación que Annabelle estuvo a punto de echar a correr en dirección contraria. La abrazó con fuerza, acercándola a él, y ella se encontró con la nariz aplastada contra aquel enorme pecho masculino, asfixiándose con su intenso perfume dulzón. Estaba a punto levantar el brazo para suplicar algo de aire, cuando él la soltó para mirarla a la cara.

Su rostro le resultaba familiar, lo había visto en la galería de retratos. Era el actual vizconde de Ashton, su tío Joseph Ridley.

—Mi querida sobrina, no tengo palabras para expresar la inmensa dicha que siento.

Ella sonrió con timidez. Que hubiese tardado casi dos semanas en recorrer una distancia de apenas día y medio para verla, después de una década desaparecida, daba buena cuenta de la dicha que había sentido, sin duda. Se amonestó mentalmente por su mordacidad, debía esforzarse en ser la dulce palomita de pensamientos inmaculados que todos esperaban encontrar en una joven de su edad y condición, según palabras de su profesor. Pero ella no se había criado rodeada de inocencia, precisamente. Su vida había sido dura, a veces despiadada, y la fragilidad no era algo que la gente como ella se pudiese permitir.

Un torbellino envuelto en terciopelo malva hizo su aparición en el *hall* antes de que Annabelle se hubiese repuesto del efusivo abrazo de Joseph Ridley. Michael la había puesto al tanto del árbol genealógico y supuso que se trataba de su prima Charlotte, la mayor de las cuatro hijas del vizconde, la única que había hecho su debut en sociedad, hacía apenas dos meses, al comienzo de la temporada. La joven se abrió paso apartando a su padre y sujetó las manos de Annabelle con un agudo chillido de alegría, para abrazarla con fuerza después.

Por más que intentaba contagiarse del entusiasmo que mostraban sus parientes, le resultaba imposible componer algo más que una sonrisa comedida. Quizás tantos años conteniendo su parte emotiva y viviendo rodeada de austeridad habían hecho que incluso fuese ahorrativa con respecto a los abrazos. Mientras su tío se reunía en el despacho con Brooks durante casi toda la tarde, las dos primas se sentaron en la salita en compañía de su silenciosa tía Renata.

—No tienes que estar preocupada, Anna. Puede que seas el centro de atención durante unos días. La temporada ya está bastante avanzada y una bocanada de aire fresco como tú será bien recibida. —Charlotte hizo un gesto con la mano quitándole importancia al asunto—. Pero alguna debutante cometerá alguna indiscreción, alguien se emborrachará y perderá los nervios, o quizás haya algún duelo, y pasarás a un segundo plano, ya lo verás. Un escándalo siempre solapa a otro.

—No estoy preocupada, es solo que no veo necesario tener vida social. Al menos en estos momentos, en los que todavía estoy intentando asimilar quién soy en realidad. Es demasiado pronto —reconoció Annabelle por primera vez. Su cabeza era un hervidero; en lo que menos le apetecía pensar era en la necesidad de ser presentada en sociedad nada más llegar a Londres. No entendía a qué venían esas prisas, pero Brooks había decidido que fuera así.

—Mi padre cree que es la mejor forma de no alimentar los rumores. Si te escondes en la mansión con las cortinas cerradas, te convertirás en lo que ellos quieran que seas: una joya o un monstruo, todo depende de lo magnánimos que decidan ser. En cambio, si te muestras tal cual, todos verán que no hay motivos para el recelo. Además, mírate. Eres muy bonita. —Charlotte se inclinó hacia adelante y movió el dedo índice frente a la nariz de Annabelle con actitud amenazadora—. Solo espero que no me quites ningún pretendiente.

Annabelle tragó saliva y empezó a titubear intentando defenderse.

—Yo jamás... yo no tengo planes respecto... No he pensado en la posibilidad de casarme aún.

La carcajada cantarina de Charlotte consiguió que su prima respirase al fin.

—Ay, Annabelle. Solo bromeaba —aclaró apretándole la mano con una mirada parecida a la lástima—. Supongo que no has tenido demasiado tiempo para bromear, ¿verdad? Tienes que contármelo todo sobre tu vida anterior, no ha debido de ser fácil. Pero, primero, dime qué tal van tus clases de protocolo. Por lo que he oído, pronto conocerás a la reina. Yo la conocí en mi primera semana aquí, ¿sabes? Lástima que mi hermana Casandra se cayese del caballo y tuviésemos que volver precipitadamente al campo. Esa niña es un verdadero diablillo y por suerte solo se ha roto el brazo. —Annabelle intentó indagar un poco más en el asunto, pero la incombustible Charlotte estaba demasiado emocionada hablando de sí misma y no le permitió meter baza—. Todo se estaba desarrollando según lo deseado y tenía bastantes candidatos interesantes. En especial uno bastante guapo que me ha mostrado su interés desde el principio, es el soltero más codiciado de la temporada —dijo con tono confidencial—. Pero ahora ya estamos de vuelta y nos lo vamos a pasar muy bien, ya lo verás.

Annabelle sonrió, un gesto parecido a una mueca más bien. Si su prima era una representación del tipo de gente que iba a encontrar en los eventos a los que acudirían, dudaba bastante de que esto pudiera suceder. Se sentía incómoda con la gente que hablaba tanto y tan rápido, y con esa alegría impostada. Lo que sí tenía claro era que entre padre e hija parecía no haber secretos, a menos que Charlotte tuviese una portentosa habilidad para escuchar detrás de las puertas.

Con el paso de los días, los sueños extraños se agudizaban cada vez más, pero Annabelle seguía sin encontrarles sentido. Quizá había llegado el momento de comenzar a buscar un hueco a su medida en su nueva vida, en lugar de torturarse intentando casar las piezas de un puzle que no encajaba. Miró la carta que había dejado a medias en el escritorio y se amonestó mentalmente por no haberle escrito a Hellen desde que tomó posesión de su hogar, más allá de una breve nota el primer día que llegó a Ashton House informándole de que todo había ido bien. La imaginó en su salita, ansiosa, acribillando a preguntas a Lory cada vez que alguien llamaba a la puerta.

Miró de soslayo el pequeño retrato de su hermano Brendan que tenía en el tocador. No se atrevía a mirarlo directamente a los ojos, tenía miedo de ver decepción en ellos, y no entendía muy bien la razón. Posiblemente fuese porque no conseguía recordarlo. Sabía que era él, pero, aparte de unas pocas imágenes difusas, no recordaba ninguna vivencia, ni siquiera su voz. Solo sabía que lo quería con todas sus fuerzas, eso debía bastarle por el momento. Luego se miró en el espejo y apenas se reconoció en la persona que le devolvía la mirada desde allí.

Se había negado a que la peinaran con una cascada de bucles brillantes como los de Charlotte. Ella misma se peinó como había hecho siempre: con la raya formando una línea perfecta desde la coronilla hasta la frente y un sencillo moño bajo. A lo que no se había podido negar fue a que la embutieran en uno de esos endiablados corsés hechos con hueso de ballena, tan diferentes de la prenda endeble que había usado siempre, mucho más sofisticados y condenadamente rígidos.

Charlotte, que había supervisado el proceso, le había insistido a su doncella para que lo apretara más y, cuando lo hizo, la instó a dar un último tirón, su postura debía ser perfecta, regia incluso. Annabelle se sentía tan rígida que pensaba que se partiría en dos cuando subiese al carruaje. Intentó tomar aire con fuerza, pero se dio cuenta de que no podía. No le extrañaba que todas las jóvenes pareciesen lánguidas y delicadas, estaban a punto de perecer por culpa de su ropa interior.

—¿Estás lista? —preguntó Charlotte entrando en tromba en su habitación sin molestarse en llamar. La miró con ojo clínico, analizando el vestido de color amarillo claro que había elegido. Puede que no fuera el tono más idóneo para su piel pálida, pero estaba cansada de usar tonos grises y marrones oscuros. Se sentía distinta, frívola incluso, y una pequeña punzada de culpabilidad la hizo sonrojarse un poco—. Te ves bonita.

—Pues tú te ves espectacular —la halagó con sinceridad y ella dio un giro sobre sí misma con coquetería haciendo que su falda volara a su alrededor. Charlotte encajaba perfectamente en aquella profusión de volantes de tul y bordados brillantes de color azul cielo. Ella representaba el exceso, tanto en su euforia como en sus momentos dramáticos, que no iban más allá de romperse una uña o descubrir que una de sus amigas había elegido un vestido parecido al suyo para algún evento. Puede que por eso hubiesen hecho tan buenas migas en los días que llevaban juntas, Annabelle con su serenidad y su pragmatismo la ayudaba a poner los pies en el suelo, y Charlotte le aportaba la chispa que a ella le faltaba.

Charlotte apretó su mano con fuerza hasta que llegaron al carruaje, como si temiese que se diera la vuelta en cualquier momento para encerrarse en su habitación a cal y canto hasta el fin de sus días. Y no iba muy desencaminada, porque en lo único que pensaba era en lo absurdo e innecesario que resultaba aquel paripé. Su tío y el señor Brooks las acompañarían al primer baile al que asistiría Annabelle, que se celebraría en la mansión de los Robertson, uno de los eventos más esperados de la temporada. Todos los apoyos parecían pocos, incluso la presencia de tía Renata y su sordera selectiva hubiesen sido bienvenidas, pero ella prefirió quedarse en casa, ajena a la expectación que el debut de su sobrina nieta había despertado.

Annabelle descendió del carruaje con ayuda de su tío, que le dedicó una sonrisa esquiva y apartó la vista casi de inmediato. Había algo extraño en su forma de tratarla, como si no llegase a estar cómodo en su presencia y durante los últimos días no había dejado de darle vueltas hasta al más minúsculo detalle.

La Policía había acudido en dos ocasiones a interrogarla para averiguar lo que recordaba del día en que su hermano falleció, y cualquier detalle de su infancia que pudiera ayudarlos a esclarecer el suceso. Pero, cuanto más se esforzaba ella en recordar aquella tarde nefasta, más oscuras y profundas se volvían las lagunas de su memoria. Joseph, que estuvo presente en todo momento, no la presionaba, se mostraba paciente y ... ¿aliviado, frustrado? No podría asegurarlo, parecía bastante hermético, pero tenía la impresión de haberle escuchado exhalar con fuerza cuando la Policía se marchó sin resultados. Supuso que había ansiado encontrar una respuesta que le ayudara a cerrar la herida que la muerte de Brendan había dejado o puede que solo quisiera enterrar de una vez todo ese dolor. Sí, debía de ser eso. Que Annabelle no aportara nada nuevo, más que su presencia, suponía un punto y final a aquella historia. Solo que ella no estaba dispuesta a correr un velo y dejarlo estar. Aunque tuviese que exprimirse el cerebro con sus propias manos, conseguiría ordenar los pensamientos confusos que la asediaban y lo que era más importante: descubrir la verdad sobre lo que Callum le había dicho... y que no le había contado con demasiado detalle a nadie, ni siquiera a la Policía. Algo la instaba a guardarlo para sí misma. Y, si para eso tenía que convertirse en un pastelito de nata y recorrer todos los salones de Londres, lo haría, aunque intuía que la verdad estaría oculta en rincones mucho menos amables que esos.

En cuanto sus delicados zapatos nuevos pisaron las lustrosas baldosas de la mansión de los Robertson, el suelo pareció temblar bajo sus pies, y tuvo que aferrarse con fuerza al brazo de Brooks para no desfallecer. Los anfitriones se deshicieron en amabilidad, aunque estaba tan nerviosa que a los pocos segundos ya era incapaz de recordar ni una sola de las palabras que habían intercambiado.

A medida que avanzaba por el salón, podía ver cómo las cabezas se unían para cuchichear y se giraban para mirarla sin disimulo. Se sentía como uno de esos animales que exhibían en los circos y que ella solo había visto en los periódicos atrasados que Hellen le prestaba. A simple vista, aquello no se diferenciaba en lo más básico de uno de los bailes que se organizaban en Lowtown de vez en cuando. Una mesa con refrigerios, los mayores sentados en sillas dispuestas alrededor de la pista, vigilando a sus polluelos, y jóvenes bailando o charlando repartidos por el salón buscando un poco de privacidad. La gran diferencia era la opulencia que lo rodeaba todo. Los vestidos competían en brillo con los candelabros y los cientos de velas que iluminaban la estancia. En Lowtown había que conformarse con el órgano de la viuda señora Smith y el violín desafinado de su fijo, en lugar de la orquesta de cinco músicos que en estos momentos tocaba de manera maravillosa encima de una tarima. Debería sentirse deslumbrada, pero no podía librarse de la sensación de desasosiego y de opresión que le impedía relajarse, aunque eso también podía deberse al corsé, que se clavaba despiadadamente en sus costillas.

Se obligó a bailar una cuadrilla con un joven desgarbado de quien olvidó su nombre apenas se lo dijo, aunque el codazo de su prima tuvo mucho que ver en que aceptara. Agradeció con un suspiro que terminara la música al fin, y el joven debió de notarlo, ya que, en cuanto la acompañó junto a su familia, que se encontraba al borde de la pista, huyó despavorido casi sin despedirse. Rezó para que nadie más tuviera el poco tino de pedirle un baile esa noche; no quería volver a sentirse observada y atrapada como un jilguero en una jaula.

—¿Y bien? —Cameron Wade miró a su hermano de soslayo ofreciéndole una copa, mientras Edward seguía observando cómo Annabelle Ridley se desplazaba por la pista con torpeza sin levantar la cabeza ni una sola vez—. ¿Crees que tiene aspecto de venir del otro mundo?

Edward lo amonestó con la mirada y aceptó la copa que le tendió. Le dio un largo trago antes de hablar, sin duda lo necesitaba.

—No seas tan insensible. Parece ser que la chica no recuerda gran cosa de lo que ocurrió antes de desaparecer y lo ha pasado mal.

—No soy insensible, solo intento tomarme esto con sentido del humor. Habías asimilado que tendrías que cortejar a la divertida, chispeante y cálida señorita Charlotte Ridley. Y ahora aparece su prima, tan pálida, con ese pelo oscuro y siniestro. Estoy seguro de que incluso su piel estará tan fría como si... —Cam se detuvo con una carcajada al ver la cara ceñuda de su hermano—. Qué momento tan inoportuno para resucitar. ¿Verdad?

—Habla con más respeto, Cam. ¿Quién sabe? Puede que seas tú quien acabe poniendo un anillo en su dedo. Así, nuestro padre se aseguraría la servidumbre de paso igualmente.

Cameron fingió estremecerse, no solo por la posibilidad de casarse con esa mujer, sino por la simple idea de un matrimonio concertado por intereses económicos. Puede que fuera porque su infancia había transcurrido de una manera bastante diferente a la de su hermano Edward, pero valorar a una compañera de vida como si de una yegua se tratase le producía un incontenible rechazo. No sabía si el amor existía, ni siquiera tenía intenciones de casarse. Pero si había algo que tenía claro era que no condicionaría su vida por seguir las órdenes de su padre, por mucho que lo respetase. Se dedicaba a los negocios familiares hasta el límite de la extenuación y, gracias a él, habían podido poner en funcionamiento una segunda fábrica de jabón que les estaba reportando unos considerables beneficios, pero hasta ahí llegaba su implicación. Cam había nacido para seguir sus propios designios. Edward, en cambio, el perfecto heredero, había asumido que sus obligaciones estaban muy por encima de sus deseos, y entre ellas estaba considerar el matrimonio como una unión fructífera, adecuada y satisfactoria para ambas partes, tan práctico como desapasionado.

Lord Amery se acercó hacia donde se encontraban lord Ashton con sus dos retoños, tan distintas entre sí a pesar de que ambas compartían rasgos similares, y les hizo un gesto casi imperceptible con la cabeza a sus hijos para que se acercaran. Tras las presentaciones de rigor, Edward obedeció la orden tácita de su padre, que no dejaba de vigilar cada uno de sus movimientos, y le pidió un baile a Annabelle. Sintió un poco de pena al ver la reacción de la muchacha y, si no hubiera sido una falta total de etiqueta, habría retirado el ofrecimiento. Annabelle Ridley parecía a punto de desmoronarse en cualquier momento, como un montoncito de hojas que el viento arrastra de aquí para allá. Primero palideció, después enrojeció, y volvió a palidecer una vez más, antes de balbucear que no tenía demasiada experiencia en bailar el vals.

—Seguro que, si me deja llevarla, nadie se percatará. Prometo no gritar demasiado si me pisa —bromeó Edward intentando tranquilizarla, pero ella no pareció captar la broma. Estaba a punto de buscar alguna salida digna para no obligarla a pasar por aquella tortura cuando ella tendió la mano, aceptando. Para él fue un pequeño triunfo. Se dirigieron a la pista, y no se le escapó la mirada perpleja de Charlotte, que sin duda pensaba que sería la elegida para el baile. La había visitado varias veces tras su presentación, la había invitado a pasear, le había enviado flores y bombones y apasionados poemas, que, evidentemente, él no había escrito, dejando claro que ella era su prioridad en aquel mar de candidatas sonrientes que atestaban los bailes y eventos. Cam había tenido razón en su descripción; era divertida y alegre, y no le había desagradado la idea de pedir su mano. Charlotte era un soplo de aire fresco en aquel Londres decadente en el que se movía. Pero ahora su objetivo había cambiado. Lo mejor para su familia era que se centrara en cortejar a Annabelle Ridley, la «resucitada», aquella mujer fría que se movía con él por la pista con la misma soltura que el palo de una escoba y que claramente daría su vida por estar haciendo cualquier otra cosa que no fuese bailar con él. Notaba sus manos frías, a pesar de la tela de los guantes, y tuvo la sensación de estar sujetando un témpano de hielo, como si se tratase de la mano de una... Movió la cabeza para abandonar esos pensamientos lúgubres, sin duda Cameron lo había sugestionado con sus tonterías sobre la resurrección. Pensó en algo que decir que rompiera el hielo, nunca mejor dicho, pero solo se le ocurrieron preguntas que podrían resultar incómodas para alguien que llevaba desaparecido una década. Estaba tan absorto en su propia incomodidad que no notó que ella respiraba de manera superficial y que estaba todavía más pálida que antes. Suspiró, aliviado, cuando los músicos tocaron los últimos acordes. Los bailarines comenzaron a caminar de un lado para otro para salir de la pista; alguien chocó de manera casual con Edward, y, cuando tras una rápida disculpa se giró hacia su acompañante para ofrecerle su brazo, ella simplemente ya no estaba.

A cada paso que daba, Annabelle tenía la impresión de que el pasillo se volvía más y más largo. No sabía a dónde conducía, pero esa era la salida más cercana que encontró al abandonar la pista. Edward Wade parecía agradable e incluso simpático, pero, aunque no tuviese demasiada experiencia con los hombres, podía notar que estaba tan tenso como ella. No era capaz de mirarla a los ojos; Annabelle tampoco colaboraba demasiado, con la vista clavada en el nudo de su pañuelo la mayor parte del tiempo. Los que no tenían ningún reparo en observarla a conciencia eran el resto de bailarines, que los contemplaban sin disimulo como si fueran una extraña pieza de museo. Se preguntó si siempre sería así. Había sentido ganas de gritar y patalear para darles un espectáculo digno de ser recordado, pero en esos momentos se había conformado con huir como una cobarde e intentar que el oxígeno volviese a llegar a sus pulmones. El maldito corsé parecía haberse apretado por arte de magia y sentía que la piel ardía bajo las rígidas ballenas. Apoyó una mano en la pared intentando tomar aire, pero, cuanto más se esforzaba, más difícil era. Sus oídos empezaron a zumbar y el dolor de su pecho se hizo mucho más intenso. A lo lejos vio una puerta acristalada y no le importó demasiado si era decoroso o no deambular por una casa ajena, en esos momentos solo podía pensar en no desmayarse. Llegó a la puerta con dificultad, intentó girar la manivela, pero le fue imposible y se apoyó en ella intentando sostenerse. Cerró los ojos unos instantes y cientos de puntitos blancos brillaron dentro de sus párpados. Instintivamente inspiró con fuerza cuando recibió una inesperada bocanada de aire frío en la cara.

Los parpados le pesaban y se dejó llevar como si flotase. Estaba apoyada sobre algo duro y a la vez confortable y ese olor... olía a menta, a un campo recién segado y a cosas que no sabía precisar, pero que la reconfortaban. Estaba sentada sobre una superficie fría y dura y al menos eso le daba sensación de seguridad.

La presión de su pecho se aflojó apenas lo suficiente para poder respirar de nuevo y la brisa fresca comenzó a estimular sus sentidos. No sabía si se había desmayado o no, pero estuvo a punto de gritar al escuchar una voz masculina cerca de su oído dedicándole palabras de aliento. Abrió los ojos de golpe y parpadeó varias veces intentando comprender lo que estaba ocurriendo sin parecer una idiota, pero no podía asimilar que estaba sentada en un banco de piedra en los brazos de uno de los Amery. Hizo un esfuerzo para recordar su nombre, últimamente parecía que los recuerdos, hasta los más cotidianos, se le escapaban como el agua entre los dedos. Cameron Wade. Sí, era él.

—Gracias a Dios. ¿Se encuentra mejor? —susurró como si no quisiera asustarla. Annabelle se dio cuenta de que la estaba abanicando con su propio abanico. Intentó incorporarse, pero el rápido movimiento la mareo un poco, y volvió a cerrar los ojos unos segundos—. Tranquila, no haga esfuerzos.

—Lo siento —musitó, a falta de algo más inteligente que decir.

—No tiene que disculparse. Edward no debería haber insistido en sacarla a bailar cuando resultaba evidente que no estaba preparada para ello. Confía demasiado en sus dotes de bailarín.

Annabelle sonrió y se incorporó despacio, probando su resistencia. Avergonzada, retiró la mano que mantenía apoyada sobre el pecho de ese hombre e intentó mirar a cualquier parte que no fueran sus intensos ojos, que a la escasa luz del jardín parecían casi negros, y que la escudriñaban buscando algún síntoma de mejoría.

—Supongo que su hermano solo pretendía ser amable. —Se sorprendió a sí misma al soltar una risita—. ¿Tanto se nota? Que no estoy preparada para estar aquí, quiero decir.

Su hermano pretendía algo más que ser amable y él lo sabía. Edward acababa de dar el primer paso para ser el ganador del trofeo y no le importaba haberle dado falsas esperanzas a la bella Charlotte, que se había ilusionado con los exagerados ramos de flores y los halagos demasiado pronto. Había que reconocer que Edward era un buen partido, guapo, influyente, amable y adulador, y una joven debutante resultaba una presa fácil para él. Aunque Cameron intuía que necesitaría algo más que un soneto y un ramo de rosas para impresionar a Annabelle Ridley. A pesar de parecer un ratoncillo asustado, había visto en su postura cierto aplomo, la actitud de alguien que ha tenido que pelear muy duro para sobrevivir. Él conocía esa sensación de primera mano y podía identificarlo en los ojos de los demás. Annabelle estaba muy lejos de estar en un ambiente cómodo para ella, al menos por el momento, pero había percibido algo en ella, algo intenso que le decía que no se dejaría doblegar con facilidad.

—Ninguno de los que están aquí estarían preparados para pasar una sola noche en la vida que usted ha vivido hasta ahora, ¿no le parece? Se orinarían en los pantalones solo de pensarlo. —Ella frunció el ceño preguntándose hasta dónde sabría él para hablar con tanta seguridad—. Michael y yo somos amigos, me ha contado vagamente lo que le ha tocado vivir.

—En Londres no hay secretos.

—Todo lo contrario. Londres está plagado de secretos, señorita Ridley. Con el tiempo se dará cuenta de que hasta el más inocente esconde algún muerto en el armario.

—¿Se supone que eso debería tranquilizarme, señor Wade? —preguntó irónica elevando una ceja, y él no pudo retener una carcajada que ella correspondió con timidez.

—Debería sentirse como le apetezca. Le aconsejo que no le dé demasiada importancia a esto. —Hizo un movimiento con su mano queriendo englobar la mansión y toda la frivolidad que bullía en su interior—. Me refiero a los círculos de la aristocracia, aquí nada es lo que parece.

—¿Se refiere al círculo al que usted mismo pertenece? —La sonrisa de Cameron brilló en la oscuridad. No esperaba que fuese tan mordaz. En realidad, más allá de los comentarios malintencionados que él mismo le había dedicado, no se había parado a pensar cómo sería el carácter de una joven que había vivido algo tan traumático. Ni siquiera se había planteado intercambiar con ella más que un saludo de cortesía, pero tenía algo que le resultaba atrayente.

—*Touché*. Supongo que hablo con conocimiento de causa, aunque solo me considero uno de ellos cuando eso me reporta algún beneficio. Pero guárdeme el secreto. —Cam levantó la mano en dirección a su cara, pero la detuvo a mitad del camino y la cerró, al darse cuenta de que el gesto era demasiado íntimo para dos desconocidos. Todo aquello resultaba totalmente inapropiado—. Parece que ya se encuentra mejor.

Tenía razón, su respiración casi había vuelto a la normalidad, aunque el latido frenético de su corazón no había disminuido ni un ápice, e intuía que el corsé no tenía nada que ver. Miró hacia el pecho de su corpiño y se percató de que le quedaba un poco más holgado que antes.

—Oh, disculpe. Espero que me perdone, pero he tenido que desabrochar un par de botones de su vestido. —Todo el aplomo y la seguridad de ese hombre parecieron esfumarse al tener que justificar aquel acto—. Creí que se ahogaría si no hacía algo, yo... Era una situación desesperada.

Annabelle levantó la mano para detener sus excusas, al menos no había llegado a aflojar su corsé, lo que hubiera sido completamente bochornoso; la situación ya era bastante mortificante sin tener a ese hombre tan atractivo justificándose por haber manipulado su ropa. Porque tenía que reconocer que era el hombre más atractivo que había visto nunca. No tenía un físico perfecto y refinado como su hermano. Cameron Wade era mucho más tosco, sus hombros eran anchos y podría pasar por un leñador o un marinero sin mucha dificultad, a pesar de sus ademanes elegantes. Observó su nariz un poco torcida y sus labios gruesos y firmes. Por el amor de Dios, ¿cuándo se había fijado ella en los labios o la nariz de un hombre? Debía de ser la falta de aire, seguro que eso habría nublado la sesera de cualquiera.

—Lo entiendo. No dudo de su caballerosidad, pero creo que no es sensato prolongar esto más, deberíamos volver.

—Tiene razón, pero no se preocupe. Aquí estamos a salvo. Usted está a salvo. Quiero decir que... mis intenciones... —Cam bufó y se pasó las manos por el pelo, tan nervioso como un colegial, consciente en ese momento de lo que podía ocurrir si alguien los encontraba allí. Su reputación quedaría hecha añicos nada más salir del cascarón—. Será mejor que me calle o acabaré diciendo alguna estupidez. Si me permite...

Annabelle, que había comenzado a contorsionarse para llegar a los botones de su vestido, se rindió y le ofreció la espalda para que él hiciera el trabajo. Cameron no llevaba guantes y rozó ligeramente la piel de su espalda al cerrar la prenda. Ella trató de concentrarse en la brisa helada, en el chapoteo del agua de la fuente que burbujeaba junto a ellos, en el olor a flores, pero solo podía notar la respiración cálida de Cameron Wade sobre su nuca.

—Ya está —anunció Cam con la voz más ronca que antes—. ¿Quiere que la acompañe al salón?

—¿Podría decirle a Michael que venga a buscarme? —le pidió con una sonrisa agotada mientras se masajeaba las sienes con los dedos—. Ya he tenido suficiente por una noche.

Cam asintió y se despidió con una reverencia, un gesto un tanto fuera de lugar teniendo en cuenta que acababa de abrocharle el vestido.

—Señor Wade. —Cam se detuvo en seco y se volvió a mirarla—. Espero que me guarde el secreto.

Cameron asintió, devolviéndole la sonrisa con complicidad, y reanudó su camino de vuelta al salón para buscar a Brooks con la mayor discreción posible. Mientras caminaba por el pasillo desierto, cerró los manos que aún le hormigueaban, como si no pudiera deshacerse del tacto de la piel de Annabelle. Definitivamente no había nada frío en aquella misteriosa mujer.

8

A Charlotte no le gustaba madrugar, pero el día después de un baile era incapaz de quedarse en la cama, impaciente por ver el efecto que sus melosas caídas de ojos y sus comentarios ingeniosos habían tenido en los caballeros con los que se había cruzado. Esta vez encontró dos ramos de flores en la mesa de la entrada; no eran demasiados, pero aún era temprano. Rebuscó ansiosa hasta dar con la tarjeta que los acompañaba y su sonrisa perdió un poco de fuerza al ver que no eran del caballero que le interesaba. Se dirigió al comedor del desayuno, donde Annabelle leía absorta un libro, mientras daba sorbos a su té.

Se sentó, enfurruñada, sin dar los buenos días aceptando el plato que un lacayo le sirvió. Anna había aprendido durante toda su vida que lo mejor cuando alguien tenía un mal día era hacer el menor ruido posible y pasar desapercibido para no tentar a la suerte. Esa misma mañana lo había aplicado al cruzarse con su tío Joseph por el pasillo, cuyo mal humor era tan palpable que ella no había podido evitar pegarse a la pared para dejarlo pasar. Con Callum siempre lo hacía, aunque no tenía más remedio viviendo en una casa tan pequeña como un nido de ratas. En la mansión, en cambio, si había algo en abundancia era espacio y se preguntó si alguna vez podría encontrar su lugar allí y desprenderse de esa sensación de ahogo constante.

Alguien llamó a la puerta principal y Charlotte se puso alerta inmediatamente, intentando captar la dirección que tomaban los pasos del mayordomo. Sonrió al ver que entraba con un nuevo ramo de flores y saltó de su silla sin poder contener la impaciencia. Rebuscó, ansiosa, la nueva tarjeta y dio un pequeño gritito al reconocer la letra. Sus ojos buscaron la firma, «Edward N. Wade», y solo entonces se detuvo a leer el resto de la carta. Su boca se abrió por la sorpresa y pequeñas manchas rosadas aparecieron en la discreta porción de su pecho y su garganta que asomaba de su coqueto vestido de día. La nota y las flores no eran para ella, sino para Annabelle, que observaba, sin saber qué hacer, toda la gama de emociones contradictorias que manifestaba su prima.

—Charlotte, ¿estás bien?

Como única respuesta, su prima le lanzó el papel y salió del comedor completamente furiosa. El mayordomo carraspeó sin saber cómo enmendar la situación y se limitó a dejar el jarrón que portaba en una de las mesitas y musitar «Son para usted, señorita Ridley.», antes de salir pitando a ocupar su puesto. Lo último que necesitaba era tener que presenciar un conflicto entre debutantes.

Annabelle se agachó a recoger la nota y la releyó varias veces con incredulidad. Edward Wade no solo le enviaba un ramo de flores, sino que la invitaba a dar un paseo en calesa por Hyde Park esa misma mañana. Así que ese era el caballero en el que Charlotte había puesto sus ilusiones. No le extrañaba que estuviese furiosa. Se planteó seriamente rechazar la invitación, quizás hubiera sido lo más honesto teniendo en cuenta que no tenía ningún interés en él, pero el profesor de protocolo le había advertido lo fácil que era cruzar la delgada línea que conducía a la descortesía. Así que aceptó, con la inestimable presencia de tía Renata como compañía, aunque solo fuera por tomar un poco de aire fresco y, de paso, demostrarle al señor Wade que no eran en absoluto compatibles.

—¿Qué le está pareciendo Londres, señorita Ridley? —preguntó Edward mientras la calesa avanzaba por la amplia avenida del parque atrayendo las miradas de los curiosos.

Annabelle iba sentada junto a su tía, y Wade en el asiento de enfrente, por lo que no podía deshacerse de su inquisitivo escrutinio ni un solo instante.

—Excesivo —fue su escueta respuesta, mientras volvía a concentrarse en los demás carruajes que paseaban a su alrededor para eludir su mirada.

La tía Renata los observó durante unos segundos, como si estuviese preguntándose quiénes eran ellos y qué demonios estaban haciendo allí, pero volvió a ignorarlos para disfrutar del paisaje mientras giraba con lentitud su sombrilla de encaje.

—Explíqueme eso —pidió con una sonrisa condescendiente.

—Los salones, las fiestas, la frivolidad y el lujo que rodea «nuestro» mundo parece no tener medida... y, sin embargo, en contraste, solo hay que cruzar la calle para encontrar hambre, frío y miseria. Y tanto el lujo como el hambre parecen inagotables. ¿No le parece curioso?

—Para llevar tan poco tiempo aquí, parece haber destapado todos los secretos de Londres.

—«Secretos», aquí se usa mucho esa palabra. La verdad es que me bastó pasar una noche alojada en una pensión cerca del East End para descubrirlo.

Edward la miró unos instantes en silencio, intentando calibrar si sus palabras tenían una doble intención. A la luz del día su aspecto no era tan siniestro como el de la noche anterior, su piel no parecía tan pálida y se dio cuenta de que sus ojos tenían un tono verde muy peculiar, el verde de un prado en primavera, o el de una brillante esmeralda. Era bonita, sin duda, pero había algo más en ella, algo mucho más atrayente que sus rasgos delicados: su entereza. Cualquier dama, especialmente una soltera, habría obviado ese detalle si en algo valoraba su reputación. Pero ella lo había reconocido a la primera oportunidad y dudaba que fuera por torpeza. Estaba retándolo, y aquello resultaba muy estimulante. Mucho más que cortejar a una joven inmadura, incapaz de hablar de otra cosa que no fueran las inclemencias meteorológicas o la poesía. Annabelle Ridley no era una florecilla frágil, era una mujer que había sobrevivido a pesar de tenerlo todo en contra.

Annabelle, consciente de que la estaba estudiando, encogió los dedos de las manos en un acto reflejo, a pesar de llevarlos cubiertos por unos finos guantes. Podía sentir aún las llagas, aunque ya estuviesen casi cicatrizadas, y las uñas desgastadas por el uso de la lejía y el agua hirviendo.

—Bueno, supongo que la gran ciudad puede resultar un poco intimidante hasta que no se la conoce bien.

—No sé si la palabra es intimidante. Lo que sí sé es que la gente debería saber lo hay fuera de sus jaulas de oro. No soportaría ser una de esas muchachas ingenuas que creen que el mundo se limita a la placidez de sus salitas de costura.

—¿Una joven como su prima Charlotte, por ejemplo?

A Annabelle le extrañó la pregunta, aunque, sí, tenía que reconocer que su prima Charlotte era más ingenua que la mayoría, o puede que simplemente fuese más feliz autoconvenciéndose de que el mundo era de color de rosa. Mientras ella pudiese disfrutar de sus comodidades, todo iría bien.

—Me temo que somos bastante diferentes. Yo no aspiro a mantenerme ignorante de lo que pasa alrededor. Yo quiero saberlo todo, señor Wade.

—«Todo». Suena ambicioso. Pero, básicamente, ya conoce lo que debe saber. La diferencia de clases existe, por desgracia hay gente que lo pasa muy mal. Podemos ayudar a los que menos tienen, pero sería una ingenuidad pensar que podemos cambiar sus vidas. Como empresario, intento tratarlos de manera justa. Sin embargo, cada uno está en la cara de la moneda que le ha tocado.

—¿Eso es todo? ¿Deben resignarse por haber nacido en la peor cara de la moneda? —Lo miró con incredulidad. No sabía si era cinismo o el realismo más crudo.

—No me mire así, señorita Ridley. No soy impasible al sufrimiento ajeno. Pero debe saber que trabajo duro para ser quien soy, no me limito a poner la mano y esperar a que las riquezas caigan del cielo.

Annabelle no pudo retener una carcajada cínica.

—No lo dudo. Como tampoco dudo que los chiquillos que escalan por las chimeneas lo hagan, aunque solo consigan un mendrugo de pan a cambio, ni los hombres y mujeres que trabajan de sol a sol en las fábricas o las minas... ¿Usted lo duda?

—No, por supuesto que no. A veces la suerte es una baza muy importante.

—Suerte... —musitó. Quizás la suerte había hecho que el anuncio de Brooks cayera en manos de Hellen. Quizás la suerte había hecho que Callum no llegase a pagar con ella su frustración durante alguna de sus borracheras, quizás la suerte determinaba en qué rincón del mundo nacías, si en una cama de oro o en un áspero jergón de paja. Puede que Wade tuviese razón, después de todo.

Edward estaba intrigado por aquella declaración de principios, casi parecía que estuviese furiosa con él, con el mundo, a pesar de que la expresión de su cara apenas había variado lo más mínimo. Le hubiera encantado continuar indagando sobre el tema, pero un grito parecido a un cacareo, proveniente de la silenciosa tía Renata, les hizo dar un respingo.

Ambos la miraron con los ojos como platos al ver que, inexplicablemente, una de las varillas de su parasol se había enredado en el pelo cardado de la anciana. Edward, con su caballerosidad habitual, acudió rápidamente a ayudar a la mujer. Renata, que no había sentido las manos de un hombre sobre su huesudo cuerpo desde antes de que le salieran canas, lanzó una patada con todas sus fuerzas en dirección al caballero, mandándolo de vuelta al asiento de enfrente. Por suerte para él, el golpe fue a parar a su muslo y no a sus atributos, o su capacidad para engendrar un heredero se hubiese visto seriamente comprometida. Con cara de espanto, Annabelle intentó calmar a la mujer, que parecía haber entrado en un bucle, tirando y gritando, llamando la atención de todos los que paseaban a su alrededor. Inmersa en su propio mundo, probablemente pensaría que estaba siendo atacada por un águila imperial por lo menos, a juzgar por la intensidad con la que forcejeaba consigo misma. Al igual que había hecho con Edward, Renata empujó a su sobrina con una fuerza inesperada para una persona de su edad y la lanzó sobre el regazo del caballero, que la habría recibido encantado de no ser porque estaban ofreciendo un espectáculo que, sin duda, sería la comidilla de todo Londres durante días. Annabelle apenas reaccionó, a pesar de que el brazo de Edward rodeaba con firmeza su cintura, evitando que cayera de bruces sobre su tía ante el peligro de que le saltase un ojo con la sombrilla, que se había convertido en un arma letal en sus manos. Se llevó los dedos a los labios, pensando en cómo justificaría ante su tío que su adorada tía Renata llegase calva a la mansión después de un inocente paseo en calesa. Quizás la excusa del ataque de un águila podría ser más verosímil que el de su propia sombrilla. El carruaje se detuvo y Annabelle se incorporó con las manos extendidas en son de paz, ganándose una mirada enojada de la anciana. Le daba pena verla tan vulnerable, prefería sin duda esos instantes en los que la mujer la miraba con expresión desdeñosa, juzgando su comportamiento, su ropa o su presencia allí. Al fin, Renata pareció tranquilizarse un poco, puede que por agotamiento. Annabelle volvió a sentarse junto a ella, desenredó el pelo que se había enganchado y con ternura colocó los mechones de la anciana en su sitio.

—Ya pasó, tía Renata. Ya pasó —susurró sin dejar de acariciar su mano, consiguiendo que su tía se relajara.

Renata volvió a contemplar el paisaje como si nada hubiese ocurrido y Annabelle suspiró aliviada; no pudo evitar sonrojarse al ver la intensa mirada que Edward le dedicaba. De vuelta en la mansión, Renata se despidió del joven con una seca reverencia y una mirada ceñuda que indicaba que no le perdonaría lo que había ocurrido, aunque no tuviera la culpa, y él se pasó la mano por el muslo dolorido en un gesto inconsciente.

—¿Le duele? —preguntó Anna cuando estuvieron a solas en el *hall* al percatarse de su gesto.

—Solo en mi orgullo —repuso él—. ¿A quién quiero engañar? En realidad, estoy deseando gritar de dolor y, si usted no estuviese delante, quizás me permitiría soltar un par de lágrimas.

Annabelle intentó contenerse, pero al final soltó una carcajada que contagió a Edward.

—Lo siento —se disculpó entre risas.

—No tiene por qué. Usted no me ha pateado. ¿Quién iba a decir que su tía iba a ser tan buena carabina? No quiero imaginarme lo que me habría hecho si llego a intentar propasarme con usted.

Ambos volvieron a reír.

—La pobre se ha asustado bastante. No me gusta verla tan confundida.

—Sí, la entiendo. Pero ha llevado muy bien la situación. —Edward se adelantó para besar su mano mirándola directamente a los ojos—. Ya tenemos un motivo más para que nuestro primer paseo resulte inolvidable.

«Un motivo más».

Ella se mordió el labio intentando no sonreír, la tía Renata había pasado un mal rato, aunque parecía haberlo olvidado un instante después, y se sentía mal por ello. Pero recordar la expresión de sorpresa de Edward Wade al ser catapultado al asiento de enfrente resultaba gracioso, y prefería no pensar en la cara que habría puesto al sentirla sobre su regazo. Para ella había resultado extraño y, aunque no quisiera reconocerlo, parecía que su contacto aún estaba ahí, como si su mano todavía rodease su cintura.

Annabelle miró la breve carta que tenía en las manos en la que Edward volvía a invitarla a salir. No sabía demasiado sobre la vida social en Londres, pero de lo que estaba segura era de que salir a pasear dos días seguidos con el mismo caballero, especialmente después del espectáculo que habían ofrecido la mañana anterior con la inestimable ayuda de tía Renata, era dar pie a especular sobre su interés en Edward Wade.

Puede que fuese porque había recibido la visita de dos caballeros bastante atractivos la tarde anterior, pero Charlotte parecía haber abandonado momentáneamente el enfado que le había provocado el interés del futuro conde de Amery en ella, y se había desternillado de la risa al enterarse de lo ocurrido durante el paseo. Annabelle estaba bastante aliviada por ello; su prima era el único apoyo fraternal que tenía en esos momentos, aparte de Michael, claro.

Pensar en el abogado le había hecho recordar todas las dudas que la asediaban y, después de enviar una nota declinando la invitación de Wade, pidió un carruaje para dirigirse al despacho de su tutor. La oficina de Brooks se encontraba en una zona no muy alejada de la mansión de los Ridley y, sin embargo, el ambiente era muy diferente. A ambos lados de la calle se situaban oficinas, algunos bancos y el enorme edificio que albergaba una de las editoriales más importantes de la ciudad. Annabelle esquivó a varios peatones que caminaban con prisas, y a un carruaje antes de cruzar la calle, y notó que era una de las pocas mujeres que deambulaba a esas horas por allí.

Michael la recibió con sorpresa y le pidió que tomara asiento, mientras su secretaria les traía un té.

—¿Tu carabina te espera fuera? —preguntó, aunque intuía la respuesta. La secretaria entró con la bandeja y la dejó sobre la mesa. Se dispuso a servirles el té, pero Michael la despachó con un gesto de la cabeza y lo sirvió el mismo.

—He venido sola —confirmó ella mientras elegía una pasta con forma de flor y le daba un pequeño bocado.

Brooks movió la cabeza, pero intuía que Annabelle, bajo su fachada serena, seguía siendo tan testaruda y rebelde como cuando era una niña.

—¿Y qué te trae por aquí? Podías haberme enviado una nota y hubiera ido a verte.

—Me apetecía pasear.

—No me digas que has venido andando —preguntó con cara de espanto.

—He venido en carruaje, no me tome por una descerebrada —se defendió, y soltó una risita al ver a Michael exhalando un suspiro de alivio—. Quería hacerle unas preguntas y creo que aquí estaremos más tranquilos.

—¿Debo anular las citas que tengo agendadas el resto del día? —inquirió con tono burlón, aunque sus ojos expresaban seriedad. Había preferido no atosigar a Annabelle con cuestiones que difícilmente podría responder en ese momento, con la esperanza de que fuese ella la que comenzase a abrir las puertas que permanecían cerradas dentro de su mente. Anna le respondió con una tímida sonrisa, pero fue evidente que su cabeza iba a toda velocidad.

—¿Por qué mi padre lo eligió a usted para ser mi tutor? Quiero decir que lo normal es designar a un familiar cercano y, sin embargo, no eligió a mi tío Joseph.

—Directa al grano, como una buena Ridley. Y, por cierto, deja de hablarme de usted, haces que me sienta viejo. —Sonrió y dio un sorbo a su té, ordenando la conversación en su cabeza—. Tu padre y yo nos hicimos amigos en el colegio, cuando no éramos más que unos críos. Recuerdo que el primer día me dio una paliza porque yo quería quitarle la litera, y el segundo se la devolví porque quiso quitarme mi gorra preferida. A partir de ahí nos volvimos inseparables. —Michael se puso de pie con las manos en los bolsillos y miró durante unos interminables segundos por la ventana, como si estuviese recordando aquellos años—. Ambos teníamos nuestros defectos, pero nos profesábamos una lealtad inquebrantable. En cambio, tu padre nunca se llevó bien con su hermano.

—¿Por qué?

—Nada y todo a la vez, supongo. Entre ellos siempre hubo mucha rivalidad, y eso hizo que la relación se enfriara. Joseph siempre fue bastante dado a mirar solo por su propio ombligo.

Michael se giró hacia ella pasándose la mano por su flequillo ralo intentando hilar el resto de la historia, al menos lo suficiente para que entendiera la situación en la que estaban inmersos en estos momentos. Pero ella se lo puso fácil con una nueva pregunta.

—¿A qué se debe el interés del futuro conde de Amery en mí? Sé que eres amigo de esa familia. —Michael entrecerró los ojos, incrédulo, ante la suspicacia de la joven—. Es un hombre atractivo, por lo que he oído uno de los caballeros mejor posicionados, el candidato ideal. Y, sin embargo, en cuanto aparezco en Londres se esfuerza en conocerme, me manda flores y me invita a dar un paseo dos días seguidos. Discúlpeme, pero no creo que mis encantos sean tan irresistibles como para desatar semejante despliegue.

El abogado estuvo a punto de atragantarse con el té ante una inoportuna carcajada.

—Discrepo, eres encantadora y cualquier hombre con dos ojos y al menos un cuarto de cerebro caería rendido ante ti.

—Pero no estamos hablando de cualquier hombre. —Ella se mantuvo en sus trece y Michael supo que era el momento de empezar a descorrer las cortinas y que comenzara a entrar algo de luz en la oscuridad que rodeaba la vida de Annabelle.

—Los Amery y los Ashton siempre han tenido una extraña relación de amor y odio. No sé si sabes que la finca que vuestra familia tiene en Lancashire está justo al lado de la mina de los Amery. De hecho, un antepasado de Edward Wade se la compró a un precio irrisorio a uno de tus antepasados. Joseph es bastante rencoroso y, a pesar de que ya han pasado un par de generaciones desde aquello, sigue escociéndole recordarlo.

—Sigo sin entender qué tengo qué ver en esto. Charlotte es la heredera, ella es la hija del vizconde de Ashton, ella debería ser su objetivo. Hasta donde yo sé, ni siquiera me han asignado una dote todavía.

—La mina de Lancashire es una de las principales fuentes de ingresos de los Amery y, por suerte para ellos, encontraron un nuevo filón hace unos años. El problema es que para transportar el carbón necesitan la carretera que cruza la finca de tu familia. Joseph siempre está poniendo trabas al asunto, a pesar de que cobra una buena cantidad por la servidumbre de paso. Hasta que tú apareciste, los Amery dependían de tu tío.

—¿Qué quiere decir eso?

—Tu padre no estaba muy bien de salud durante los últimos años y quería asegurarse de que estuvieses protegida. Firmó un documento designándome como tu tutor en caso de que Brendan no pudiese hacerse cargo. —La voz de Michael se ahogó unos segundos por la emoción. Había querido a esos niños como a su propia familia y había considerado un honor que le encargasen su cuidado, aunque había tenido que trabajar arduamente para ello. Por desgracia, con Brendan había fracasado—. Como sabes, la herencia pasa directamente al pariente varón más cercano, pero tu padre se encargó de que, tanto las tierras de Lancashire como la mansión que hay en ellas, que no estaban ligadas al título, fuesen para ti en usufructo. El resto era para Brendan, su heredero. Tu hermano no quiso modificar esos documentos, gracias a Dios. Mientras vivas, esas tierras te pertenecen y cualquier decisión sobre ellas también.

—Mientras viva —susurró para sí misma—. Por eso mientras yo estaba convenientemente muerta, Edward Wade tenía sus ojos puestos en la dulce Charlotte.

—Annabelle, el matrimonio es un contrato, al fin y al cabo. Los Amery son buenas personas, los conozco. Son honorables. Sé que puede resultar frío, pero una unión con su primogénito supondría tu estabilidad, serías condesa, y puedo asegurarte que no te faltaría de nada.

—¿Estás de su parte? ¿Habéis orquestado todo esto juntos?

—¿Qué? No. Por el amor de Dios, Anna, esto no es una trampa ni un complot para engañarte. Todo lo contrario. Mi deber es asegurar tu bienestar y te juro que no pienso en otra cosa. Es una unión ventajosa para ambas partes, pero, por supuesto, nadie va a obligarte a nada.

—Especialmente ventajosa para ellos. Con este matrimonio, Edward se asegura tener el paso abierto para su dichoso carbón sin pagar nada a cambio. Me imagino lo contento que debe de estar tío Joseph.

—No debe importarte lo que piense tu tío. Debes mirar por ti, Annabelle.

—Habría sido mucho más honesto contármelo todo desde el principio. «¿Qué tal, señorita Ridley? Le ofrezco un anillo a cambio de una maldita carretera. ¿Acepta?». Dios, cuánto odio este maldito mundo vuestro.

Annabelle se puso de pie y comenzó a apretar sus sienes con los dedos intentando contener el repentino dolor de cabeza que zumbaba en su interior como una colmena.

—Cuando te serenes, verás que es una opción inmejorable.

—No sé si me acostumbraré a que se me trate como una moneda de cambio. —Annabelle cogió una galleta y se marchó hacia la puerta—. Tengo más preguntas; cuando esté de humor, volveré.

Y Michael no tuvo ninguna duda de que así sería.

Cuando salió a la calle, agradeció el aire frío en sus mejillas, que parecían arder. No sabía si tenía derecho a sentirse humillada, pero era así como se sentía. Edward Wade había puesto sus ojos en Charlotte Ridley para resolver el problema que atañía a sus negocios, y sin ningún tipo de escrúpulo la había desechado para fijarse en ella cuando supo que le pertenecía el usufructo de las tierras. Gracias a Dios que no se había hecho ningún tipo de ilusión respecto a ese hombre, aunque tenía que reconocer que le resultaba atractivo y que, después del paseo en calesa, la idea de darle una oportunidad había pasado vagamente por su mente.

En Lowtown todo era aparentemente más sencillo. Los jóvenes se conocían desde la infancia, incluso los de los pueblos de alrededor. Después de unas cuantas miradas significativas en la iglesia o en alguna fiesta, el joven pedía permiso al padre de la chica y comenzaba el cortejo. Por supuesto que el hombre debía tener un oficio digno para mantener a la familia.

Suspiró profundamente. Pensándolo bien, era bastante parecido. Recordó a su amiga Melly, que se vio obligada a aceptar al hijo del panadero, a pesar de que tartamudeaba cada vez que lo tenía cerca de puro miedo. Era un verdadero gigante. Ahora eran aparentemente felices, con dos niños y un negocio próspero. Sin amor, pero con comodidad. Por lo visto, una joven en edad casadera no podía aspirar a más, pero ella no quería ese tipo de vida. No lo había querido cuando vivía en el pueblo y no lo quería ahora. Puede que la repugnancia que sentía por Callum, su referente masculino más cercano hasta hacía bien poco, tuviera mucho que ver. Le vino a la mente uno de los pocos consejos de la pobre Nancy.

«No te fíes de los hombres, Annie. Pueden tener buena apariencia, ser amables, pero, una vez que eres suya, estás perdida».

Nunca sería de Edward Wade ni de ningún otro, a menos que ella pudiera imponer sus condiciones. Miró hacia el extremo de la calle y localizó el carruaje de los Ridley junto a otros que esperaban a que sus dueños terminaran sus quehaceres. Charlie, su cochero, charlaba entretenido con el resto de sirvientes.

El dolor de cabeza de Annabelle persistía volviéndose cada vez más violento, y lo que menos le apetecía era volver a casa. Cada vez más preguntas se agolpaban en su interior; entre ellas, por qué su tío Joseph no le había comunicado lo que su padre había decidido para ella. Al menos, ahora entendía por qué su tío era incapaz de mirarla a los ojos y podía confirmar que la animadversión que había intuido en él tras el primer encuentro era real, y no imaginaciones suyas. ¿Se habría alegrado el conde de Ashton de que regresara sana y salva, o habría supuesto un mazazo para sus ambiciosas intenciones? No lo conocía lo suficiente para saber si en él primaban los sentimientos o la avaricia, pero al menos ahora podría observarlo de manera más crítica.

Sus pies, por decisión propia, iniciaron el camino contrario de lo que el sentido común mandaba y comenzó a caminar calle abajo perdiéndose entre las personas que paseaban de aquí para allá. Sin saber muy bien a dónde iba, se dejó llevar por la gente que deambulaba por allí. Vio a varias mujeres con sus cestas llenas y dedujo que debía de haber un mercado por allí cerca. Le apetecía ser de nuevo la muchacha sencilla que iba a la compra y regateaba para conseguir una pieza más de fruta. Dobló varias esquinas hasta desembocar en una calle llena de comercios a lado y lado. El bullicio allí era muy diferente al de la calle donde Michael tenía su oficina. Aquí, varios comerciantes que habían sacado sus mercancías a la calle vociferaban sus precios, la gente sencilla entraba y salía de las pequeñas tiendas, y los limpiabotas y los vendedores de periódicos se apostaban en cada esquina. Se dio cuenta de que estaba sonriendo cuando una anciana que portaba una cesta llena de flores le devolvió la sonrisa. La mujer insistió tanto que al final Annabelle cedió y compró un ramillete de lirios blancos. Se los acercó al rostro para olerlos y estuvo a punto de atragantarse con ellos cuando un chico pasó a su lado corriendo, propinándole un empujón tan fuerte que casi la hizo caer al suelo. Miró a su alrededor, desconcertada, hasta que entendió que el chico estaba huyendo de uno de los tenderos. Varios hombres le cortaron el paso intentando detener al pilluelo, que se retorcía como una anguila, librándose de su agarre con facilidad. Cuando estaba a punto de escabullirse por una esquina, un tipo enorme con un delantal de carnicero se interpuso asestándole un puñetazo en el estómago. El chico se dobló sobre sí mismo intentando recuperar el aliento. Quiso levantarse y escapar de allí, el carnicero era mucho más fuerte, pero él le ganaba en agilidad. Pero cuando estaba a punto de conseguirlo, el comerciante al que presumiblemente le había robado llegó hasta él con una vara de madera en la mano. El chico se encogió sobre sí mismo mientras el hombre descargaba con furia la madera sobre su espalda sin piedad.

Annabelle miró alrededor espantada, pero la gente que presenciaba la escena se limitaba a volver la vista, los más sensibles, o a observar satisfechos e incluso jalear al hombretón, los más ávidos de espectáculo. El chico sacó la mano que escondía bajo su cuerpo para dejar caer el objeto que atesoraba con tanto ahínco: una manzana. El pobre muchacho estaba recibiendo una cruel paliza por una maldita manzana. Annabelle soltó el ramo de flores y, sin pensar en lo que hacía, se abalanzó con todas sus fuerzas hasta que el comerciante, que no esperaba el golpe, perdió el equilibrio y cayó al suelo. Ella se arrodilló junto al chico, mientras el hombre vociferaba furioso a su lado y se ponía de pie dispuesto a finalizar lo que había empezado, más ahora que escuchaba un coro de risitas de la gente, que se burlaba de él por haber sido derribado por una pequeña mujer. Por instinto, Annabelle cubrió al chico con su propio cuerpo al percibir la ola de furia que ese tipo desprendía. Cerró los ojos con fuerza y su mente se trasladó al frío cuartucho donde se había criado, con el cuerpo de Nancy temblando bajo el suyo y el cinturón de Callum pendiendo sobre sus cabezas. Se preparó para recibir el golpe, pero este no llegó, solo un largo silencio seguido de un nuevo coro de exclamaciones.

—Atrévete a tocarla y te mato, desgraciado. —El tendero apenas había tenido tiempo de ver una sombra oscura acercarse por uno de sus flancos mientras elevaba la barra para dejarla caer sobre la insolente mujer que se había atrevido a ridiculizarlo, arrebatándole la poca autoridad que tenía.

El alboroto había atraído a Cameron Wade, que paseaba tranquilamente después de desayunar en una de sus tabernas favoritas cercana a su piso de soltero, un lugar sencillo y limpio donde acudían los comerciantes de la zona. Esas riñas eran habituales entre los niños que intentaban sisar algo en las tiendas o de los bolsillos de los viandantes, pero rara vez se llegaba a las manos. La incredulidad lo paralizó unos segundos al reconocer el pelo negro y la tez clara de la mujer que protegía con su propio cuerpo a un chiquillo de la calle. Su pasividad duró poco al ver que un enorme tendero elevaba una vara de madera para descargarla sobre ella y la indignación nubló su juicio. Se abalanzó sobre el hombre y, tras sujetarlo de la muñeca y el cuello, lo estampó contra la fachada más cercana.

El hombre intentó tragar saliva, pero la presión de Cameron sobre su garganta le impedía respirar con normalidad. Cam vio el miedo en sus ojos, la piel fláccida de su cara que comenzaba a volverse de un tono rojo violáceo y, aun así, la indignación le instaba a apretar más fuerte.

Las súplicas de una chica que apenas podía contener las lágrimas lo hicieron reaccionar al fin, aflojando el agarre, lo que provocó que el tendero cayera al suelo como un saco de harina. La joven se acercó al que parecía ser su padre para ver su estado.

—Sobrevivirá —dijo Cameron entre dientes con acritud—. ¡Se acabó el espectáculo!

Dio un par de palmadas en el aire y todo el mundo fingió volver a sus quehaceres como si nada hubiese ocurrido, sin apartar del todo la vista de ellos.

El ladrón de manzanas forcejeó ligeramente para librarse de Annabelle, que se había quedado paralizada al ver a uno de los Wade aparecer por arte de magia para librarla de aquel castigo inmerecido. El chico atrapó con un rápido movimiento la manzana que había rodado hacia el suelo y, tras dedicarle una última mirada a Annabelle, huyó del lugar en un santiamén.

Cameron acortó la distancia que lo separaba de ella en dos zancadas y, con un gesto no demasiado galante, la sujetó del brazo para ponerla de pie y avanzar entre la multitud de curiosos que se congregaban alrededor. Si alguien la reconocía, sería muy complicado justificar que la sobrina del vizconde de Ashton estuviese defendiendo, a costa de exponer su propia seguridad, a un vulgar ratero. Annabelle frenó al pisar algo blando y vio que era el ramo de flores que había comprado. Cam volvió a tironear de ella para evitar que se agachase a recoger los maltrechos lirios que habían quedado destrozados.

—¡Suélteme, señor! —gritó tironeando de su brazo.

—Rebusque en su interior y encuentre una pizca de buen juicio, señorita Ridley —masculló encarándola, con los dientes apretados—. Déjeme sacarla de aquí antes de que esto empeore.

Annabelle estaba tan aturdida por lo que había ocurrido que solo le quedaba dejarse arrastrar por aquel hombre imponente. Era curioso, pero le parecía mucho más alto y amenazador que el noble refinado que la había ayudado en el jardín de los Robertson. Aunque la gente se apartaba a su paso, se sentía agobiada por las miradas que parecían tocarla y los cuchicheos y risas que escuchaba a su paso. Cameron cambió de dirección de forma abrupta para cruzar una callejuela y Anna estuvo a punto de chocar con una mujer vestida de forma estrafalaria. Ante su rápida disculpa, esta soltó una risotada y un diente de oro brilló bajo la tibia luz de la mañana. Una especie de seísmo sacudió la mente de Annabelle, que se quedó anclada al suelo como si unas raíces invisibles la hubieran apresado. Cameron se giró para ver qué le ocurría al notar que ni siquiera su firme agarre la hacía avanzar.

Una capa grisácea y sucia pareció cubrir todo lo que la rodeaba, mientras el golpeteo de sus sienes volvía con fuerza. Todo se desdibujó a su alrededor: la gente que la observaba con una curiosidad malsana, la ramera que volvió a reír cerca de su cara, la mano firme de Cameron Wade sobre su brazo, los sonidos cotidianos del mercado, el sol, todo Londres se convirtió en una masa gelatinosa y oscura que la rodeaba, engulléndola. Y en medio de aquel silencio forzado, imperó el sonido de su propio corazón desbocado y una voz dolorosamente conocida que había olvidado hacía tiempo. Esa voz susurró su nombre. En medio de la negrura que lo rodeaba todo estaba Brendan, que giró la cara despacio hacia ella para hablarle. Pero, antes de que emitiera ningún sonido, un hombre le asestó una puñalada. Ella gritó con todas sus fuerzas. El asesino de su hermano la miró con su cara sumida en la oscuridad, en la que solo se distinguía una tétrica sonrisa, y sus dientes dorados reflejaron la única luz que iluminaba la escena. Annabelle apenas podía respirar, incapaz de sentir otra cosa más que un terrible dolor de cabeza y el latir furioso de su corazón en las costillas. Apretó los ojos con fuerza y se dejó llevar por la negrura. Quizás esa fuese la única forma de detener el dolor.

9

Cameron se aflojó el nudo de la corbata y se pasó por enésima vez las manos por el pelo castaño, desordenándolo. Aquello estaba mal, muy mal. Vio su reflejo en el espejo de la habitación. Iba en mangas de camisa, se había desabrochado el chaleco y, aun así, sentía que se ahogaba, y no precisamente por la temperatura de la habitación, que era bastante fresca. Tener a una joven soltera y decente en su cama era suficiente motivo para acalorarse, para asfixiarse por culpa de su propia conciencia. Especialmente si la chica en cuestión era Annabelle Ridley, la mujer con la que su hermano debía casarse. Pensó en ponerse de nuevo la chaqueta, llevado por el estricto código de etiqueta que le habían inculcado hasta la extenuación, pero, teniendo en cuenta que una mujer inconsciente descansaba en su lecho, entre sus sábanas, pensó que podía permitirse esa pequeña concesión en pos de la comodidad.

Cuando había visto a Annabelle en peligro, había estado a punto de perder el juicio, como le hubiera pasado con cualquier otra dama, supuso. Pero cuando se desmayó entre sus brazos, su mente se había negado a pensar con claridad. Había intentado hacerla reaccionar, pero ella parecía estar en otra parte muy lejos de allí. La gente comenzó a arremolinarse a su alrededor, ávidos de un poco de carnaza, y la necesidad de sacarla de aquel lugar de inmediato lo hizo tomar una decisión. Estaba asustado, muy asustado. La cogió en brazos y, sin pensar en el decoro o en lo apropiado o lo decente, se dirigió al único lugar seguro que conocía, que además era el más cercano en ese momento. Podría haber buscado un carruaje y haberla llevado a la discreta seguridad de Ashton House, pero no hubiese sabido como justificar la presencia de Annabelle, sin carabina, en una trifulca callejera. No era su problema, realmente; ella debería haber buscado las excusas correspondientes frente a su tío, pero sentía una conexión con esa chica, una especie de complicidad inexplicable. O puede que, en el fondo, fuera muy fácil de entender. Él también se había criado muy lejos de los cómodos colchones de plumas de los Amery, de las despensas siempre llenas, de los trajes a medida, los candelabros de plata y las paredes forradas con lujosos papeles pintados.

Se giró hacia la cama al escuchar que Annabelle emitía un gemido casi imperceptible. Se acercó, sentándose a su lado en el colchón, con cuidado de no acercarse demasiado a ella y acarició su mejilla con suavidad, sin saber muy bien por qué. Ella abrió los ojos, que se veían perdidos, y miró a su alrededor moviendo la cabeza muy despacio. Su cara se contrajo en un gesto de dolor y él se apresuró a acercarle un vaso de agua, como si eso fuese suficiente para aliviar sus males. Pero, antes de que llegara a sus labios, ella dio un salto en la cama, al percatarse de que estaba sola con él en aquella habitación.

—Shh. Tranquila. —Cam apoyó una mano en su hombro con suavidad, obligándola a reclinarse de nuevo sobre las almohadas—. Tenga, beba un poco.

Annabelle miró el vaso con recelo y se pasó la lengua por los labios resecos en un acto reflejo.

—Es solo agua. No pretendo envenenarla.

—¿Qué hago aquí? ¿Dónde...? —Se interrumpió y esbozó una mueca al sentir que su propia voz resonaba en el interior de su cabeza como si fuesen tambores de guerra. Aceptó el agua y bebió despacio; cualquier gesto, por pequeño que fuese, parecía desencadenar una corriente de dolor insoportable.

—Está en mi casa, en mi apartamento de soltero. —Sonrió al ver que ella emitía un gruñido mientras se masajeaba las sienes con los ojos cerrados—. No se preocupe, creo que nadie nos ha visto llegar. Al menos nadie que pueda reconocerla, a pesar de lo poco discreto de su actuación.

Annabelle encogió los dedos de los pies percatándose de que no llevaba zapatos y abrió los ojos para mirar su corpiño llevada por la intuición. Como había imaginado, los botones delanteros de su vestido estaban desabrochados dejando a la vista el sencillo encaje de su camisola. Se apresuró a cerrarlos mirando a Cam con el ceño fruncido a pesar del suplicio que le provocaba esbozar ese gesto.

—¿Tiene idea de lo inapropiado que es todo esto? Siendo escrupulosos, mi reputación... y no es que me preocupe demasiado, pero... Esto no está bien.

—Se ha desmayado. No sabía qué hacer; si la hubiese llevado a su casa, habríamos tenido que dar muchas explicaciones, explicaciones de las que no disponía con usted inconsciente.

—Es mucho menos farragoso traerme aquí y desnudarme —replicó con ironía.

—No está desnuda. —La mirada indescifrable que le dedicó la hizo olvidarse unos segundos del terrible dolor de cabeza y de lo que lo había provocado, pero, en cuanto intentó levantarse, la angustia regresó.

—Señorita Ridley, necesita descansar.

—Sí, pero no en su cama. —Se detuvo al sentir la mano de Cameron sobre la suya y, al levantar la vista para encararlo, lo que vio la dejó sin fuerzas para rebelarse. En sus ojos había comprensión y, aunque no le gustase que la compadecieran, también vio pena.

—Por favor. En cuanto esté lista para marcharse, yo mismo la acompañaré con la mayor discreción posible, pero no quiero que vuelva a desmayarse.

Ella asintió y dejó que él le recolocara las almohadas detrás de la espalda.

—Quizás debería tomar un poco de láudano para el dolor de cabeza. —Esbozó una sonrisa al ver la cara de espanto de Annabelle, que estaba a punto de volver a saltar de la cama—. Una dosis muy pequeña la aliviará, le prometo que mi intención no es tenerla en mi cama todo el día.

Una minúscula porción del cerebro de Cam se iluminó ante la sugerente idea, pero la desechó inmediatamente; era un caballero y ella estaba en una situación vulnerable, los pensamientos pecaminosos no tenían cabida.

—Me parece una falta de respeto que bromee con mi salud, señor Wade. —Anna se cruzó de brazos fingiéndose más enfadada de lo que se sentía.

Cameron se dirigió hacia un armario y sacó un pequeño frasco, para volver a sentarse junto a ella unos segundos después.

—Solo un poco, le prometo que la aliviará. Sé que lo necesita, he visto cómo sufría. —Añadió un par de gotitas al agua y le tendió el vaso, que ella aceptó a regañadientes bebiéndose casi todo su contenido.

—Lo siento, no debería ser un problema para usted. Debería irme.

—Y se irá, en cuanto se encuentre mejor. Está muy pálida. Quizás si durmiera un rato...

Annabelle se resignó y apoyó la cabeza en las almohadas, cerrando unos segundos los ojos. Solo unos segundos...

Puede que fuera el efecto del láudano, pero Annabelle no recordaba haber dormido de manera tan profunda en mucho tiempo. Cuando abrió los ojos no era consciente de haber soñado nada, solo tenía sensación de vacío, como si hubiese flotado durante una eternidad en la oscuridad más absoluta. Dio un respingo al recordar dónde estaba y se sorprendió al notar que el dolor de cabeza se había convertido en un recuerdo vago que se negaba a abandonarla del todo. Se levantó con cautela y caminó descalza, intentando no hacer ruido, hacia la habitación contigua, de donde provenían ruidos domésticos. Cruzó una salita con unos ventanales enormes y se dio cuenta de que debían de haber pasado varias horas, ya que el sol estaba bastante bajo. Se asomó a la puerta de la estancia de donde provenía el entrechocar de porcelana y se quedó anonadada al ver a Cameron canturreando mientras removía el contenido de una cazuela. Él se giró intuyendo su presencia y le dedicó una sonrisa avergonzada por haber sido pillado de esa guisa.

—Parece que tiene mejor aspecto. ¿Ha descansado? —preguntó limpiándose las manos con un paño.

—Sí, me siento un poco mejor.

—Perfecto, seguro que tiene hambre.

—¿Ha cocinado usted? —preguntó incrédula, acercándose atraída por el olor de la comida. Abrió la cazuela y aspiró con fuerza. Dios mío, qué hambre tenía. Era una pena que la aristocracia tuviera que disimular cualquier gesto mínimamente humano que delatara que tenían los mismos instintos que los demás, porque en ese momento se hubiese relamido con gusto ante la expectativa de comerse un buen plato—. ¿No tiene servicio?

—Sí, dos personas vienen por las mañanas a limpiar y preparar la comida, pero, dadas las circunstancias, creí más prudente que no viniesen hoy. Me gusta cocinar, aunque mis conocimientos son muy limitados, solo un par de guisos y huevos revueltos. Vamos, tome asiento.

—Debe de ser tardísimo, no debería dilatar esto más. Lo más sensato sería marcharme.

—Creo que hoy no ha hecho nada sensato en todo el día, ¿por qué empezar ahora? —bromeó mientras llenaba un par de platos de estofado y los llevaba hacia la mesa de la sala, situada junto a los ventanales.

—Porque no sé cómo voy a justificar haber pasado todo el día fuera de casa —levantó la voz para que él la oyera desde la otra habitación mientras cotilleaba con disimulo los utensilios y el contenido de la despensa.

—Ya se inventará algo —argumentó, volviendo a la cocina a por una jarra de agua y dos copas—. Supongo que no le apetecerá vino.

—No, agua está bien. Y no me gusta inventarme nada, odio las mentiras.

Cam la instó a dirigirse a la mesa y le retiró la silla, invitándola a sentarse. Tomó asiento frente a ella mirándola con intensidad.

—Perfecto, porque quiero hacerle unas preguntas y quiero la verdad.

Ella asintió metiéndose una cucharada de caldo en la boca sin importarle que estuviese humeando. Por su cara de satisfacción, Cam dedujo que el guiso estaba a su gusto y esbozó una sonrisa un tanto infantil. Carraspeó para recuperar la seriedad antes de comenzar con el interrogatorio.

—Dígame qué hacía en esa zona de la ciudad usted sola. ¿No ha llegado a la lección en la que le explican que una dama no debe salir sin carabina?

Annabelle ignoró su pulla y siguió comiendo, agradecida porque el dolor de cabeza se estuviese diluyendo, y más aún porque su estómago hubiese dejado de rugir.

—Me apetecía pasear.

—Sí, claro. ¿Qué hacía protegiendo a un delincuente? —preguntó con tono áspero.

—Era solo un niño muerto de hambre. —Annabelle soltó la cuchara como si recordarlo hubiese erradicado de golpe todo su apetito—. Usted no vio sus ojos, estaba aterrado. Y solo había robado una manzana, no se merecía una paliza semejante.

—He visto esos ojos muchas veces, señorita. La entiendo, pero no es consciente del peligro que ha corrido. Ese hombre, que la triplicaba en fuerza y maldad, estaba dispuesto a volcar su ira sobre usted. Esto no es un pueblecito minúsculo perdido en mitad de la nada, donde la gente se casa con sus primos y resuelven los problemas alrededor de una chimenea y una botella de aguardiente. Esto es Londres, por el amor de Dios. Si alguien hubiese lanzado la primera piedra, esta bonita mañana de primavera habría acabado con una lapidación pública. ¿Lo entiende?

Cameron se dio cuenta de que estaba elevando el tono al ver que Annabelle estaba a punto de hacer un puchero. Parecía vulnerable, con el peinado deshecho y su pelo oscuro cayendo sobre los hombros en mechones desordenados y, sin embargo, una vez libre de la expresión severa e imperturbable que solía lucir, se veía más bonita que nunca. Dejó la servilleta sobre la mesa y se puso de pie para acercarse a su silla. Anna bajó la mirada, retorciéndose las manos con nerviosismo y, al percatarse de que Cam se arrodillaba junto a ella, encogió los dedos ocultándolos cuanto pudo. A Cam no se le escapó su gesto, pero ya habría tiempo de descubrir qué quería ocultar. Había sido demasiado duro con ella, y era consciente de que no estaba pasando un buen momento.

—Discúlpeme, he sido algo brusco. Pero me asusté al verla allí. Si yo no hubiera aparecido...

En un acto irreflexivo, Cameron apartó la cortina de pelo que ocultaba su cara para mirarla a los ojos, que se veían vidriosos.

Estaban cerca, demasiado cerca. Tanto, que él podía perderse en aquellos ojos verdes y en las vetas doradas que arrancaba la luz que entraba por la ventana a su espalda. Tan cerca que Annabelle se hubiera quedado allí, contemplando el azul oscuro de los ojos de él el resto de su vida. Pero no tenían el resto de sus vidas para contemplarse, por desgracia.

—Pero apareció —susurró Anna rompiendo el hechizo.

Cameron se levantó con un suspiro y volvió a su asiento.

—Le aconsejo que no vuelva a cometer una temeridad semejante. No puedo prometerle que la próxima vez aparezca.

—No necesito un guardián, señor Wade. No se erija como tal.

—No lo pretendo, pero soy un caballero. No puedo permitir que una dama sea agredida en mi presencia —contestó indignado.

—Especialmente si los intereses de su familia dependen de esa dama, ¿verdad? Habría sido muy inoportuno. —Annabelle se levantó de golpe de la mesa, a punto de volcar los vasos con el impulso, y se dirigió con paso airado hacia la habitación para recuperar sus zapatos y marcharse de allí.

—Señorita Ridley, me ofende que tenga ese concepto de mí. Ya veo que está al tanto del asunto que nos une, así que es absurdo disimular. Las intenciones de mi hermano...

Annabelle se giró indignada para encararlo, y el brusco movimiento hizo que se marease. Cameron la sujetó por la cintura antes siquiera de que ella fuera consciente de que estaba a punto de caer al suelo.

—Tranquila, estoy aquí, no voy a dejar que caiga —susurró junto a su oído al percatarse de que ella se había aferrado con desesperación a su chaleco—. No lo permitiré.

Y ella le creyó. Sin atender a la lógica, que le gritaba que permanecer un segundo más junto a aquel hombre era una insensatez, se convenció de que tras cada tropiezo su mano firme estaría allí, presta a sostenerla. Apoyó la mejilla en su pecho, sin ganas ni fuerzas para alejarse de la seguridad que le ofrecía su abrazo. Se encontraba aturdida y temerosa de sufrir un nuevo mareo. La sensación de no poder dominar su cuerpo era muy desagradable y se sentía vulnerable y expuesta ante él, que prácticamente era un desconocido.

—No soy una damisela frágil que se desmaya en cuanto se disgusta por cualquier nimiedad y que necesita una corte de sirvientes que porten sus botes de sales —se reivindicó con la voz entrecortada, en parte por el enfado que le producía que él creyese que era débil.

—No lo he pensado ni por un momento.

Cam sonrió con los labios pegados a su pelo, y no pudo ignorar la corriente cálida que le provocaba tenerla tan cerca.

—¿Quiere volver a echarse?

—No, solo me he mareado por girarme demasiado rápido. Es hora de volver a casa.

Cam no añadió nada más. La necesidad inexplicable de protegerla estaba empezando a germinar, empañando su sensatez, y permanecer allí, entre aquellas cuatro paredes, de repente le resultaba demasiado íntimo. Bajó a buscar un carruaje de punto mientras ella terminaba de arreglar su apariencia. Apenas hablaron durante el trayecto, pero, al acercarse a Berkley Square, las preguntas se agolparon en la garganta de Cam, como si esta fuera la última oportunidad que tuviesen para resolverlo todo. Se inclinó hacia delante para mirarla a los ojos y ella tragó saliva de manera perceptible.

—¿Qué ha visto, señorita Ridley?

Annabelle parpadeó sorprendida por la pregunta. Había sido una ingenua al pensar que su desmayo podía pasar por un malestar pasajero, puede que ante la vista de cualquiera hubiese sido así. Pero Cameron Wade no era cualquiera, era como un animal capaz de traspasarla con sus ojos astutos.

—He visto el terror en su mirada antes de desmayarse, su grito ha sido desgarrador. Dígamelo, por favor, quizás yo pueda ayudarla.

—No recuerdo nada, señor Wade. Solo estaba asustada.

—Eso era más que evidente —continuó. La respiración de Annabelle se volvió más rápida y superficial, y podría jurar que podía ver la sangre latiendo desbocada en las venas de su garganta—. Mientras estaba inconsciente, no dejó de repetir su nombre: Brendan.

Anna miró por la ventana ansiosa por bajarse de aquel vehículo, y no importaba si para ello debía hacerlo en marcha. No estaba preparada para poner en palabras todo lo que sentía, las imágenes confusas que la torturaban por las noches y el espantoso recuerdo que la había desestabilizado hasta hacerle perder el sentido. Por suerte, el carruaje se detuvo frente a su casa con un ligero vaivén. Cameron sujetó su mano pillándola por sorpresa. Ni siquiera había sido consciente de que había olvidado sus guantes hasta que sintió la mano cálida de ese hombre sobre su piel áspera y llena de cicatrices, y cerró los dedos con fuerza intentando liberarse. Pero él no la soltó mientras la miraba a los ojos, intrigado.

—Prométame que no volverá a deambular sola por ahí.

—Se está tomando usted muchas libertades al exigirme promesas, señor Wade. —Lo desafió con una enigmática sonrisa recuperando el aplomo de siempre. Se bajó casi de un salto del carruaje, ansiosa por deshacerse del hormigueo que persistía en su piel, en la zona donde se habían tocado y, por extraño que pareciera, en el resto de su cuerpo. Antes de que el carruaje reanudara la marcha, se giró hacia él—. Gracias por todo. El estofado estaba delicioso.

Se marchó sin darle tiempo a contestar, aunque su estado de ánimo era un crisol de sensaciones a cuál más ingobernable.

Cameron no había podido arrancarle una promesa, gracias a Dios, porque Annabelle era demasiado honesta para jurar en falso. La pregunta muda que había anidado en su mente desde que descubrió su identidad, o puede que desde mucho antes, había despertado de su letargo y ya no había forma de dar marcha atrás. Necesitaba saber qué le había pasado a su hermano y estaba segura de que no iba a encontrar la respuesta sentada en su lujosa salita. Volvería, aunque esta vez estaría preparada.

10

La única razón por la que Cameron estaba decidido a vigilar muy de cerca a la señorita Ridley era por el interés de la familia, por supuesto, y no dejaba de repetírselo a sí mismo. Lord Amery había puesto sus esperanzas en el matrimonio entre Edward y Annabelle, era su deseo; qué demonios, era una maldita imposición. Y Edward jamás decepcionaba a su padre, siempre presto a satisfacer sus designios, a cubrir sus expectativas o incluso superarlas. En una palabra, era el heredero, el hijo, el primogénito perfecto. Y contra todo pronóstico, ahora parecía bastante satisfecho con la idea, como si hubiese descubierto una faceta en Annabelle Ridley que los demás no conocían.

Pero seguro que no sabía tantas cosas como el propio Cam. Dudaba de que su hermano supiera la tortura que suponía dormir en una cama impregnada del perfume dulce y fresco a la vez de Annabelle, ni lo sensual que se veía con el pelo suelto y alborotado, o el aspecto que lucía cuando dormía apaciblemente, con la mano debajo de la mejilla y los labios ligeramente abiertos.

Aunque no todo el tiempo que permaneció dormida en su cama fue tan idílico. Solo había que mirarla para saber que padecía un sufrimiento insoportable. Su frente y su pecho brillaban con pequeñas gotas de sudor, su cara estaba contraída en una mueca que mostraba el pánico que sentía y su cuerpo estaba tan tenso que su postura parecía antinatural. De no haber sido porque le daba miedo dejarla sola en ese estado, habría corrido por toda la ciudad hasta encontrar un médico que la ayudara, pero, en cuanto se separaba de ella, su estado empeoraba. Al final se había tumbado junto a ella, acunándola contra su cuerpo, susurrando palabras dulces en su oído mientras acariciaba su pelo y su espalda con toda la ternura que pudo encontrar en su interior. Poco a poco, Annabelle se fue relajando, cayendo en un sueño profundo.

Cam no había sido del todo sincero con ella. Le había reconocido que había llamado a Brendan mientras estaba inconsciente, pero eso no fue lo único que dijo. No sabía qué o quién había abierto esa compuerta que bloqueaba su memoria, ni siquiera hasta qué punto ella recordaba lo ocurrido, pero Annabelle había visto algo lo suficientemente grave para entrar en ese estado de alteración.

«Fuiste tú. Te vi. Vi lo que hiciste». Annabelle había repetido esta frase una y otra vez, a veces de manera casi ininteligible y otras veces gritándolo con todas sus fuerzas. Quizás ella no tuviera las agallas para seguir ahondando en lo que ocurrió aquella noche, pero había visto hasta dónde podía llegar su coraje y dudaba de que se conformara sin más.

Esa mañana, con el perfume de Annabelle todavía atacando sus sentidos, se dirigió hasta el despacho de Brooks para que lo pusiera al día sobre el caso. Por desgracia, la aparición de Annabelle no había esclarecido demasiado el asunto. El tal Callum era un delincuente más que se había llevado a la niña porque le faltaron agallas para matarla, pero no aportaba nada nuevo. Había algo truculento detrás de la muerte de Brendan Ridley, un muchacho demasiado joven para haberse granjeado enemigos tan peligrosos.

¿Quién podría tener interés en eliminar al muchacho? ¿Una venganza?, ¿un robo que salió mal? Lo único cierto era que, después de una década, intentar encontrar una pista era como buscar una aguja en un pajar.

Annabelle se había visto obligada a mentir para justificar su prolongada ausencia del día anterior, algo que detestaba. Lord Ashton estaba a punto de salir a buscarla, tras ver que el cochero, con el rostro demudado por la preocupación, había vuelto sin ella. Se había arriesgado, aprovechando que la relación entre su tío y Brooks no era demasiado fluida, a inventarse una enrevesada historia que esperaba que Joseph no se molestase en corroborar. Le dijo que tras la reunión con Michael este le había invitado a acompañarle para conocer a un matrimonio que había tenido buena relación con sus padres y que estaban ansiosos por conocerla. Incluso se aventuró a inventar un apellido para ellos, con tanta naturalidad que hasta ella misma se preocupó de lo fácil que le resultaba hilar una mentira tras otra. Se excusó por haber olvidado avisar al pobre cochero y juró que se disculparía con el sirviente por haberle hecho pasar ese mal rato por culpa de sus continuos despistes. Joseph la había observado, como si estuviese calibrándola. Su sobrina no se comportaba de manera normal, con su actitud, a menudo esquiva, y las lagunas de su memoria. No conocía al matrimonio que había mencionado, pero durante sus últimos años la relación con Benjamin y Margot había sido inexistente, y no conocía sus amistades ni sus rutinas, por lo que no le pareció extraño. No encontró ningún motivo para desconfiar de su historia y cuando Anna empezó a relatarle con todo lujo de detalles el almuerzo que le habían servido y las delicadas filigranas de la porcelana que habían usado, Joseph levantó la mano, ansioso por escapar de allí, argumentando que tenía asuntos que atender, sintiendo que había cumplido con su deber hacia ella.

Después de esto Annabelle tenía claras tres cosas: la primera, que era una temeridad volver a un barrio donde casi la apalean sin compañía; la segunda, que no podía quedarse de brazos cruzados organizando su vida social mientras solventaba ese pequeño detalle; la tercera que debía ser más cuidadosa. Esta vez se había escabullido aprovechando que su tío no estaba en casa, y al menos había tenido la precaución de coger una cesta para fingir que iba a hacer la compra, y envolverse en un chal que cubriera su pelo y su cara todo lo posible. Procuró no acercarse a la calle donde había vivido el altercado el día anterior y deambuló fingiendo estar interesada en los escaparates de los comercios. Incluso compró una porción de queso que tenía una pinta estupenda, y un trozo de jabón de lavanda que le aseguraron le daría un brillo excepcional a su pelo. Era consciente de que estaba dando palos de ciego. No sabía hacia dónde dirigirse, qué pasos seguir y, lo que era peor, no sabía lo que estaba buscando. Pero sí tenía claro que la única forma de averiguar algo era adentrarse en ese mundo, o puede que incluso en otros menos amables, familiarizarse con los lugares y las gentes hasta ser uno más de la amalgama que conformaban.

Dos chiquillos vestidos con ropa desgastada y la cara oscurecida por la mugre se acercaron hasta ella para pedirle una limosna. Con el corazón encogido sacó de la cesta el trozo de queso envuelto en papel y uno de ellos se apresuró a cogerlo. Iba a sacar unas monedas del ridículo que llevaba colgado de la muñeca cuando vio por el rabillo del ojo que otros dos muchachos más mayores se acercaban demasiado hasta ella. Comenzó a caminar con cautela sin darse cuenta de que estaba haciendo justo lo que ellos querían, alejarse de la zona más transitada.

Uno de los chicos la empujó contra la pared y comenzó a tirar de su bolso con tanta fuerza que pensó que, si seguía así, le sesgaría la mano. Intentó golpearle con la cesta, pero el otro muchacho se la arrebató y, tras comprobar que no tenía nada de valor, la lanzó al otro lado de la calle. De pronto parecía tener una docena de manos sobre ella, arrancándole el broche de la solapa, profanando sus bolsillos. Se sentía tan vulnerable intentando detener aquel abuso que ni siquiera se acordó de gritar. Uno de los chicos atisbó el brillo de la cadena que pendía de su cuello, oculta por su ropa. Annabelle se dio cuenta y se aferró a ella con desesperación. Era el único recuerdo que tenía de sus padres, aquella cadena y la medalla con su nombre grabado eran su seña de identidad, lo que le recordaba quién era cuando se miraba al espejo cada mañana.

—No, por favor. ¡Soltadme! —sollozó con voz ahogada.

Un agudo silbido reverberó en el callejón y los jóvenes se paralizaron soltándola con tanta brusquedad que Annabelle cayó de rodillas.

—Largaos de aquí, malditos sacos de mierda. —Annabelle no podía ver a quién pertenecía la voz, ya que los dos rateros le dificultaban la visión, pero, a pesar de su dureza, parecía pertenecer a alguien muy joven.

—No te metas, Zach. Este es nuestro territorio —amenazó el otro chico agitando el puño con bravuconería.

—No, no lo es. Dejadla. —Zachary agitó la pequeña porra que pendía de su muñeca—. ¡Fuera de aquí!

—Esta nos la vas a pagar.

Los jóvenes maldijeron de manera soez, pero se marcharon. Eso sí, no le devolvieron ni el broche ni el dinero. Annabelle aceptó la mano que aquel pequeño desconocido le ofreció para levantarse y entonces vio sus ojos color ámbar. Era el chico que había robado la manzana el día anterior.

—No debería estar aquí. —El ladronzuelo comenzó a andar con largas zancadas internándose por las callejuelas más estrechas, mientras Annabelle intentaba alcanzarle.

—Espera, por favor —rogó con la voz entrecortada por la carrera—. ¡Zach! —repitió el nombre que habían usado los rateros, con desesperación.

El joven se detuvo abruptamente y la observó inclinando la cabeza hacia un lado. Annabelle apoyó la mano en la mugrienta pared mientras recuperaba el aliento y se maldijo por haber perdido tan pronto la forma física; cuando estaba en Lowtown, sin duda corría bastante más rápido. Lo observó con detenimiento, tendría unos catorce años y, si no fuese porque caminaba ligeramente encorvado, sería más o menos de su estatura, y ella no era precisamente pequeña. Probablemente su postura se debía a la necesidad de pasar desapercibido. Había oído que algunos maleantes utilizaban a los niños pequeños para robar, porque con sus cuerpos menudos y sus manos diminutas podían saquear a los incautos con mayor destreza, aunque los energúmenos que la habían atacado no eran precisamente muy sutiles.

—Señora, olvídeme. No somos amigos. Usted me ayudó y hoy la he ayudado yo. Estamos en paz.

El joven se giró para continuar su camino, pero Annabelle echó a correr hasta alcanzarlo de nuevo. El honor no era algo que sobrase entre la gente que se buscaba la vida en las calles y algo le decía que ese chico lo tenía. Podría haber pasado de largo y permitir que la saquearan o algo peor, pero había dado la cara por ella a sabiendas de que eso probablemente le traería consecuencias.

—Por favor, necesito alguien que trabaje para mí.

El joven la miró con expresión indescifrable y escupió al suelo con cara de pocos amigos.

—¿Trabaja para algún pervertido o usted...? —El chico la estudió a conciencia, no tenía pinta de trabajar en algún antro oscuro, pero sabía de sobra que muchas de las *madams* que buscaban víctimas para los ricos más depravados, a menudo tenían un aspecto angelical y los camelaban con limosnas que luego se cobraban de la peor manera.

—¿Qué? Por el amor de Dios. —Su espanto, a juzgar por su reacción, parecía sincero—. Necesito averiguar algunas cosas, todavía no sé qué cosas exactamente. Pero lo que sí sé es que necesito unos ojos despiertos que lleguen a donde yo no puedo llegar. Y puede que un guardaespaldas también.

El chico bufó con sorna. Su escuálido cuerpo apenas la podría defender del ataque de un mosquito, pero había algo en su mirada que anunciaba que estaba desesperada. Puede que pudiese sacar unos peniques extra sin mucho esfuerzo.

—Me lo pensaré.

Annabelle levantó las manos concediéndole el tiempo que necesitaba, que esperaba no fuese mucho.

—Está bien. No te costará encontrar la mansión de los Ashton, junto a Berkley Square. Un edificio de color claro con ventanas blancas. Entra por las cocinas y pregunta por Annabelle.

Anna giró sobre sus talones sin darle tiempo a una nueva negativa, esperanzada con la idea de encontrar una mano a la que aferrarse con todas sus fuerzas.

11

Todo estaba muy oscuro y el hedor a humedad y podredumbre le resultaba tan insoportable que tuvo que taparse la boca y la nariz. Anna miró a su alrededor y se percató de que un tenue haz de luz iluminaba a dos personas, no muy lejos de donde ella estaba. Uno de ellos estaba de rodillas mientras el otro lo observaba amenazante. El hombre que permanecía de pie miró hacia ella y comenzó a reír a carcajadas, haciendo que la luz se reflejase en sus dientes de oro. Annabelle pudo ver sus rasgos, su nariz gruesa, las marcas de la viruela en la piel de sus mejillas y su pelo largo y grasiento. Sintió pánico al sentirse descubierta y solo entonces se percató de que en su mano brillaba un objeto: un cuchillo de enormes dimensiones. El hombre lo levantó en el aire y lo bajó con fuerza para acuchillar al chico que permanecía de rodillas. ¡Brendan! Su hermano se llevó las manos a la herida para intentar retener su último hálito de vida. Annabelle comenzó a correr hacia él, tenía que salvarlo costase lo que costase, incluso si eso suponía arriesgar su propia vida, pero inexplicablemente cuanto más corría más se alejaba él. La mano ensangrentada de Brendan se extendió hacia ella, mientras sus labios se movían diciendo algo que Annabelle no podía escuchar. El corazón galopaba frenético en su pecho, pero no pudo llegar hasta su hermano. Brendan se convirtió en una pequeña mancha cada vez más lejana hasta que la negrura lo consumió. «¡Brendan!». Gritó con todas sus fuerzas, lloró y pataleó, pero su hermano se había ido para siempre.

Annabelle abrió los ojos con la respiración agitada, el estómago contraído en un doloroso espasmo y un hormigueo extraño en la piel. Un sudor frío le recorría la espalda y tuvo que retirar las sábanas que estaban empapadas, al igual que la almohada. Cogió su muñeca de trapo, que descansaba sobre su mesita de noche, y la abrazó con fuerza, ansiando encontrar algo familiar que la reconfortase. La cabeza le dolía de una manera tan intensa que lo único que le apetecía era recurrir al láudano que le había recomendado el doctor y quedarse inconsciente hasta el día siguiente, pero no podía permitírselo. Necesitaba estar lúcida. Tenía que invertir toda su energía en recordar la imagen de ese hombre cruel, el hombre que le había arrebatado a Brendan. Brendan. Se llevó las manos a la boca para controlar sus sollozos, cada vez estaba más segura de que esos dolorosos sueños que la acosaban no eran producto de su imaginación. Aquel hombre había resultado muy real, su angustia era real, y la pérdida de Brendan también lo era.

A pesar de que no había vuelto a dormirse después de la horrible pesadilla y de que no había logrado desprenderse de la sensación aciaga que se había adherido a ella como una telaraña, Annabelle intentó componer su mejor cara esa mañana. Su día mejoró bastante cuando, al bajar a desayunar, el mayordomo le informó de que un mendigo harapiento había intentado colarse en la mansión fingiendo ser su ayudante.

Anna corrió hacia las cocinas sin darle tiempo a terminar la frase y se asustó al ver que no estaba allí; si se había marchado, quizá no volviera a dar con él. Al salir, dispuesta a recorrer la ciudad para encontrarlo, lo halló tan estoico como un soldado, esperando bajo un alerón del patio resguardado de la lluvia.

La sonrisa que le dedicó fue tan radiante que el muchacho se sonrojó y bajó la mirada a las punteras destrozadas de sus botas. Sin importarle si se mojaba o no, Annabelle se acercó hasta él y lo arrastró hasta la cocina, ignorando la cara de malas pulgas de la cocinera. Aquella también era su casa y ya había llegado el momento de empezar a dar alguna que otra orden, y pedir un buen plato de comida y algo de ropa decente para Zach era un buen comienzo.

Annabelle escuchó los impetuosos pasos acercándose por el pasillo y adivinó que pertenecían a su tío antes de que su poblado bigote asomase a la puerta de la sala, temblando por la ofuscación. El hombre se cuadró un par de veces, tomó aire y resopló, con la cara sonrojada y el cuerpo tenso.

—¿Puedes explicarme qué hace ese maleante atiborrándose en la cocina? Esto es una casa decente, Annabelle. No voy a consentir que conviertas mi hogar en un circo.

Annabelle selló la carta que acababa de escribir para Hellen con total tranquilidad, ignorando la ira de su pariente. Se levantó con calma y pasó por su lado para entregársela a un lacayo que se mantenía impertérrito junto a la puerta, como si estuviese tallado en madera.

—Que la envíen, por favor. —El lacayo se marchó con una breve reverencia, deseando no ser testigo de una riña doméstica—. No es un maleante, tío Joseph. Es mi ayudante —puntualizó, mientras salía de la habitación en dirección a la cocina, con su tío a la zaga.

—¡Pero qué extravagancia es esta! Una dama no necesita un ayudante, mucho menos uno salido de los suburbios. Annabelle, no te voy a consentir...

Anna detuvo su paso decidido en mitad del *hall* y se volvió para encarar al vizconde, que la seguía tan alterado que estuvo a punto de chocar con ella.

—Verás, tío. Tengo veinte años, una propiedad de la que puedo disponer como me plazca, y, según la información de mi abogado, una renta anual de la que nunca he disfrutado hasta ahora. Tranquilo, no voy a pedirte intereses. Pero, puesto que dispongo de los suficientes fondos para contratar a mi propio servicio personal, no veo la necesidad de que te alteres tanto.

—¿Servicio personal? ¡Solo hay que mirarlo para ver que es un vulgar ratero! ¿Para qué lo necesitas? ¿Va a ser tu nueva doncella?

—Ya tengo doncella. En realidad... Tengo un par de obras de caridad en mente. Él va a ser mi guía, y de paso me ayudará a manejarme por lugares que no conozco —improvisó sobre la marcha y sonrió satisfecha. Nadie en esa casa se preocupaba excesivamente por sus idas y venidas, asumiendo que visitaba a su tutor, pero tener un proyecto le daría una excusa para salir cada vez que la necesitase.

—Una joven decente no deambula por lugares que no conoce; si quieres ir a alguna parte, lo harás con carabina.

—Lo siento, pero le he pagado dos meses por adelantado; además, Brooks me ha dado el visto bueno —mintió, y lo hizo con tanta naturalidad que se sintió un poco perversa.

Joseph enrojeció tanto que su sobrina pensó que en cualquier momento empezaría a echar humo por las orejas. Solo había que pronunciar ese apellido para que perdiera la compostura. Annabelle pensó que estaba a punto de saltarle a la yugular cuando un carraspeo a sus espaldas los sacó de su enfrentamiento.

—Discúlpenme, quizá sea mejor que vuelva más tarde.

Anna parpadeó varias veces para asimilar la imagen de Edward Wade, con un impecable traje de montar azul, iluminado por el haz de luz que entraba por la puerta como si fuera un querubín de un cuadro renacentista. Todavía llevaba los guantes y el sombrero en la mano, y el mayordomo sujetaba con cara de circunstancias una bandejita de plata con su tarjeta, por lo que supuso que estaba a punto de ser anunciado cuando ella y su tío irrumpieron en el *hall*.

—Señor Wade, no se preocupe, mi sobrina y yo intercambiábamos puntos de vista. ¿Qué le trae por aquí? ¿En qué puedo ayudarle?

Edward avanzó con un aplomo envidiable, a pesar de la comprometida situación y, tras corresponder al saludo del vizconde, dedicó toda su atención a Annabelle.

—En realidad, he venido para verla a ella.

Annabelle parecía haber perdido la capacidad del habla, y su lengua, tan vivaz unos segundos antes, ahora parecía de trapo, como sus rodillas. Edward cogió su mano y la besó mientras la taladraba con la mirada, y estuvo segura de que cualquier otra joven más impresionable que ella hubiera suspirado encandilada. Incluso ella había estado a punto de hacerlo. Pero era mucho más pragmática que cualquier dama de su edad y se esforzó en concentrarse en cosas mundanas para no desfallecer; por ejemplo, en que no llevaba guantes, y odiaba sus manos. Con un gesto que no resultó demasiado cortés, retiró sus dedos de los de Edward con un tirón brusco, entrecruzándolas a la espalda. Si él percibió su incomodidad fue lo bastante discreto para disimularlo, el futuro conde de Amery era el perfecto caballero, sin duda.

—Dígame, entonces, señor Wade. ¿Qué le trae por aquí? Pero no nos quedemos en la entrada, pase y tomemos un té —sugirió con amabilidad al verse obligada a ejercer como anfitriona, aunque estaba ansiosa por empezar a buscar su particular aguja en el pajar en compañía de Zach.

—Se lo agradezco, pero no es necesario. Soy consciente de que es una hora desacostumbradamente temprana para hacer visitas.

He salido a montar en cuanto la lluvia ha cesado y he aprovechado para venir hasta aquí. Quería invitarla esta noche a nuestro palco en el teatro, sería un honor que nos acompañase.

—Lo siento, señor Wade. Esta noche tengo otros planes y tía Renata se acuesta muy temprano —intervino Joseph, a pesar de que nadie le estaba prestando atención.

Edward le dirigió una mirada sombría, que indicaba a las claras que él no estaba incluido en la invitación.

—No me atrevería a invitar a la señorita Ridley a ningún lugar si con ello se viera comprometida su imagen, milord. No estaré solo, nos acompañarán mi padre y mi tía Alberta. Puede estar tranquilo al respecto.

Edward dirigió de nuevo su mirada a Annabelle, aunque por el brillo de sus ojos y el músculo que temblaba en su mandíbula, era evidente que estaba ansioso porque su tío volviera a negarse para lanzarle alguna pulla. Joseph se limitó a balbucear sin saber muy bien qué argumento esgrimir para aguarle la noche a ambos, pero no tenía una mente ágil precisamente.

—Iré encantada, señor Wade.

Edward pareció crecerse literalmente, como si su pecho fuese más ancho y su estatura hubiera aumentado varios centímetros.

—Perfecto, le mandaré un carruaje para que...

Anna levantó la mano deteniendo su ofrecimiento en seco, no le gustaba la sensación de que Edward creyese que era de porcelana, por mucho que fuese un acto de caballerosidad acostumbrado.

—No se preocupe, iré al teatro por mi cuenta.

—Quizás sea mejor que aceptes el ofrecimiento del señor Wade —sugirió Joseph.

Annabelle miró a su tío con tanta determinación que no hizo falta dar ninguna explicación más. Tenía veinte años y se había valido por sí misma desde que tenía uso de razón, no terminaba de entender esas costumbres gazmoñas, ni que la trataran como si fuera completamente dependiente de un hombre hasta para respirar. Entendía que una mujer tenía que ser precavida y discreta, pero desde luego que se sentía capaz de montarse por su propio pie en un carruaje y bajarse en la puerta del teatro, por el amor de Dios.

Edward le guiñó un ojo con discreción mientras su tío se marchaba hablando entre dientes, y aceptó el sombrero y los guantes que le tendió el mayordomo.

—Nunca he estado tan ansioso por acudir al teatro. La esperaré en la entrada.

Edward se marchó y Annabelle se dio cuenta de que estaba observando la puerta cerrada después de que él ya se hubiese marchado, con una expresión bobalicona en el rostro. No se podía negar que era un hombre atractivo, con el pelo más claro que su hermano Cameron, aunque con el mismo color de ojos, con un porte mucho más refinado, pero igual de masculino. Se sorprendió al encontrarse comparando a ambos hombres. Recordó la imagen de Cameron en su apartamento, con un pantalón oscuro ciñéndose a sus muslos musculosos, y el chaleco hecho a medida enmarcando su espalda ancha; pero lo que más había llamado su atención fueron sus antebrazos, que asomaban por las mangas remangadas hasta el codo de su camisa blanca, cubiertos por una capa de vello castaño y surcados por venas que ella había deseado reseguir con la punta del dedo, como si fuera el curso de un río sobre un mapa. Debía de haberse debido al efecto del láudano, seguro.

Suspiró y se dirigió a las cocinas en busca de su ayudante, tenían mucho trabajo por delante.

—¿Tiene idea de lo que una persona puede cambiar en diez años? —preguntó Zach mientras se adentraban en las callejuelas donde la actividad de los comercios bullía incesante. Se tiró varias veces del cuello de la chaqueta que Annabelle le había conseguido. No era nueva, pero estaba demasiado tiesa en comparación con los trapos medio raídos que solía llevar.

—Sí. Sobre todo si eres joven, pero era un hombre adulto. Básicamente será la misma persona que era. —Annabelle le dio un manotazo para que dejara de tironear de la ropa—. Mañana me encargaré de buscarte ropa nueva. Por suerte he encontrado esto; es del hijo de una de las doncellas, que ha crecido una barbaridad.

—No necesito nada, señorita, quizá unas botas. —Zach pareció pensárselo mejor mientras se calaba más la gorra y negaba con vehemencia—. Ya es bastante malo que me vean paseando con usted; si me ven vestido como un señoritingo, me darán una paliza y después me robarán la ropa.

—Puedes venir a la mansión, asearte, desayunar y vestirte como un señoritingo, como tú dices, y después volver a ponerte tu ropa para volver a casa.

Zachary compuso un mohín dándole la razón a medias; la parte de asearse no le había hecho mucha gracia, pero todo fuera por volver a probar ese delicioso pastel de boniato. Había conseguido darle la suficiente pena a la cocinera para que le envolviera un trozo para su hermana, que llevaba escondido en los enormes bolsillos de la chaqueta.

—Está bien, pero no sé muy bien por dónde empezar. Dientes de oro y el pelo largo. —Se quitó la gorra de paño y jugó con el remolino de su coronilla, desordenado su pelo rojizo—. Ahora será un anciano. Quizás esté calvo y no le quede ni un solo diente.

—Nadie es un anciano con cuarenta y tantos años.

—Puede que en su barrio no. Aquí el tiempo corre de manera distinta, señora.

Caminaron en silencio durante unos minutos. Annabelle lo miraba de reojo calibrándolo, intentando averiguar qué discurría por su cabeza. Realmente no lo conocía de nada, podía estar conduciéndola al puerto para venderla como esclava sexual de cualquiera que tuviese unos chelines en el bolsillo, o podía llevarla a un oscuro callejón para desollarla y vender sus órganos. Pero solo le quedaba una opción posible si quería arrojar luz sobre todas sus sombras: confiar. Y algo le decía que ese muchacho, obviando el hecho de que podría desvalijar a cualquiera en un santiamén, era de fiar.

Zach se detuvo en una esquina y se asomó con cautela para observar la puerta de una taberna, que a esas horas no estaba muy transitada. Se volvió para estudiar el aspecto de Annabelle. Aquella mujer resultaba una autentica incógnita. A pesar de que vivía en la mejor zona de la ciudad rodeada de lujos, y de todos los pasteles de boniato que pudiera imaginar, su aspecto era bastante austero. Su vestido de color marrón oscuro podría confundirse con el de cualquier mujer de esa zona de la ciudad, apenas llevaba joyas, excepto el colgante de oro, y lo miraba como si él también fuera una persona. Aunque esto pudiera parecer una obviedad, en su mundo no lo era, y a menudo los aristócratas los trataban como si fuesen ratas. Por eso no sentía ningún remordimiento cuando robaba un reloj con una inscripción en su interior o una joya con una miniatura dentro. Para él, ellos eran la verdadera basura que erradicar, y cada noche de frío y hambre alimentaba la espiral de odio que bullía en su interior. Annabelle Ridley era distinta, parecía «normal», como si incluso tuviese un corazón dentro de su escuálido pecho. Eso no quitaba que fuera a aprovechar la oportunidad de sacarle hasta el último penique. La llevaría de aquí para allá, fingiendo que estaba siguiendo alguna pista, hasta exprimir la gallina de los huevos de oro. Qué daño podía hacerle, después de todo ella obtendría un poco de esperanza, o entretenimiento, lo que fuese que andaba buscando, y él un plato caliente, unas botas nuevas y unas cuantas monedas.

—Entraré en esa taberna a echar un vistazo. Voy a lanzar la caña y ver si alguien ha visto algún besugo de sonrisa brillante. No se mueva de aquí —le advirtió moviendo el dedo delante de su nariz.

Annabelle lo vio adentrarse en el local, y en ese momento se dio cuenta de lo temerario que era todo aquello. Estaba sola y expuesta en un jugar desconocido, y tan perdida que ni siquiera sería capaz de salir de allí sin ayuda. Se aferró con fuerza a su paraguas para usarlo como arma si fuese necesario y asomó la cabeza con cautela pegándose todo lo que pudo a la mugrienta pared.

—¿Ve algo interesante?

La voz masculina cerca de su oído la hizo dar un grito, pero debía de ser algo totalmente normal en aquel barrio, porque nadie acudió en su ayuda. Cameron Wade, elegante, limpio y hermoso, algo tan discordante en aquel callejón, se había inclinado junto a ella imitando su postura, pero había estado tan concentrada esperando cualquier movimiento proveniente del tugurio que no se percató hasta que habló.

—¿Qué está haciendo aquí, señor? —preguntó irguiéndose en toda su envergadura aferrándose a su paraguas aparentando que estaba segura de lo que hacía.

—¿Que qué hago yo aquí? ¿De verdad tiene la sangre fría de preguntarme qué hago YO aquí?

—Goza usted de una capacidad auditiva admirable, señor Wade. Eso es justo lo que he preguntado. —Anna se concentró en juguetear con su paraguas mientras él se mordía la lengua para contener un exabrupto. Estaba perfeccionando el arte de enfurecer a los hombres que la rodeaban—. Un momento —continuó, levantando la cabeza para mirarle, entre sorprendida y ofendida—, ¿me está siguiendo?

—Sí —reconoció sin titubear. Levantó la mano para detener la queja de Annabelle, que estaba convencida de que la mejor defensa era atacar primero—. Y veo que no estaba errado en mi juicio. Tuve el presentimiento de que iba a meterse en líos, y no pienso parar hasta que averigüe qué pretende.

Annabelle giró sobre sus talones, dispuesta a alejarse de aquel hombre metomentodo, especialmente porque su cercanía la desestabilizaba, pero se detuvo al sentir que él la agarraba del brazo para impedírselo. Una corriente parecida al estallido de un rayo se extendió desde la zona en la que la tocaba hasta la base de su columna vertebral.

—¿Qué va a hacer? ¿Meterse en ese antro de mala muerte para buscar a su amiguito? No lo permitiré, y me importa un bledo que piense que es por sus malditas tierras, o porque es el día de la semana que dedico a hacer buenas obras. No voy a soltarla, Annabelle.

Ella intentó hablar, decir algo que le permitiera quedar por encima de él, una declaración de intenciones que demostrara que no lo necesitaba. Pero la voz se atascó en su garganta al sentirlo tan cerca, con su rostro inclinado sobre el suyo. Jamás había sentido esa conexión tan fuerte con nadie, como si un imán invisible les impidiera moverse, anclados el uno en la mirada del otro. Miró sus ojos azules que parecían un mar revuelto durante una tormenta y, sin querer, su vista se desvió hacia sus labios carnosos que ahora se apretaban en una línea furiosa.

Escucharon voces a lo lejos, una palabra que se extendía como un eco de boca en boca. La marea de gente comenzó a desfilar calle abajo, primero de manera lenta, como si quisieran disimular que todos tenían la misma urgencia, pero a los pocos segundos el ruido de los pasos a la carrera hizo vibrar las paredes de la calleja. El sonido de los silbatos les anunció lo que estaba ocurriendo y la palabra que todos repetían tomó forma en sus cabezas. «Redada».

Cam la aferró con más fuerza para alejarla de allí, pero ella no se movió.

—¡Zachary! Tenemos que ayudarlo —suplicó aferrándose a su chaqueta.

Ambos se asomaron a la esquina y respiraron al ver que el chico aparecía en el umbral, alertado por el estruendo de las carreras. El joven le hizo un gesto elocuente a Wade con la cabeza, que este correspondió instándolo a marcharse cuanto antes. Echó a correr, perdiéndose entre dos edificios cercanos a la taberna, agradecido de que ahora la seguridad de la señorita Ridley no recayera sobre él. En esas circunstancias, cuidar del propio pescuezo ya era una labor lo bastante ardua para tener que preocuparse de una joven que tendría que luchar con sus propias faldas continuamente para poder correr.

—Vamos, ese mocoso sabe cuidar de sí mismo —dijo Cam, que sin mirarla ni darle tiempo a reaccionar, comenzó a caminar a grandes zancadas arrastrándola con él, alejándose del tumulto.

Annabelle se dividía entre concentrarse en salvar el pellejo o dejarse llevar por la falsa sensación de protección que la mano de Cameron sobre la suya le hacía sentir. La sangre galopaba por sus venas a la misma velocidad que sus pies saltaban los charcos que la lluvia había dejado y pensó ingenuamente que jamás volvería a recuperar el ritmo pausado de su respiración. Al fin se detuvieron en un callejón tan estrecho que apenas cabían sus voluminosas faldas. Cameron se situó frente a ella, tan cerca que podía sentir su aliento cálido en la cara.

—¿Por qué... hemos huido como si...? —Annabelle intentó hilar una frase coherente; de veras que lo intentó, pero su cerebro estaba demasiado ocupado en memorizar cada uno de los rasgos de ese hombre, que la miraba con tanta intensidad que acabaría fundiéndola con la pared a su espalda.

—Porque cuando la Policía hace una redada en estos barrios golpea primero y pregunta después. En el mejor de los casos nos detendrían y pasaríamos horas dando explicaciones sobre nuestra presencia en un sitio así. Supongo que entiende el efecto que eso tendría en nuestras respectivas reputaciones.

Ella asintió sin dejar de mirar cómo se movían sus labios con cada palabra que salía de ellos.

—Bien, pues entonces también entenderá la necesidad de contarme qué hace aquí.

—Es una historia larga, no creo que sea el momento ni el lugar —consiguió articular al fin.

Apretó la mandíbula sabiendo que ella tenía razón, la prioridad era salir de allí sin llamar la atención y ponerla a salvo. Inexplicablemente, a pesar de no conocerla apenas, sentía que entre ellos había surgido algo que no podía ignorar y que le impulsaba a protegerla. Esa era la razón por la que esa misma mañana no había podido hacer otra cosa más que apostarse cerca de la mansión de los Ashton. Quería saber si su intuición era cierta y si Annabelle volvería a deambular por aquellas callejuelas de la peor zona de la ciudad. No solo había descubierto que estaba en lo cierto, también había comprobado que su hermano estaba poniendo toda la carne en el asador visitando a la joven, aunque apenas había estado allí unos minutos. Pero ya tendría tiempo de averiguar a qué se debía aquella visita fugaz, y pensó con malicia que quizás ella lo había despachado sin contemplaciones, ansiosa por atender sus propios asuntos. Esbozó una sonrisa involuntaria y Annabelle lo miró extrañada.

—¿Qué le resulta divertido?

—Solo pensaba que voy a tener que vigilarla muy de cerca.

Ella le devolvió la sonrisa con timidez y el aire entre ellos se transformó en lava caliente. Cam acarició su mejilla muy despacio, resiguiendo con el pulgar las pequeñas pecas que se marcaban en su piel clara. Annabelle no se dio cuenta de que sus rostros se habían acercado hasta que él rozó su nariz con la suya en un gesto tierno.

—No voy a besarla aquí, Annabelle —susurró con la voz ronca.

—¿No? —preguntó en un acto espontáneo sin poder ocultar su decepción—. Quiero decir... que... por supuesto que no va a hacer tal cosa. Apenas nos conocemos —se corrigió, sonrojándose hasta los límites de lo humano, provocando que él soltara una breve carcajada.

Continuó deslizando sus pulgares hasta llegar a sus labios, quemándola con su contacto.

—Quiero decir que nuestro primer beso no será en un callejón lleno de ratas.

«Nuestro primer beso». Si le hubiese quedado un gramo de sensatez, se habría escandalizado por su pedantería, o al menos habría fingido ser una jovencita asustadiza y habría intentado comprobar si lo de las ratas era cierto, pero había tenido que convivir con ellas durante demasiado tiempo para formar un escándalo por un par de roedores de nada. Más en ese momento, cuando lo único que ocupaba su cabeza era ese hombre, su olor y la manera en la que la atraía.

—Será mejor que la lleve a casa —lo dijo en un tono tan bajo que ella no supo si estaba hablando consigo mismo.

—No será necesario. Mi cochero me espera en una pequeña plaza, no debe de estar muy lejos. —Anna se mordió el labio al caer en la cuenta de que no tenía ni idea de cómo llegar hasta allí.

Cam asintió y entonces ella recordó que la había seguido. No podía entender que se hubiese tomado tantas molestias, a no ser que el interés de los Amery en sus tierras fuese realmente vital, lo cual la enfureció, haciendo que la pequeña burbuja que la había obnubilado unos segundos antes explotase ante su cara.

Habían avanzado hasta dejar atrás el barrio donde vivía Zach, donde todo era lúgubre y decadente, y Cam había soltado su mano con suavidad, como si le costase mucho desprenderse de ella, limitándose a ofrecerle su brazo, aunque ella lo rechazó. Las calles por las que caminaban ahora eran más amplias, infinitamente más limpias y estaban rodeadas de edificios de nueva construcción. No debían de andar muy lejos del piso de Cameron, pero ella prefirió no pensar demasiado en ello. Acercarse a él, conocer los aspectos de su vida solo la confundiría, y debía seguir su máxima de no fiarse más que de sí misma. Pero no podía evitar darle vueltas a la situación que había entre ellos, entre los Ashton y los Amery.

—Veo que su familia es una autentica piña, todos a una, sí, señor —soltó, al fin, sin poder evitar que el comentario sonase un tanto venenoso.

—¿Cómo dice? —Cameron iba sumido en sus pensamientos y el comentario le pilló con la guardia baja.

—Lo que he dicho. Supongo que cada uno tiene un papel bien definido para no dejar ningún fleco al azar. Usted es un hombre de acción, ¿verdad? Parece desenvolverse bien en cualquier ambiente y no duda en mancharse las manos. Por eso su labor es seguirme, para proteger la futura inversión de los Amery.

Cameron parpadeó sin entender a qué venía aquella sarta de estupideces, aunque Annabelle parecía haber acertado bastante a la hora de definirlo.

—La he seguido porque me preocupaba su seguridad —sonó tan sincero que ella estuvo tentada a creerle, pero ¿desde cuándo la fe en los demás la había ayudado lo más mínimo?

—Ajá —continuó con serenidad, a pesar de que por dentro bullía de indignación—. Debía asegurarse que pudiera aceptar la invitación a su palco, claro está. Su hermano ha madrugado mucho para invitarme, no podían permitirse que algo saliese mal. Es evidente que mi conversación le resulta brillante, y mi presencia es indispensable para disfrutar de la velada —terminó con sarcasmo.

—¿Mi hermano la ha invitado al teatro? —Cameron la detuvo posando la mano en su antebrazo con suavidad, aunque sus ojos parecían de acero—. No sabía nada sobre eso.

—No se haga el tonto, señor Wade. Pretenden que caiga en el redil y garantizarse así su maldita carretera y, si para eso tienen que asegurarse de que no me meto en ningún lío, lo harán. Dígame, ¿Edward decidió por sí mismo inmolarse, convirtiéndose en el esposo de la «resucitada» o fue algo consensuado en familia?

El mote le quemaba en la garganta desde que, sin querer, había oído al servicio de su propia casa burlándose a escondidas de ella, tras su primer baile. Como si fuese culpable de algo, había echado a correr hacia su habitación para no seguir escuchando, prefiriendo mantenerse ignorante de lo que decían sobre ella. Había fingido olvidarlo, pero había brotado de su boca como si fuese un ser vivo, para escupírselo a quien menos lo merecía.

Cameron se detuvo y su cara se convirtió en piedra mientras la observaba impasible. Sin duda llevaba razón en muchas cosas, entre ellas que Edward no había accedido a proponerle matrimonio en un futuro no muy lejano por decisión propia. Pero no podía consentir que pensase que él formaba parte de eso. Aquello no era un maldito juego, no para él, pero ni siquiera tenía una razón mínimamente aceptable que esgrimir para justificarse.

—Esto es muy sencillo, señorita Ridley. No veo ninguna pistola apuntando su cabeza. Si tanta indignación le provoca que un Amery tenga intenciones honorables hacia usted, la solución pasa por dejárselo bien claro. No acuda esta noche al teatro, no le dé esperanzas, no acepte sus invitaciones a pasear en calesa con él, y devuélvale los ramos de flores que le envía. Edward es un tipo listo, seguro que capta la indirecta.

Cameron se dio cuenta que deseaba que eso ocurriera, con más ganas de lo que consideraba lógico. Siempre había aceptado su papel de segundón en la familia. Al fin y al cabo, había llegado tarde. Su padre no había estado junto a su cama cuando era un bebé, ni había compartido sus primeros años. Lo único que pudo hacer fue acoger a aquel niño mugriento, lleno de moratones y piojos e intentar paliar todo lo que le había faltado hasta ese momento. Lo quería, estaba claro; se querían. Y en cierto modo Annabelle había tenido razón, aunque él no diría que eran una piña, sino más bien una maquinaria bien engrasada en la que cada uno sabía qué lugar ocupar. Y el suyo era el del hijo pródigo, aunque no se hubiese alejado de los Amery por voluntad propia. Jamás había envidiado la posición de Edward, ya que entendía que, además de los privilegios, llevaba aparejada una buena dosis de responsabilidad que él se vería incapaz de asumir por su carácter, mucho más libre e independiente.

Pero esta vez deseaba que fracasara en su propósito.

Annabelle no supo qué contestar, desarmada por la realidad que contenían las palabras de Cameron. Nadie la obligaba a aceptar las atenciones de Edward, salvo que su tutor le había advertido de lo complicada que sería su vida tratando de lidiar sola con todos sus problemas. «Un matrimonio no es más que un contrato». Puede que sí. Pero ¿y si ella quería más? ¿Le bastaría con convertirse en condesa o acabaría necesitando que Edward la amase, si llegaba a aceptarle? ¿Llegaría a amarlo ella?

Cameron señaló con la cabeza el extremo de la plaza a la que acababan de llegar.

—Su carruaje —informó con más sequedad de la que él mismo esperaba.

—Gracias, de nuevo, por su ayuda, señor Wade —su voz sonó insegura y se maldijo por ello. La camaradería, la complicidad o lo que fuese que había nacido entre ellos había sido demasiado efímero, y se sentía un poco vacía. Especialmente cuando había sido ella la que había atacado primero.

—Espero que sea capaz de valerse por sí misma de ahora en adelante, señorita Ridley. Lamento el malentendido, pero le doy mi palabra de que no volveré a inmiscuirme en sus asuntos.

Annabelle aceptó la ayuda de su cochero para subir al vehículo que la esperaba y, aunque lo intentó, no pudo resistirse a dedicar una última mirada hacia el lugar donde Cam esperaba, pero descubrió con un pellizco de desilusión que él ya no estaba allí.

12

Mientras el carruaje de los Ridley se dirigía hacia el teatro, cuando esperaban pacientemente a que llegara su turno para bajarse en la puerta del edificio apostados en la interminable cola de vehículos, incluso mucho antes, mientras se colocaba su primoroso vestido de seda de color azul real, en la cabeza de Annabelle no dejaron de resonar ni un solo instante las palabras de Cameron Wade, y lo que era peor: no había podido deshacerse de la imagen de sus ojos taladrándola mientras las pronunciaba.

No hacía falta rebuscar demasiado para encontrar razones suficientes para rechazar la invitación de Edward; la principal: que no estaba dispuesta a que pensase que la tenía comiendo de su mano. Pero, siendo honestos, estaba realmente ilusionada con la idea de asistir a un gran teatro por primera vez, especialmente después de que Charlotte le informara de que el palco de los Amery era uno de los mejores posicionados. Siempre había disfrutado de esas ocasiones en las que Hellen Baker y alguna gente de la parroquia interpretaban, con mayor o menor tino, un libreto en fechas especiales. Era egoísta, y hasta un poco infantil, pero no quería perder la oportunidad de ver una obra de teatro desde un lugar privilegiado. Aunque solo fuese una vez, se permitiría algo de frívola diversión en su vida.

Edward la esperaba en la entrada, tal y como había prometido, y le sorprendió encontrarlo ansioso cuando bajó los escalones para ir a su encuentro. Era muy fácil sentirse especial con un hombre como él al lado, siempre tan atento, amable, solícito, divertido y, por qué no decirlo, apuesto. La había mirado como si realmente fuese la mujer más hermosa, y cualquiera que los viese, caminando con sus brazos entrelazados, podría creer que se sentía el hombre más afortunado del planeta. Incluso, por un momento, ella olvidó que todos aquellos hipócritas la observaban con recelo, esperando que cometiera algún error para poder criticar a gusto al día siguiente la torpeza de la «resucitada», mientras tomaban el té. Lástima que ella estuviese plenamente convencida de que la actitud de Edward no era más que un paripé. Se preguntó cuánto duraría aquella representación del amante perfecto si se convertían en marido y mujer. Puede que acabase justo después de su noche de bodas, durante su primer desayuno juntos, o después de tener el primer hijo, ¿cuánto tiempo podía fingir una persona la perfección?

Al llegar al palco, saludó a lord Amery y a su hermana, que la recibieron con amabilidad. La mujer la miró de arriba abajo, pero su mirada no la incomodó. En esos momentos estaba demasiado ilusionada para permitir que nada ni nadie estropeara la noche. Se sentó entre Edward y su tía, que intercambiaban opiniones sobre la obra que iban a ver y, aunque intentó intervenir en la animada conversación de ambos, no podía dejar de mirar a su alrededor. Annabelle nunca se dejaba llevar por la ostentación, pero se permitió esa pequeña concesión. Era una chica joven, con toda la vida por delante, podía disfrutar de una función de teatro sin sentirse culpable por ello. Sus ojos intentaron memorizar cada detalle: las cortinas de color granate, las filigranas doradas adornando los palcos y las lámparas con cientos de velas, pero lo que más le intrigaba era el escenario, todavía desierto. Estaba ansiosa y emocionada por ver aparecer a los actores. Se escuchó la señal anunciando que la obra estaba a punto de comenzar, los lacayos bajaron la intensidad de la luz y el espectáculo comenzó, y simplemente le pareció sublime.

Estaba tan concentrada en la obra que dio un respingo al escuchar la voz de Edward cerca de su oído.

—Me alegra ver que he acertado invitándola. Me gusta la emoción que reflejan sus ojos.

Anna lo miró de soslayo y sonrió, sorprendida al comprobar que se había inclinado hacia ella aprovechando la escasa luz, y que sus rostros estaban demasiado cerca. Edward alargó la mano y rozó la suya apenas unos segundos, pero aquel contacto clandestino alteró su pulso. Era del todo imposible que él intentase cualquier acercamiento con su familia al lado, pero en esos momentos aquello resultaba tan íntimo que tuvo la impresión de que se encontraban solos, alejados de miradas indiscretas.

Durante el descanso de la obra, Annabelle fue consciente de que ahora la protagonista del espectáculo era ella, ya que las cabezas se giraban desde el patio de butacas hacia el palco de los Amery constantemente. Podía imaginar los comentarios malintencionados sin necesidad de oírlos. «La resucitada, tan falta de gracia, tan fría, conquistando al soltero más codiciado de la temporada».

Se preguntó si todas aquellas hienas eran conocedoras de que el interés del futuro conde radicaba en un minúsculo trocito de tierra por el que debía circular su carbón y que, de no ser así, él ahora estaría con cualquier otra chiquilla, más dulce, más hermosa, más llena de vida.

El siguiente acto estaba a punto de comenzar cuando la cortina de terciopelo se abrió y Cameron apareció en el palco, con su traje de gala un poco arrugado y el flequillo cayendo desordenado sobre su frente. Annabelle, cuyo corazón acababa de girar en su lugar, solo necesitó ver sus ojos vidriosos para saber que había bebido, aunque su voz pastosa lo delató sin remedio.

—Vaya, vaya, toda la familia al completo —dijo con tono desdeñoso, ganándose una mirada de advertencia de su padre—. Señoras, espero que estén disfrutando la velada —las saludó con una torpe reverencia.

—No sabía que tuvieses pensado acudir a ver una obra esta noche, Cam —el tono de Edward fue glacial, y no hacía falta decir mucho más para saber que desaprobaba su presencia y su estado.

—Será porque no me has invitado a venir.

—No hace falta que te invite, este palco también es tuyo.

—Sí es necesario, cuando se trata de una encantadora reunión familiar, por lo que veo. —Solo entonces Cam dirigió una intensa mirada a Annabelle, que en esos momentos hubiese sido inmensamente feliz si se la hubiese tragado la tierra—. Señorita Ridley, no esperaba verla por aquí.

Cameron se adelantó para coger casi a la fuerza la mano que ella sutilmente se había negado a tenderle, y depositar un beso sobre su dorso, mientras le clavaba una mirada de reproche.

No le hizo falta hablar para decirle que pensaba que era una hipócrita, y que le había decepcionado acudiendo con Edward a ver la función. O al menos fue lo que ella creyó entender. Porque en el fondo se sentía así, y no podía reconocerle que estaba tan ilusionada por acudir al teatro como una niña que ve la nieve por primera vez.

—No me perdería esta ocasión por nada del mundo, señor Wade —dijo al fin, con menos seguridad de la que le habría gustado, incapaz de apartar sus ojos de los de Cam y de su furia contenida.

Edward, que siempre había sido muy perspicaz, pareció captar la corriente de energía que corría entre ellos, la mirada intensa de

Cameron y la tensión en el cuerpo de Annabelle. No entendía qué podía haber ocurrido entre ellos, cuándo, y, sobre todo, por qué razón Cameron no había hablado con él al respecto, si entre ellos no había secretos.

—Cam, me temo que, si vienes a buscar a la viuda señora Fenton, parece que hoy no ha venido a ver la obra. —El dardo impactó directamente en el blanco y Cameron se giró hacia su hermano, completamente incrédulo. Era un acto rastrero nombrar a otra mujer y lo único que indicaba era que su inesperada presencia suponía una amenaza para sus planes. Quería ser el único que acaparase la atención de Annabelle y puede que hubiera percibido algo en la forma en la que se miraban que hubiera despertado sus alarmas.

La viuda Fenton. Annabelle intentó rescatar en su mente, con más desesperación de la que creía lógica, la imagen de esa mujer. Se la habían presentado, de eso estaba segura. Entonces recordó una de las primeras mañanas en las que recibió visitas en Ashton House. La señora Fenton había acudido en compañía de una de las numerosas primas de su madre. Apenas había hablado, limitándose a ser una mera espectadora cortés y amable del interrogatorio al que Annabelle fue sometida. Era una mujer hermosa y elegante, sin duda y, a pesar de que su edad rondaría los cincuenta, su rostro era atemporal, como si el paso del tiempo no se atreviera a cambiar sus rasgos.

—Si quisiera encontrar a la señora Fenton, no necesitaría de tu ayuda para hacerlo, hermano —aseveró con una sonrisa cínica.

Cameron sabía que lo más sensato era marcharse en ese momento; en realidad, lo más sensato hubiese sido no acudir, pero necesitaba saber si Annabelle habría aceptado su reto de plantar a Edward o si no era más que una hipócrita que al final acabaría resignándose a su destino, sin rechistar. La pulla de su hermano le había escocido, y que diese a entender delante de Annabelle, y del resto de su familia, de paso, que entre él y Kate Fenton había algún tipo de relación había sido muy sucio por su parte. Puede que Kate y él hubiesen sucumbido al placer alguna que otra vez, llevados por la soledad y el alcohol, pero no habían sido más que unos pocos encuentros a los que ninguno de los dos había dado importancia. La relación de amistad y el resto de asuntos que se traían entre manos eran mucho más importantes que un par de ratos de sexo.

En lugar de marcharse, Cameron optó por sentarse en el asiento situado detrás del de su hermano en cuanto se reanudó la función. Aunque guardase silencio, todo el palco parecía estar cohibido por la energía que desprendía su silenciosa presencia, como si estuviesen sentados encima de un polvorín a punto de estallar. Aprovechó su posición para golpear un par de veces con sus largas piernas el respaldo de la silla de Edward en un gesto infantil, que, sin embargo, estaba sacando de quicio al primogénito. Pero lo que realmente mantenía a Cam en el palco era la extraordinaria vista que Annabelle le ofrecía. Envuelto en las sombras, podía observarla sin ser juzgado, memorizar la curva perfecta de sus hombros desnudos y ansiar de manera tortuosa deslizar la lengua por la nuca de aquella mujer, que, sin previo aviso, se había colado en lo más profundo de él. No sabía en qué momento había empezado a desearla de esa forma, pero había crecido con la misma rapidez que el fuego avanza por una mecha impregnada de alcohol.

Seguro que, precisamente, el alcohol era el causante de su estado de alteración en ese momento. Necesitaba aire, necesitaba alejarse de la presencia tóxica y adictiva de Annabelle Ridley, y sin decir una palabra abandonó el palco llevándose con él la tensión que se había adueñado de aquel reducido espacio.

Alberta Wade era consciente de sus limitaciones por culpa de su ciática, y tenía por costumbre esperar a que la mayoría de la gente saliera de los eventos antes de hacerlo ella, por lo que esperó con calma junto a su hermano en su palco a que le trajeran sus capas y los pasillos se vaciaran de gente. Mientras tanto, Annabelle se dejó acompañar por Edward hasta la puerta, sin poder librarse de un sentimiento un tanto agridulce. Por un lado, había disfrutado como nunca, ilusionada y fascinada por la magnificencia de aquel lujoso escenario, y tenía que admitir que la presencia de Edward, siempre tan atento, había contribuido bastante a que la noche hubiese sido casi perfecta. Pero no había podido deshacerse de la sensación de que no había obrado bien, y la culpa la tenía la fugaz visita de Cameron, que había acicateado su conciencia. No debería importarle lo que ningún Wade pensase de ella, pero no podía evitarlo.

Annabelle se despidió de Edward dándole las gracias por la velada, cuando su carruaje se situó frente a la puerta del teatro, pero él, tironeando suavemente de su mano, prolongó unos segundos más el momento.

—Annabelle... —Edward se sorprendió al ver que le costaba pronunciar la típica frase manida llena de cumplidos falsos. No quería decirle lo que le diría a cualquiera. Quería decirle algo que le llegara al alma, pero su cerebro estaba demasiado ocupado dejándole a las claras que estaba empezando a encapricharse con esa mujer como para hilar frases coherentes—. Me gustaría repetir esto, quiero decir...

—Mi carruaje espera, señor Wade —anunció con una sonrisa, y Edward se resignó al ver que tras este había una cola interminable de vehículos esperando para recoger a sus dueños. Si Annabelle no se marchaba, se formaría un motín en cualquier momento.

Besó su mano y la acompañó hasta la puerta del carruaje.

—La visitaré mañana, si me lo permite —fue lo único que le dio tiempo a decir. Ella asintió y se subió al vehículo, que inmediatamente inició la marcha.

Annabelle se llevó la mano al pecho intentando que no saltara de su lugar. Estuvo a punto de gritar, pero por suerte no era una señorita impresionable.

—¿Puede saberse qué demonios hace en mi carruaje? Casi me mata del susto, maldición.

—Modérese, Annabelle. A Edward no le gustan las damas que maldicen o sueltan palabrotas. —Cameron Wade se estiró un poco más en el asiento situado frente a ella, y en la semioscuridad del vehículo le recordó a un bello demonio. Un demonio dispuesto a tentarla, sin duda.

—¿Quiere que le diga cuánto me importa lo que piense Edward Wade de mí? Pues casi tanto como lo que piense usted.

—Pues parecía muy entregada en el palco. Sus ojos brillaban de una manera especial, y se veían como una parejita enamorada.

—Y eso le molesta —iba a ser una pregunta, pero la expresión sombría de Cam dejaba a las claras que le molestaba, y mucho—. No lo entiendo, debería estar contento. ¿No es ese el objetivo de los Amery?

—Los Amery no somos borregos, señorita Ridley. Cada uno piensa de manera independiente.

—Pero con un fin común —insistió ella.

—Tengo mis propios fines.

—¿Cómo se ha colado en mi carruaje? ¿Ha sobornado a mi cochero? Porque si es así... —Annabelle prefirió refugiarse en la indignación que sentía, en lugar de seguir indagando. Algo le decía que era un terreno más seguro.

—¿Por quién me toma? Yo jamás haría algo tan burdo. —Se llevó la mano al pecho con un gesto teatral y en absoluto convincente—. En realidad, le he dado unas monedas a una bella señorita para que lo engatusara el tiempo suficiente y poder colarme. He de decir que su cochero es un pecador en potencia.

—Le agradezco que se preocupe por el alma de mis empleados, rezaré por él esta noche. Y por usted.

—¿Qué le hace pensar que necesito que rece por mí? ¿Cree que yo también soy un pecador?

Annabelle abrió la boca para recriminarle que sí, que tenía el aspecto de un pecador de la peor calaña, pero el rápido movimiento de Cam la dejó sin habla. Antes de que pudiese quejarse al respecto, se levantó para sentarse a su lado, sin importarle arrugar sus faldas al estrecharse junto a su cuerpo.

—Señor Wade... esto...

—Esto no es decoroso, lo sé. Ni siquiera es sensato. Y no me pregunte qué pretendo conseguir, porque ni yo mismo lo sé. —Se inclinó hacia ella acariciando el borde de su mandíbula en una caricia tan liviana como el roce de una mariposa, pero tan potente que lo sintió en todo el cuerpo. Annabelle se fijó en sus ojos, mucho más despejados que cuando subió al palco y dedujo que después de un par de horas la embriaguez había desaparecido casi del todo—. Solo sé que desde esta mañana solo pienso en terminar lo que dejé a medias.

Ella sabía que iba a besarla, y todas sus defensas le ordenaron actuar para impedirlo, pero estaba muda, paralizada y aturdida. Y lo que eras más definitivo: deseaba que lo hiciera.

Cam rozó sus labios en una caricia tierna, temiendo que ella fuese más frágil de lo que le gustaba mostrar, dándole tiempo a que lo rechazase, a que lo fulminara con una de sus frases certeras. Pero no lo hizo, se limitó a cerrar los ojos y a sentir cómo sus respiraciones se fundían y sus labios se tocaban muy despacio. La rendición de Annabelle terminó de enardecer el deseo que Cameron ya no podía negar, y sujetó su cara con ambas manos para saborear su boca, con hambre, con más desesperación de la que él mismo creía apropiada para un primer beso. Pero no podía evitar entregarse a esa colisión tan dulce como apasionada, y ella simplemente le correspondió, sin saber muy bien cómo se desempeñaba aquella extraña danza de labios y lenguas, de alientos y jadeos entrecortados. Cuando Cameron se separó de ella, supo que no habría vuelta atrás. Puede que Annabelle no tuviera experiencia para entender lo que significaba, pero él sabía que esa conexión deliciosa y aterradora era indestructible.

La abrazó con fuerza sin importarle desordenar su peinado, quería colarse dentro de su piel, quería ser parte de ella. Annabelle se aferró a sus brazos queriendo mantenerse a flote, pero aquel beso la había dejado a la deriva, no estaba preparada para lo que le había hecho sentir, y a la vez parecía que llevaba toda la vida esperando ese momento. Era contradictorio, y era real. Cameron estaba ahí, su cuerpo infundiéndole seguridad, el deseo que, inesperado e innegable, había prendido entre ellos, y ahora no sabía qué hacer con todas esas piezas en sus manos.

Cam sonrió, le dio un beso rápido en los labios y se asomó por la ventana del carruaje; estaban acercándose a la mansión de los Ashton y tenía que salir del vehículo antes de que el cochero, el lacayo o todo el servicio del vizconde al completo, lo descubrieran allí. Annabelle pareció leerle el pensamiento, porque abrió los ojos como platos al ver que sujetaba la manija de la puerta.

—Dígame que no piensa bajar en marcha.

—¿No le parece que sería un buen momento para dejar de hablarnos de usted, señorita Ridley?

Él le guiñó un ojo con complicidad y, tras besar su mano, aprovechó que el vehículo comenzaba a disminuir la velocidad para saltar con la misma agilidad de un gato.

Annabelle se llevó los dedos a los labios reteniendo una carcajada como si fuese una niña pequeña, con una euforia que no recordaba haber sentido antes, burbujeando en su interior.

13

Después de haber probado los dulces labios de Annabelle, lo último que a Cameron le apetecía era sumergirse en las miserias que impregnaban cada rincón de las calles del East End. Nunca le había supuesto ningún esfuerzo cambiar los brillos y las sedas de los iluminados salones, por la oscuridad y la basura que se acumulaban en cada rincón; al fin y al cabo, ese había sido su hogar durante mucho tiempo. Pero ahora se sentía distinto. Ahora temía que todo aquello salpicase a aquella mujer decidida que se había colado por sus poros sin saber ni cómo. La nota con la dirección que le había enviado Kate Fenton quemaba en su bolsillo y, una vez que estuvo cerca, la rompió en varios pedazos y la tiró para que se mezclase con el resto de inmundicia que le rodeaba. Llegó al burdel, sabiendo que los dos tipos que la viuda le había enviado estarían allí, mezclándose entre el resto de clientes. Lo único que sabía era que se llamaban Hank y Rick, si es que esos eran sus verdaderos nombres; era mejor así. Él siempre se vestía de manera discreta cuando tenía alguna misión y en algunas ocasiones incluso se había dejado barba para evitar que alguien pudiera reconocerlo. Pero la mayoría de los deshechos humanos que campaban por allí no levantaban la vista de sus pintas de cerveza o de los escotes de las mujeres. Miró la fachada ante de entrar, un sitio sin apenas distintivos, una pared ennegrecida y dos ventanas no demasiado altas en el piso de arriba, sobre una precaria cornisa, y en la puerta, más basura apilándose contra el muro. Había una pequeña puerta junto a la pila de inmundicia, pero no estuvo seguro de si pertenecía al burdel o al edificio contiguo, ya que la construcción allí no seguía ni orden ni concierto.

Entró, se acercó a la barra y pidió una bebida que no tocó, aquel lugar apestaba y lo último que quería era llevarse a la boca aquel vaso mugriento. En ocasiones los burdeles a los que acudían se revestían de una capa de ostentosidad, recargando la decoración con tapices horrendos, y una profusión de cortinajes de terciopelo y oropeles que intentaban justificar el elevado precio de la mercancía. Este no era el caso, desde luego. Aquí todo era truculento y decadente. Miró de soslayo a una chica pelirroja que se paseaba entre los clientes y se dio cuenta de que, a pesar de su maquillaje excesivo y su peinado elaborado, no tendría más de dieciséis años a lo sumo. La joven se manejaba con desparpajo, dejándose tocar lo justo para despertar el interés de los clientes, el viejo juego del gato y el ratón. Cam sintió una arcada al pensar en las manos de uñas negras de esos hombres profanando su cuerpo. El tal Rick, un tipo corpulento con pinta de bonachón, lo miró de manera significativa y, tras un gesto casi imperceptible de Cam, indicándole que estaba listo, se acercó al camarero para hacerle una petición especial. El tipo asintió y sonrió mostrando su dentadura roída y, por su gesto, Cam entendió que estaba exigiéndole que pagase por adelantado. Rick accedió dejando unas monedas sobre la barra. El camarero se guardó el dinero en el bolsillo y le dijo algo a pelirroja, cuya sonrisa se desvaneció y que sin mediar palabra condujo al cliente escaleras arriba.

A Cam y a su otro compañero no les costó demasiado escabullirse de la escasa vigilancia y subir las escaleras que conducían al piso superior, donde estaban las habitaciones en las que las chicas ejercían la prostitución. Se cruzaron con la pelirroja que habían visto antes, que los miró con sorpresa al encontrarlos allí sin la compañía de ninguna de las chicas. No dijo nada y siguió su camino, perdiéndose al final del pasillo.

Una puerta se abrió bruscamente y Rick apareció con una niña rubia en brazos, envuelta en su propia chaqueta. A pesar de su envergadura Rick parecía a punto de echarse a llorar, conmocionado por la escena. Cam se estremeció al ver que la chiquilla aterrorizada que cargaba aparentaba apenas catorce años. Era imposible detener aquella lacra y, por más que salvaran a un niño, siempre habría más en las calles para reemplazarlos. Deseó arrasar aquel apestoso lugar, aquel barrio lleno de hambre y depravación, o incluso todo el puto Londres si fuese necesario. Un tipo malencarado apareció al fondo del pasillo y supuso que la chica pelirroja lo había avisado de su presencia. Sin mediar palabra, Hank, que se había adelantado al verlo, le asestó un golpe en el estómago que lo dobló por la mitad, y aprovechó para darle un rodillazo en la cara que lo dejó inconsciente. La prostituta intentó gritar, pero Cam llegó hasta ella a tiempo de taparle la boca con la mano.

—Escúchame bien. No vamos a haceros daño. Solo queremos llevarnos a la niña y, si sabes lo que te conviene, vas a mantenerte calladita. ¿De acuerdo? —La joven asintió con los ojos entrecerrados y el cuerpo encogido, en una postura que denotaba que estaba acostumbrada a recibir golpes—. ¿Hay alguna puerta por la que podamos salir?

Su dedo tembloroso apuntó hacia una escalera que pasaba desapercibida en la penumbra del pasillo. Rick se dirigió hacia allí con la niña en brazos, pero ella empezó a revolverse queriendo soltarse de su agarre.

—Tranquila, pequeña. Vamos a sacarte de aquí. Vas a estar bien. —intentó tranquilizarla mientras se dirigía hacia la escalera, pero ella no dejaba de golpear con sus pequeños puños su espalda.

—¡Mi hermana! —consiguió articular al fin entre sollozos mientras apuntaba con su pequeño dedo a las habitaciones.

En ese momento, de forma providencial, Cameron escuchó un llanto proveniente de uno de los cuartuchos. Sin perder ni un segundo, lanzó una patada a la puerta con todas sus fuerzas haciendo saltar la cerradura. Lo que vio lo sacudió hasta los cimientos, y se sintió completamente impotente ante la maldad que no podían erradicar por mucho que se esforzaran. Así que hizo lo único que podía hacer: dejó que su ira fluyera sin control y se lanzó contra el pervertido que estaba a punto de abusar de una chiquilla indefensa. Lo golpeó sin importarle que pidiera clemencia, que la niña gritase asustada al ver su ira salvaje, que sus propios nudillos crujieran al impactar contra los huesos de aquel depravado que no merecía respirar. No le importó recibir golpes, ni que el dueño de aquel antro lo amenazase con una escopeta de caza. Tenía ira suficiente para todos los que se atrevieran a entrar en aquella habitación. Su compañero consiguió detenerlo, aun a riesgo de recibir también su propia dosis de golpes.

—Vámonos antes de que nos cosan a balazos —susurró con los dientes apretados intentando hacerlo entrar en razón.

Cam miró a su alrededor. El depravado estaba tirado contra uno de los sofás como un muñeco desmadejado, otros dos hombres gemían medio inconscientes en el suelo y los muebles estaban tirados como si hubiese pasado un huracán. Quizá debería sentirse culpable, pero no lo consiguió. Aún respiraban, o eso parecía, y eso significaba que el mal persistiría y que tarde o temprano volvería a actuar. Siempre y cuando él no los encontrase antes.

—Las niñas están en el carruaje, vámonos, maldición —insistió Hank tirando de su brazo.

Cameron reaccionó al escuchar voces y pasos a la carrera acercándose al piso de arriba y se dejó arrastrar hacia el exterior de aquel antro. Si no fuera porque allí dentro había mujeres cuyo único pecado era intentar poner un plato de comida en su mesa lo hubiese quemado hasta los cimientos.

Cam fue el encargado de llevar a las dos niñas a su nuevo hogar, y lo que esperaba que fuera su nueva vida. Observó a las dos hermanas, que, sin deshacer su abrazo, lo observaban todavía aterrorizadas desde sus rostros casi idénticos, sin saber si su infierno había terminado o solo las llevaban a otro peor. Cam reclinó la cabeza en el asiento y cerró los ojos un instante.

Cuando Kate Fenton le propuso ayudarla la primera vez, no lo dudó ni un instante, creyendo ingenuamente que se sentiría bien haciendo algo noble por los demás. En cambio, ahora, cada vez que le pedía que rescatase a alguien, el vacío de su interior se hacía más grande, consciente de que el mal no acabaría nunca. Por cada niño o niña que salvaban había una docena más susceptibles de caer en la misma trampa, por cada depravado que sacaban de las calles surgía otro dispuesto a aprovecharse de los débiles. Aquello no era gratificante, en absoluto, pero salvar a uno era mejor que no salvar a nadie y seguir fingiendo que la vida se reducía a una sucesión de bailes, veladas y superficialidad. Ver la impunidad con la que actuaban, los peligros que amenazaban a los más débiles le retorcía las entrañas. Pensó en Annabelle, en el miedo que habría sentido al verse arrancada de su hogar y su familia, en lo que había vivido, y no pudo evitar admirarla por seguir adelante. Por eso no podía permitir que la ponzoña que acechaba detrás de aquellas esquinas la salpicara.

Abrió los ojos cuando el carruaje se detuvo y bajó de un salto para apartarse de la vista de esas niñas, seguro de que lo que necesitaban en esos momentos era una cara mucho más amable que la de un hombre capaz de provocar una masacre con sus propias manos.

Kate las ayudó a bajar y, con su rostro dulce y su voz melodiosa, intentó transmitirles la confianza que necesitaban. Solo Dios sabía lo que esos ojos habrían tenido que ver en los días que pasaron en ese burdel; algunas chicas no conseguían superarlo, otras por suerte acababan abrazándose a la esperanza de la nueva vida que se les ofrecía. Kate trabajaba duro para que así fuera. Cameron las vio entrar indecisas en el edificio, y rezó para que pudiesen tener la vida que merecían. Ojalá pudiesen ayudarlas a todas, y ojalá todas estuviesen preparadas para dejarse ayudar.

14

¿Qué podía perder aceptando dar un paseo con Edward Wade? Edward había sido muy amable invitándola al palco la semana anterior y realmente Annabelle no deseaba pasar la mañana encerrada en casa. Especialmente cuando el plan era visitar los almacenes Burlington y sus docenas de comercios. Tenía muchísima curiosidad por ver aquel espacio enorme lleno de tiendas pensadas para los clientes más exclusivos, y no porque estuviese dejándose llevar por el lujo que la rodeaba desde su llegada a Londres, sino porque nunca había visto tantas cosas bonitas juntas, y desear rodearse de un poco de amabilidad no podía hacerle daño.

Se sentía frustrada y lo achacaba a que sus excursiones con Zach no estaban dando ningún fruto. Aunque al menos tenía que reconocer que era muy divertido escuchar sus historias y retarle a pillarla desprevenida y vaciarle los bolsillos mientras paseaban, cosa que siempre conseguía. Era bueno en lo suyo, desde luego. Durante sus incursiones, descubrió decepcionada que Cameron había hablado en serio al advertirle de que no volvería a inmiscuirse en sus asuntos, ya que no había vuelto a verlo desde que le había robado el beso en el carruaje. Ella prefería definirlo de esa manera, aunque era muy consciente de que se había entregado a ese momento como una verdadera descerebrada. Recordar la manera en la que le había permitido saquear su boca con la lengua y la forma entregada en la que ella le había correspondido hacía que se sonrojase.

Al menos ahora, cuando se desvelaba, no era solo por la imagen del tipo de la sonrisa dorada. Incluso había intercalado todas sus preocupaciones soñando que besaba a Cameron en el puerto y que, en el momento en el que se separaban, ese hombre siniestro aparecía, amenazándolos con un cuchillo. La sensación de que tu propia cabeza estaba traicionándola era horrible y estaba empezando a temer el momento de cerrar los ojos y quedarse dormida.

Edward y Annabelle se detuvieron frente a uno de los puestos de ostras que se apostaba a lo largo de la concurrida calle, donde los comerciantes vociferaban sus mercancías, y el brillo de un cuchillo en la mano de uno de los hombres que abría los moluscos con destreza envió una nueva señal a su cabeza.

El puerto. El río. El fango oscuro que lo cubría todo. Un fogonazo la sacudió y cerró los ojos con fuerza apretándose las sienes para contener el dolor. Edward se percató del gesto y apretó su antebrazo pretendiendo ser su sostén si empezaba a encontrarse mal.

—Señorita Ridley, ¿quiere que busquemos algún sitio para sentarnos? ¿Se encuentra bien?

Ella negó con la cabeza y tomó varias respiraciones profundas. Zach, que caminaba unos cuantos pasos tras ellos, ejerciendo de inusual carabina, se acercó mirando con cara de malas pulgas la manera en la que Edward la había sujetado. Se tomaba su labor de protector muy en serio, y ese señoritingo, por muchos títulos que ostentara su familia, no se tomaría más confianzas de las debidas con Annabelle. Wade lo miró con el ceño fruncido y Zach levantó su nariz pecosa, retándolo, pero al final maldijo entre dientes ignorando al muchacho y volvió su atención a Annabelle.

—¿Se encuentra bien? Si quiere, podemos dejar la visita para otro momento —propuso, sin saber muy bien cómo ser de ayuda.

—No se preocupe, señor Wade. Son como fogonazos que me provocan punzadas de dolor, pero en la mayoría de las ocasiones se marchan tan pronto como han venido.

—¿Y en las otras ocasiones? —preguntó con una sonrisa comprensiva.

—En esos momentos parece que un duende está registrando en cada rincón de mi cabeza intentando encontrar alguna respuesta que le satisfaga, y para eso hace un ruido infernal.

—Muy gráfico.

Ella soltó una risita.

—¿Se encuentra mejor, señorita? —preguntó Zachary, interrumpiéndolos y Edward tuvo la sensación de que lo único que pretendía era fastidiarle.

—Sí, Zach. No te preocupes.

El muchacho se alejó unos pasos sin perderlos de vista, mientras ellos se acercaban a los puestos de comida.

—En serio, Annabelle. ¿Me permite que la tutee? Preferiría que me llamase Edward; cada vez que pronuncia «señor Wade», me dan ganas de mirar hacia atrás para saber si está hablando con mi tío.

Ella soltó una risita, fingiendo que el martilleo de sus sienes se había disipado.

—De acuerdo, Edward. —Se sintió rara al hablarle con tanta familiaridad, pero supuso que no tardaría en acostumbrarse.

—Como iba diciendo, ¿es necesario que este pillo nos siga? No termino de acostumbrarme. Además, creo que no le caigo demasiado bien. Me mira como si estuviese a punto de pincharme con un tenedor o cualquier otra cosa punzante en cualquier momento.

—Solo quiere protegerme.

—¿De qué? —inquirió deteniéndose y mirándola fijamente.

—Pues de cualquier eventualidad, supongo. —La respuesta no pareció satisfacer a Wade, que no se movió ni un ápice, taladrándola con la mirada—. Está bien. En Lowtown había una mujer, Hellen, que me ayudó a ser lo que soy. Es mi única amiga de verdad. Ella me ayudó a conservar esa minúscula parte de mí que no había muerto del todo. Todas las tardes me daba clases, tocábamos el piano... Me escuchaba.

Se dio cuenta de que estaba divagando con la mirada perdida e hizo un gesto con la mano apartando esa molestia nostalgia. Edward la instó a continuar.

—Hellen tiene dos hijas, y una de ellas vive en Londres. Estoy intentando localizarla —mintió a medias, sin ningún asomo de pudor.

La verdad era que Hellen le había dado la dirección de su hija mayor, arrancándole la promesa de que la buscaría si necesitaba ayuda, o compañía o cualquier otra cosa. Edward pareció confundido, aunque no quería cuestionar a la joven.

—¿No le dio la dirección exacta?

—Sí, por supuesto —afirmó con demasiada vehemencia mientras buscaba otra salida, tratando de ignorar la mirada socarrona que Zachary le estaba dedicando—. Pero justo en ese momento acababa de mudarse. No dejó dirección conocida a su antiguo casero, pero estoy segura de que, en cuanto Hellen disponga de sus nuevas señas, me las enviará para que vaya a visitarla.

—Y... ¿por qué no esperar a que eso ocurra?

—Pues porque soy muy impaciente. He aprendido que la vida puede cambiar de manera radical de la noche a la mañana y las cartas tardan una verdadera eternidad en llegar hasta aquel pueblo perdido de la mano de Dios. ¿Ha tenido alguna vez la impresión de que lo que está a punto de alcanzar se puede desvanecer antes de conseguirlo?

La pregunta lo desconcertó y no estuvo seguro de que se refiriese exactamente a la hipotética hija de su amiga.

Sí, Edward estaba sintiendo exactamente eso. Había pensado que conquistar a la inexperta Annabelle Ridley, tan fría, tan fuera de lugar en aquel Londres civilizado y lleno de lujos, sería pan comido. Pero tenía el desagradable presentimiento de que aquella misión iba a ser más complicada de lo esperado, y eso acicateaba su interés.

—Así que, si lo he entendido bien, está intentando localizar a esa muchacha que puede estar en cualquier lugar de Londres. Es una hazaña complicada.

—Me gustan los retos.

—Entonces, lo que le comentó a su tío sobre hacer obras benéficas...

—Señor Wade... Edward —se corrigió—, soy una mujer capaz de hacer más de una cosa a la vez.

Edward sonrió, aunque no terminaba de creer aquella excusa inverosímil, pero tampoco sabía qué otra cosa podía querer de un ratero.

Un pequeño revuelo a su derecha llamó su atención. Zach había chocado con un caballero haciendo que su bastón acabara en el suelo. El muchacho se agachó para recogerlo y se lo devolvió con una sonrisa. Annabelle lo miró con los ojos entrecerrados y los labios apretados, hasta que él dejó caer los hombros, resignado, y dio una patada en el suelo con frustración al verse descubierto.

—¡Señor! —gritó Zach, alcanzando al hombre con el que había chocado a propósito—. Tome. Su monedero. Ha debido de caerse de su bolsillo.

El hombre le dio las gracias, extrañado, y continuó su camino mientras Zachary se alejaba unos pasos hablando consigo mismo.

Edward miró a Annabelle con los ojos como platos, pero, al ver que ella se limitaba a encogerse de hombros y a continuar andando, decidió olvidar el asunto; eso sí, no sin antes palparse todos los bolsillos con disimulo para asegurarse de que no le faltaba nada de valor.

Se detuvieron frente a un puesto de ostras y Annabelle frunció la nariz al percibir el olor.

—¿Le gustan? —preguntó Edward mientras ojeaba la mercancía.

—No las he probado nunca —reconoció. Su dieta hasta ahora había sido bastante precaria, sin apenas carne o pescado, limitándose casi siempre a comer gachas, a los milagros que conseguían hacer con lo que cultivaban en su pequeño huerto y a los huevos que sus gallinas ponían, cada vez más escasos.

Wade pidió dos y esperó a que Annabelle le imitase y se quitase también los guantes para poder comer con más comodidad. Edward degustó su ostra y lanzó la concha a un cubo metálico que habían colocado junto al puesto para tal fin. Observó con una sonrisa traviesa cómo Annabelle se acercaba el manjar a la boca con aprensión, examinándolo con detenimiento y oliéndolo.

—Exquisita —dijo, acercándose a ella más de lo necesario haciendo que lo mirara sorprendida—. La ostra. Estaba exquisita. ¿No va a animarse a probarla?

Ella asintió con la cabeza, pero no parecía muy convencida. Observó la masa viscosa con concentración. ¿Aquella cosa se había movido? No, no era posible. Seguramente habría sido producto de su imaginación. Tocó con el dedo el contenido de la cáscara y le pareció que se encogía ligeramente. Escuchó la risita sardónica de Zach, que los observaba apoyado en la pared de enfrente con las manos en los bolsillos y recordó las palabras de Nancy, que siempre le insistía en que desperdiciar los alimentos era un pecado mortal. Sin pensárselo más, sorbió hasta que el contenido de la ostra estuvo sobre su lengua, y para su total consternación descubrió que su textura era casi tan desagradable como su aspecto. Tuvo la impresión de que, si se la tragaba, esa cosa se agarraría a su campanilla intentando no llegar a su estómago y no se soltaría hasta asfixiarla. Apretó los labios con fuerza, la movió de un lado de su boca a otro intentando contener la arcada que quería subir por su garganta. Se sintió enrojecer, palidecer y volver a enrojecer, hasta que escuchó la risita disimulada de Edward que le tendía un pañuelo.

—Si cree que va a enfermar por esto, es menor que no se la trague. Vamos, escúpala aquí, nadie se dará cuenta.

Annabelle volvió a tomar aire y, en un acto heroico, tragó con fuerza conteniendo el deseo de sus entrañas de devolver aquella cosa viscosa al exterior. Aceptó el pañuelo y se tapó la boca con él para contener una carcajada fruto del bochorno vivido.

Edward se disculpó y se acercó hasta una mujer que vendía galletas cubiertas con una gruesa capa de azúcar glaseado, y volvió con un cartucho de papel con varias de ellas.

—Tenga, permítame que la compense por el mal trago.

—Nunca mejor dicho —bromeó Annabelle acercándose el cartucho a la cara para olerlas—. Mmm, esto es otra cosa. Deberíamos haber empezado por aquí.

Dio un pequeño bocado a la galleta deleitándose con el sabor del azúcar, aunque la masa estaba un poco reseca, el sabor era bastante más agradable que el de la ostra. Edward la miró con intensidad y Annabelle tragó el bocado con dificultad, súbitamente nerviosa, y se apuntó mentalmente que no debía volver a comer en presencia de ese hombre. Continuaron caminando en dirección a los almacenes Burlington, con Zach bastante distraído, observando el bullir de gente de un lado a otro. Cuando llegaron a la entrada, el vigilante que se encontraba en la puerta miró con cara de pocos amigos al muchacho, que enseguida se cuadró con actitud desafiante.

Wade resopló, incómodo, y Annabelle intervino para aliviar la tensión. Quitó un último pellizco a la galleta y le dio el resto a Zach.

—¿Te apetece entrar? —le preguntó con tono cómplice sabiendo que solo había dos razones por las que quisiera adentrarse en ese batiburrillo de tiendas de lujo. La primera, para fastidiar a Edward Wade, y la segunda para intentar sisar algo interesante, aunque respetaba demasiado a Annabelle para colocarla en una situación tan comprometida.

—¿Bromea? ¿Qué iba a hacer yo ahí dentro? ¿Comprarme unos guantes a juego con mi sombrero para ir a ver las carreras de caballos? —El pequeño se rio escandalosamente de su propia broma.

—¿Qué te parece si te sientas en aquel banco de allí y nos esperas mientras te comes las galletas? —Señaló un asiento de piedra alejado unos metros de la arcada de entrada al recinto.

Zach asintió y, tras dedicarle su mirada más feroz a Edward y al portero, se marchó con sus galletas. Annabelle no pudo evitar sonreír y, cogida del brazo de Edward, se adentró en aquel lugar enorme. Probablemente nadie había reparado en ella, a pesar de que parecía un conejito asustado y se aferraba con más fuerza de la necesaria al brazo de Edward. La luz desafiaba a las nubes que se empeñaban en ocultarla y entraba a raudales por los ventanales del techo, reflejándose en los escaparates de las tiendas y atrayendo la atención hacia ellos. Pasearon entre el resto de la clientela, deteniéndose a observar los escaparates donde se exponían los más finos guantes, sombreros y exuberantes joyas. Annabelle no pudo evitar sentirse una intrusa, a pesar de que podía permitirse comprar lo que se le antojase.

—¿Sabía que, según las malas lenguas, lord Burlington mandó construir este lugar por culpa de las ostras? —preguntó Wade con tono confidencial, riendo al ver la cara de sorpresa de Annabelle.

—Pues me temo que no ha conseguido erradicarlas.

Edward soltó una carcajada un poco más fuerte y un par de damas los miraron de arriba abajo con curiosidad.

—En realidad, lord George Cavendish estaba cansado de que sus vecinos y cualquiera que pasara por allí tirara las cáscaras de las ostras que compraban en los puestos ambulantes en su jardín.

—Caramba, no fue una solución barata. —Annabelle sonrió y se detuvo frente al escaparate de una joyería donde se exponían gran cantidad de piedras preciosas que atrapaban la luz y la devolvían, encandilándola. Era una frivolidad, pero no podía dejar de admirarlas. Pero las que más llamaron su atención no fueron las aguamarinas, ni las esmeraldas, sino varias joyas fabricadas en ámbar, y una pieza especialmente grande, colocada sobre una peana. Se acercó todo lo que pudo para ver con claridad el insecto atrapado en su interior: una avispa, una enorme hormiga... no sabría decirlo con exactitud. Pensó con una sonrisa triste que ella se sentía exactamente igual que ese minúsculo insecto: atrapada en una sustancia de la que no podía escapar, petrificada en ocasiones, impotente en otras, solo que lo que la envolvía no era de color naranja brillante, sino negrura y dudas.

—¿Le gusta? —Annabelle dio un respingo al escuchar la voz de su acompañante más cerca de lo que esperaba, inclinado sobre ella—. Me encantaría poder regalarle la joya que desee, alguna tan bella como usted, aunque dudo que alguna esté a su altura, Annabelle.

Ella parpadeó varias veces intentando asimilar el cumplido y decidió que lo más seguro era salir por la tangente.

—Hasta yo sé que eso no es adecuado.

—Todavía no —puntualizó él, y a ella no le cupo ninguna duda de que se refería a un hipotético compromiso entre ellos—. Hablando de cosas adecuadas... Creo que debería disculparme con usted por lo de la otra noche.

Annabelle estuvo a punto de tropezarse con sus propios pies al recordar lo que para ella había sido el momento álgido de la noche, el beso del otro Wade en el interior del carruaje y que esperaba no hubiera llegado a sus oídos. No, no podía ser.

—La aparición de Cameron en el palco fue... inadecuada. Supongo que fue tan consciente como todos los demás de que no estaba en óptimas condiciones. Usted era nuestra invitada, se merecía un respeto.

—No me sentí insultada, señor Wade —replicó poniéndose tensa. Sin saber muy bien por qué, se puso a la defensiva, sintiendo la necesidad de erigirse en defensora de Cameron.

—Le agradezco que sea tan benevolente, pero a veces... —Edward sabía que era mezquino actuar así, pero necesitaba marcar su territorio y, aunque adorase a su hermano, era imprescindible erradicar cualquier posibilidad de que lo eclipsase. Esta vez no podía permitírselo, no podía fallarle a su padre, por él y por sí mismo—. Verá, Cameron no ha sido un caballero desde su nacimiento y a veces es inevitable que su impetuosidad salga a la luz.

—¿A qué se refiere? —preguntó mientras paseaban de manera errática por el amplio espacio. De repente, los escaparates y las fruslerías que se vendían allí carecían de importancia. Nada era más atrayente que desgranar los secretos de Cameron Wade.

—Solo somos hermanos de padre, Annabelle. Él se incorporó a la familia cuando tenía unos once años. Su vida hasta ese momento no fue fácil, y, en ocasiones, lo que fue hasta entonces aflora en el momento más inoportuno.

¿Lo que fue hasta entonces? La mente de Annabelle funcionaba a toda velocidad, pero era incapaz de imaginar qué habría vivido Cameron en su infancia, asombrada por las similitudes que podría haber entre ellos. Puede que por eso existiese esa especie de conexión que los atraía de esa manera. No entendía por qué Edward parecía querer empañar la imagen que ella tenía sobre el menor de los Wade, pero estaba consiguiendo el efecto contrario. Ahora Cam era una incógnita con mayúsculas, y si realmente había tenido que superar las penurias que ella misma había padecido, y aun así convertirse en un hombre leal y caballeroso merecía su admiración.

Annabelle se dejó guiar cogida del brazo de Edward sin fijarse demasiado en lo que la rodeaba.

—Espero no haberla incomodado, solo quiero que sepa que usted es muy especial para mí, Annabelle. Es una mujer de carácter, serena, fuerte... y hermosa. La admiro y no estoy dispuesto a que una actitud desafortunada de mi hermano o cualquier otra cosa lo empañe.

—Yo... Edward, la opinión que tengo sobre usted solo se basa en su comportamiento y hasta ahora ha sido intachable. Jamás le haría responsable de las actitudes de otros.

Edward sonrió al recibir la respuesta que esperaba oír, creyéndose vencedor de la batalla. Se detuvo para contemplarla con calma, realmente pensaba todas esas cosas de ella. Aunque todavía pareciese un poco vulnerable e insegura al relacionarse con los demás, poseía ingenio y sentido del humor, era inteligente y había superado cosas que la mayoría no sería capaz de imaginar. Era inevitable admirarla y, con el paso de los días, parecía florecer, ganando en belleza. ¿Se estaría encaprichando de esa mujer o solo trataba de cumplir con su obligación con celo?

De repente, como si ella hubiese leído sus pensamientos, o puede que fruto de su intenso escrutinio, Annabelle se ruborizó y a él le pareció lo más encantador que había contemplado en años. Miró a su alrededor, era una temeridad, pero lo necesitaba más que respirar. En un impulso la dirigió hacia una zona en la que apenas había gente, y en la que un pasillo oscuro comunicaba el recinto con los entresijos del edificio. No sabía si era un almacén, una salida, tampoco le importó, llevado por la necesidad de sellar la improvisada declaración en ese momento. Apenas avanzaron unos pasos, Annabelle solo tenía que extender la mano para volver a la iluminada galería que reflejaba ese mundo frívolo e irreal, de lujos, terciopelos y piedras brillantes. Pero parecía que sus pies se habían anclado al suelo mientras el resto de su cuerpo esperaba ansioso lo que iba a ocurrir.

Edward sujetó sus mejillas con suavidad y deslizó sus pulgares por su piel con delicadeza. Estaba ansioso por besarla, demasiado para un hombre experimentado como él. Y, en cambio, ella solo aguardaba ese beso con curiosidad, esperando descubrir si la arrastraría el mismo remolino desordenado que la devoró cuando Cameron la besó.

—Eres tan hermosa... —susurró moviendo los labios sobre los suyos, provocándole un hormigueo—. Necesito probarte o me volveré loco.

Esperó unos segundos tortuosos a que ella lo rechazara; al fin y al cabo, estaban en un lugar público y, si los encontraban semiocultos en el comienzo de aquel corredor, sus reputaciones se verían arruinadas. Aunque aquello solo aceleraría lo que Edward consideraba un desenlace inevitable, el matrimonio. Rozó su boca de nuevo, esta vez de manera más intensa, una vez, otra más, hasta que sus labios se fundieron en un beso intenso. Se escuchó una conversación no demasiado alejada y Annabelle tomó conciencia de lo que estaba haciendo, poner la primera piedra para un escándalo de dimensiones épicas.

Empujó con suavidad a Edward y, sin mediar palabra, salió de allí, rezando para que nadie se hubiese percatado de su trasgresión. Cuando unos segundos después Edward la alcanzó ofreciéndole su brazo, las piernas aún le temblaban. Sus labios ardían y no podía negar que había sentido algo en brazos de ese hombre, pero en absoluto comparable a la pasión arrolladora que la había hecho olvidarse de todo al probar la boca de Cameron. Annabelle suspiró aliviada cuando al fin salieron a la calle, como si hubiese estado atrapada en una burbuja capaz de distorsionar la realidad, en una gota de ámbar, con la desagradable sensación de que estaba jugando con fuego, y que tarde o temprano no podría controlar las llamas.

15

Quizás no fuese el mejor momento para acudir a una velada en casa del conde de Amery, en la que con seguridad los dos hermanos Wade actuarían de anfitriones. Pero a Annabelle no se le ocurrió ninguna excusa verosímil para evitarlo. Durante las últimas dos noches había esgrimido sus dolores de cabeza y el efecto del láudano para encerrarse en su habitación con la puerta bien cerrada y acostarse en compañía de un buen libro. Pero esa tarde no había estado lo bastante rápida cuando Brooks pasó por su casa para confirmar su asistencia. ¿A quién quería engañar? Gran parte de la culpa de que ella estuviese en esos momentos embutida en un apretado corsé y con docenas de horquillas clavadas en su cuero cabelludo era la posibilidad de encontrarse con Cameron. Esta vez acudiría sin la compañía de su prima Charlotte, que había sufrido un repentino malestar estomacal, que por lo visto debía ser bastante contagioso, ya que su padre también había decidido ausentarse.

No había leído atentamente la invitación que llevaba semanas sobre la bandeja del saloncito, y se sorprendió cuando Michael le dijo que las veladas musicales organizadas por el conde y su hermana, además de tediosas, resultaban eternas. Al menos esta noche se libraría de bailar, no sabía cómo reaccionaría al estar de nuevo entre los brazos de alguno de los Wade, aunque fuese durante un casto baile y observada por docenas de ojos.

Al entrar en la mansión de los Amery, se sintió sobrecogida de inmediato por la majestuosidad del lugar. Jamás había estado en un sitio tan iluminado, con tanta profusión de adornos florales y todo con un excelente gusto, sin caer en la opulencia. Los tres varones de la familia resultaban imponentes plantados en el *hall* recibiendo a todos los invitados. Irradiaban masculinidad y elegancia, incluso el conde conservaba buena parte de su atractivo, a pesar de su edad. No se dejaba vencer por sus dolores de huesos ni por sus canas, y mantenía su postura gallarda sin pestañear. Sus hijos habían heredado su porte distinguido, sin duda, además del pelo castaño y los ojos azules, a pesar de ser tan diferentes como la noche y el día. Edward era elegante, sobrio, de rasgos afilados y una belleza clásica, y Cameron mucho más robusto, con sus largas piernas y sus ojos inquisitivos.

Annabelle observó cómo Brooks los saludaba con familiaridad y no pudo evitar que le temblaran las manos cuando llegó su turno de saludar a Edward. Él le dedicó una sonrisa cómplice que ella correspondió, y que no desapareció de su cara hasta que Cameron sujetó su mano entre la suya para depositar un beso sobre su dorso. Apenas intercambiaron un saludo formal, pero su forma de mirarla no necesitaba de palabras para hacer que se estremeciera, que su estómago se encogiese fruto de los nervios y que se mordiese el labio, ansiosa, con la intención de que no se le escapara ninguna tontería.

Mientras Brooks saludaba a unos clientes, Annabelle observaba desde una discreta posición al fondo del salón a los invitados que se iban posicionando en las sillas que habían dispuesto en filas ordenadas frente a una tarima, donde había un pianoforte.

Dio varios sorbitos de champán de la copa que había aceptado solo por tener las manos ocupadas. Edward Wade saludó a varias señoras mayores que ya se habían acomodado en la primera fila, obnubilándolas con su perfecta sonrisa.

—Déjame adivinar, te has situado cerca de la puerta por si llega el momento de huir. ¿Estás segura de que no has asistido a una de estas aberraciones antes?

Annabelle estuvo a tiempo de atragantarse con el champán al escuchar justo a su lado la voz de Cam.

—Déjame adivinar. Este es el sitio que tú sueles escoger para poder escabullirte en cuanto empieza la música.

Él soltó una carcajada que le caldeó el pecho, y se sorprendió de la naturalidad con la que lo había tuteado.

—Sospecho que me lees el pensamiento —bromeó—. ¿Lo haces?

Annabelle entrecerró los ojos y lo miró fijamente fingiendo concentrarse y en ese momento percibió una cicatriz casi curada en la ceja de Cam. Estuvo a punto de preguntarle sobre ella, pero prefirió seguirle el juego.

—¿Crees que, si tuviera esa capacidad, podría mantenerme impasible en estos momentos?

Cam fingió un ataque de tos para no irrumpir en carcajadas. Le encantaba que fuese tan ingeniosa, aunque probablemente ella no había sido consciente de lo atrevido de su pregunta.

—Probablemente no, Annabelle. Saldrías corriendo, lo que no sé es si lo harías en dirección a mis brazos o en dirección contraria.

Sus ojos se quedaron conectados unos segundos interminables, bien podían haber sido horas o toda la vida, a Annabelle no se le ocurría mejor lugar para perderse que ese.

—¿No lo sabes? Qué pena que no tengas el don de leer el pensamiento, Cameron.

Cam sonrió conteniendo las ganas de demostrarle lo que pasaba por su mente en ese momento. Se limitó a cruzarse de brazos a su lado disfrutando de su compañía en silencio.

—¿Sabes lo que va a pasar ahora?

—No —reconoció ella, mientras observaba cómo una joven alta, que sin duda compartía los rasgos de los Wade, se subía a la tarima y comenzaba a ojear las partituras que alguien había colocado en un atril—. Por desgracia, no tengo el don de la premonición.

—Ella es mi prima Faith. Tiene una voz celestial, al menos su madre así lo cree. Ahora comenzará a cantar durante más de media hora.

—Consigues que esté impaciente —ironizó ella al ver su mirada de hastío.

—Después se hará una pequeña pausa para que la gente tome unos refrigerios y mi prima Charity, hermana de Faith, nos deleitará con otra media hora de música lúgubre. Tremendamente sentida, eso sí.

Annabelle se tapó la boca en un gesto elegante con su abanico para disimular la risa.

—¿Adivinas lo que viene después?

—¿Otra prima de voz virtuosa?

—No. Esta vez un primo, Frank, su hermano menor. Se supone que tenía una voz de barítono prometedora hasta que comenzó la pubertad, la cara se le llenó de granitos... y ya sabes. El pobre no puede evitar que de vez en cuando se le escape algún gallo. Eso no desanima a mi tía, por supuesto, que se empeña en hacerle pasar este calvario.

—Pobre muchacho.

—Sabía que te compadecerías de mí, he sufrido esta tortura más veces de las que me gustaría.

—Me refería a tu primo —apuntó poniendo los ojos en blanco.

—¿Has hecho las cuentas?

Ella lo miró sin entender.

—Entre las actuaciones y los descansos, disponemos de casi dos horas.

—¿Cómo dices?

—Te propongo emplear la noche en algo bastante más edificante. Por suerte, tengo otro primo que vive a un par de calles de aquí. Se llama Owen. Acaba de venir de uno de sus interminables viajes alrededor del mundo, es lo que se dice un aventurero. Y lo mejor de todo es que no sabe cantar. —Terminó con un guiño.

En cuanto el delicado canto de Faith se abrió paso a través de los invitados, todo el mundo pareció abstraerse, completamente concentrados en su voz vibrante y aguda.

—Canta muy bien.

—Pero mi plan es mejor. —Cam le tendió la mano ansiando que aceptara con verdadera desesperación. Aquel ambiente encorsetado no le permitía tenerla como él quería: bromear, tener una conversación distendida sin las inquisitivas miradas de los demás, incluyendo la de Edward—. Te prometo que nadie se percatará de nuestra ausencia.

En un acto impulsivo, Annabelle aceptó su mano sin pensar en las consecuencias, ni en las razones, ni en ninguna otra cosa. Solo se dejó arrastrar por aquel hombre hermoso, que emanaba peligro por todos sus poros.

Annabelle avanzó todo lo rápido que sus piernas le permitían, esquivando los charcos que la lluvia que había arreciado todo el día había dejado, arrastrada por la fuerza de Cameron. Atravesaron un par de calles y llegaron a una mansión de ladrillo rojo con una fachada más estrecha que las que la rodeaban, como si estuviera encajada a la fuerza en aquel lugar. No tuvo tiempo de detenerse demasiado en los detalles, ya que, en cuanto Cam llamó a la puerta, esta se abrió y se vio catapultada a un mundo de color completamente fuera de lugar en aquel sobrio y elegante rincón de la ciudad. Docenas de invitados charlaban animadamente donde quiera que mirase, alejados del formalismo y la sobriedad que acababan de dejar en la casa de los Amery. La decoración rallaba el absurdo de tan recargada y extravagante. Los cortinajes eran de un brillante color púrpura, los muebles y las molduras parecían bañadas en oro, e incluso apoyado en una pared, vio, lo que esperaba que fuese la réplica de un sarcófago egipcio. Estaba a punto de preguntar a Cam al respecto cuando un hombre alto lo abrazó con efusividad dándole fuertes palmadas en la espalda. Sobre su traje de gala llevaba una túnica que arrastraba por el suelo a modo de capa, de un llamativo color rosa fucsia, y coronaba su cabeza con un turbante dorado con una joya prendida en el centro.

—Maldito bastardo, pensé que no vendrías —bromeó dándole una última palmada en la mejilla. Entonces reparó en Annabelle y, tras repasarla de arriba abajo, cogió su mano sin esperar a ser presentados—. ¿No vas a decirme quién es esta bella fruta prohibida? Porque sin duda esto es más de lo que tú puedes ambicionar —añadió con una sonrisa maliciosa sin apartar los ojos de los de ella.

—Ella es la señorita Annabelle Ridley. Annabelle, este desgraciado vividor es mi primo Owen. —Cameron hizo las poco convencionales presentaciones colocando de manera posesiva la mano sobre su cintura.

—Annabelle Ridley... Me suena ese nombre. ¡¿La resucitada?! —Dio una palmada en el aire, como si tener semejante invitado fuera el culmen de la velada.

Cameron estuvo a punto de borrarle la sonrisa de un puñetazo, pero Annabelle en ese momento aceptó la copa que le ofreció un lacayo y la levantó en señal de brindis.

—La misma —aceptó ella—. Pero no se haga demasiadas ilusiones. Sé que adornaría muchísimo su pintoresca fiesta que fuese capaz de hacer levitar las mesas o comunicarme con el más allá, pero lo único que he conseguido traer del otro mundo son unos dolores de cabeza bastante contundentes.

Owen estalló en una carcajada y Cameron la miró con admiración, por haber sido capar de sortear el comentario inoportuno con una sonrisa.

—Es una pena, sí. Habría sido grandioso ver mis muebles en el techo. En fin, voy a saludar a mis invitados. Disfrutad de la noche, chicos.

Owen se perdió entre la gente, que cada vez se volvía más bulliciosa. Annabelle se volvió hacia Cameron con una sonrisa y él le guiñó el ojo mientras la conducía por las diferentes estancias. En todas ellas había algo sorprendente, músicos tocando instrumentos que nunca había visto, bailarinas exuberantes, un tipo haciendo malabares con objetos de lo más variopintos, unas cachimbas de las que varios invitados fumaban lanzando al aire pequeñas nubes de humo blanco...

Cameron la miraba absorto, mucho más fascinado por sus reacciones que por cualquier espectáculo exótico que su primo hubiese preparado. Annabelle, a pesar de intentar mantener su imagen firme e imperturbable, no era más que una joven ingenua que no había tenido oportunidad de conocer el mundo más allá de la casucha donde había vivido, y no podía ni quería disimular su cara de sorpresa.

En aquel ambiente alocado no resultaba discordante dejarse tocar, ni que él la sujetase de la cintura con más familiaridad de la debida, ni que cuando le hablaba lo hiciera sumergiendo la cara en su pelo y rozando su oreja con los labios, provocándole un estremecimiento. Todo el mundo alrededor parecía haberse olvidado del protocolo y disfrutaba de la noche sin importar lo que hacían los demás. Llegaron hasta una sala menos concurrida y un lacayo que portaba una bandeja los interrumpió justo cuando él acababa de colocar la mano en su mejilla con ternura. Ante la mirada asesina de Cam, el sirviente dejó la bandeja en la mesa bien surtida de bebidas que había junto a ellos.

—¿Tienes hambre? —preguntó Cameron mientras ojeaba los extraños platos que tenía delante.

Anna se llevó la mano al estómago, apenas había probado bocado en casa de los Amery, sintiéndose observada e incómoda.

—Pero ¿sabes qué es esto? —preguntó acercándose un platillo de porcelana con unas coloridas verduras para observarlo más de cerca.

—No tengo ni la más remota idea. Lo único que me resulta familiar es esto. —Cameron señaló unas bolitas que parecían ser de carne y que estaban acompañadas de pequeños cuencos con salsas de varios colores.

Annabelle decidió arriesgarse, después de la experiencia de la ostra aquello no podía ser peor, y dilatar el momento no podía traer nada bueno. Al menos esto, fuera lo que fuese, olía bien y la verdad era que estaba hambrienta. Pinchó una bolita con el tenedor y la impregnó bien en una de las salsas bajo la atenta mirada de Cam, que no era tan atrevido como ella. Antes de que le advirtiera de que quizás fuese mejor probar un pequeño bocado, intuyendo que su paladar no estaría acostumbrado a esos sabores tan fuertes, Annabelle le dio un buen mordisco a la bolita. Al principio no reaccionó. Cameron la observó frunciendo el ceño analizando su expresión, pero Anna parecía petrificada mientras asimilaba lo que estaba sintiendo. Miró el plato con los ojos muy abiertos por la preocupación, porque desde luego aquello no sabía a nada de lo que hubiese comido antes. Pensó ingenuamente que su lengua comenzaría a arder en cualquier momento, que el interior de sus mejillas se calcinaría y que toda ella se convertiría en un montoncito de cenizas. Puede que con la ostra hubiese hecho un esfuerzo, pero esta vez no arriesgaría su integridad por guardar el decoro. Cogió una servilleta de la mesa y, con todo el disimulo que pudo, se deshizo de aquella bola de lava incandescente que parecía haberla perforado. Providencialmente una copa de champán frío apareció junto a ella de la mano de Cam e, ignorando su mirada preocupada, se la bebió de un trago.

—¿Estás... estás bien?

—Santo Dios —se quejó pasándose los dedos por los labios que palpitaban como si la hubieran picado una legión de avispas. El ardor parecía haberse extendido a través de su nariz hasta llegar a los ojos que habían comenzado a lagrimear—. No se te ocurra probarlo.

Annabelle golpeó la mano de Cam, que sujetaba un tenedor con una de esas cosas incendiarias, haciendo que la bolita de carne saliese disparada estrellándose contra la ventana. Ambos se quedaron absortos unos segundos mientras la salsa resbalaba lentamente por el cristal.

Cameron se echó a reír mientras Annabelle se hacía aire y buscaba más bebida para conseguir aplacar su lengua.

—Deduzco que me has salvado la vida evitando que lo probara. Lo siento, debí advertirte que Owen suele contratar servicio en los países a los que va, casi siempre cocineros. Debe de ser algún plato típico de la India, y estos sabores son difíciles de asimilar hasta que te acostumbras.

—¿Acostumbrarse? Estoy segura de que mi lengua se desintegraría si vuelvo a probarlo.

Ambos se rieron y, tras recuperarse un poco, continuaron paseando por la estancia. Se apuntó mentalmente que no volvería a comer delante de un Wade, nunca, jamás.

Era muy fácil sentirse cómoda en aquel ambiente en el que cada uno parecía ir a lo suyo, sin miradas suspicaces ni cotilleos malintencionados a las espaldas. Pero, sobre todo, era maravilloso hacerlo de la mano de Cameron. Se detuvieron frente a una tarima elevada en la que una bailarina bastante ligera de ropa se contoneaba con movimientos sensuales al son de una música hipnótica. La joven sostenía una enorme serpiente sobre los hombros, que se enroscaba de manera sugerente en su cintura y sus brazos. Annabelle se quedó enganchada de aquellos movimientos, contagiada del erotismo que latía en esa mujer, y en secreto deseó moverse con la misma cadencia que ella. Se encontraba sumida en una especie de sopor dulce, no sabía si por culpa del champán o de la comida picante, y solo era consciente de la mano de Cam apoyada en la parte baja de su espalda, transmitiéndole una corriente de energía que le recorría todo el cuerpo. Intentó recordar cuándo fue la última vez que se sintió tan cómoda en compañía de alguien, tan segura, tan... aceptada. No lo recordó, probablemente porque nunca se hubiese sentido así antes.

Notaba su persistente mirada sobre ella, pero no se sentía con fuerzas para enfrentarlo. Todo fluía con demasiada intensidad cuando él estaba cerca y estaba empezando a temer no poder resistirse a la atracción que estaba descubriendo. Se atrevió a mirarlo al fin y, si hubiera conservado un gramo de sensatez, se habría arrepentido de permanecer a su lado. Pero la sensatez se había esfumado. A la luz tenue de aquella habitación, con aquella música extraña y exótica de fondo, rodeados de aquella desinhibición, la tentación de dejarse llevar era demasiado seductora. Pero ¿a dónde la llevaría todo aquello? Y lo que era aún más desconcertante, ¿importaba?

Cameron pareció leerle el pensamiento y se acercó más a ella, sin preocuparle que hubiera gente alrededor. Hundió la cara en su cuello y la rozó con la nariz. Annabelle estaba tan obnubilada que tardó unos segundos en asimilar lo que le había dicho cerca de su oído.

—Espero que tus labios se hayan recuperado porque, si no los beso pronto, creo que moriré.

Su cabeza solo era capaz de hilar respuestas absurdas; claro que sus labios ardían todavía, pero la verdad era que, bajo su mirada y con su aliento rozando la piel de su garganta, todo su cuerpo estaba a punto de calcinarse. Se miraron a los ojos como si estuvieran solos en aquella habitación, en aquella ciudad a menudo demasiado hostil para los que eran diferentes, en el mundo entero. Annabelle elevó su mano despacio y acarició la mejilla de Cam con suavidad, ansiando que lo hiciera, que la besara sin mesura.

Cameron se alejó de ella y suspiró, sorprendido de lo poco que había faltado para dejarse llevar y tomar su boca sin importarle quién pudiera verlos.

—Creo que será mejor que nos vayamos, ya hemos estado demasiado tiempo fuera —sugirió, resignado.

Annabelle asintió saliendo, a su pesar, de aquella especie de trance y lo siguió hasta que llegaron al exterior. El aire frío despejó su mente aturdida mientras avanzaban entre la espesa niebla a más velocidad de la que sus piernas podían permitirse. Pero Cameron, que la sujetaba con fuerza de la mano, parecía no darse cuenta, sumido en la vorágine de sus pensamientos. Daba la impresión de que quería escapar de algo, puede que fuese de sí mismo.

—Cameron... —la voz de Annabelle sonó débil, casi sin resuello por la carrera, y él no la oyó—. ¡Cam!

Esta vez fue inevitable que se detuviera en seco, sorprendido.

—No vayas tan rápido, por favor —rogó soltándose de su agarre y apoyando la mano en su costado para contener un pinchazo mientras intentaba recuperar el aliento.

—Lo siento.

—Estamos cerca, no es necesario correr de esta manera. A no ser que...

—¿A no ser qué...? —inquirió al ver su expresión preocupada.

—No sé. Dímelo tú. No has dicho una sola palabra desde que hemos salido. Y parece que nos persigue el mismo diablo. ¿Ocurre algo?

Algo aparte de que si alguien descubría que se habían marchado solos durante tanto rato, tendrían serios problemas para justificar su ausencia, quería decir.

—Sí, ocurre algo. —Cam acortó la escasa distancia que los separaba y sujetó sus mejillas con las manos—. Ocurre que, si no te beso ahora, no me lo perdonaré.

Tomó su boca con movimientos profundos y lentos, saboreando sus labios, tan cálidos en contraste con el frío de la noche que los rodeaba. A ninguno le importó estar en medio de la calle, confiaban en que a esas horas de la noche todos estuviesen guarecidos del frío en sus camas. Annabelle rodeó su cuello con los brazos y se atrevió a acariciarle la nuca con los dedos y enredarlos en su pelo castaño.

Un leve gruñido escapó de la garganta de Cam, sobrepasado por lo que aquella mujer de apariencia fría le hacía sentir con solo un beso. Se separó de ella con la respiración alterada y el corazón a punto de salirse de su pecho. Aquello estaba mal en todos los sentidos posibles.

Quizás rescatarla de aquel nido de víboras criticonas que habían tomado posesión de su casa durante unas horas con la excusa de escuchar los graznidos de sus primas era algo que podía tener una justificación en su cabeza, pero actuar con tanta familiaridad delante de desconocidos, por muy abiertos de mente que fuesen, y besarla en mitad de una calle respetable suponía una trasgresión imperdonable. La miró durante unos segundos eternos, trazando suaves círculos con los pulgares en sus mejillas, sin saber qué decir o qué hacer con su vida de ahora en adelante, porque estaba claro que algo estaba cambiando y no podía ignorarlo sin más. Su mirada se quedó prendida de su boca entreabierta, que exhalaba con dificultad, esperando un nuevo beso o un gesto de Cam que la devolviera a la realidad.

Ambos estaban inmersos en una especie de ensoñación, hasta que algo frío golpeó la frente de Annabelle rompiendo el hechizo: una enorme y fría gota de lluvia. Miraron hacia arriba y en ese momento el cielo pareció abrirse sobre ellos. Volvieron a cogerse de la mano como dos colegiales y echaron a correr entre risas intentando huir del aguacero. Cuando llegaron a la mansión de los Amery, pocos minutos después, el peinado de Annabelle prácticamente se había deshecho y los mechones lacios y oscuros se pegaban a su cara. Se apoyaron en la pared intentando recuperar el resuello y de nuevo arrancaron en carcajadas al ver su aspecto. Pronto llegaría el momento de asumir las consecuencias, pero hasta entonces no podía evitar que su pecho se inflamase con algo que no estaba acostumbrada a sentir, alegría, ilusión... esperanza. Valía la pena el riesgo solo por ver los hoyuelos que aparecían en el rostro duro de Cameron dándole un aspecto juvenil, con el flequillo cayendo desordenado sobre la frente y los ojos brillantes. Unos ojos que en estos instantes la devoraban con una mezcla de diversión y necesidad.

—Señor Wade, dígame que tenía previsto este tipo de eventualidades antes de inmiscuirme en su plan.

Cameron rio y el sonido le resultó tan hipnótico como la extravagante música que hacía bailar a la chica de la serpiente. Allí, apoyados en la pared lateral de la mansión del conde, protegidos de la luz de la fachada principal, con sus ropas y su pelo empapados y calándose hasta los huesos, nada parecía tener importancia más que la forma en la que sus miradas se empeñaban en enredarse.

—Por supuesto, aunque la lluvia ha sido un factor sorpresa. Ven, intentaremos arreglar este desastre.

Entraron por una pequeña puerta usada por el servicio y Annabelle se dejó arrastrar por el pasillo en penumbra hasta llegar a una acogedora salita. Hasta ellos llegaba amortiguada por la distancia la voz de una de sus primas, por suerte el recital aún no había terminado. Cameron se marchó, dejándola a oscuras y volvió apenas unos minutos después con varias toallas. Avivó los rescoldos que quedaban en la chimenea y la instó a acercarse, aunque difícilmente serviría para secar al ruedo de su falda, que se había manchado de barro al pisar los charcos. Como si todo el frío del mundo se hubiese precipitado sobre ella en ese instante, Annabelle empezó a temblar; sus movimientos se volvieron torpes, y puede que la intimidad que se cernía sobre ellos tuviese la mayor parte de la culpa. Cameron lo notó. Se colocó detrás de ella y comenzó a quitarle con delicadeza las horquillas para poder secarle el pelo empapado. Ella no se movió, se limitó a cerrar los ojos disfrutando del roce del lienzo sobre su cuero cabelludo, imaginando que eran sus dedos los que la rozaban con suaves movimientos circulares. Desechó el paño húmedo y cogió de las manos de Annabelle la toalla que ella había olvidado que sostenía. Le frotó con fuerza los hombros, los brazos, la piel de su nuca... cualquier pedazo de ella que quedase a la vista. Solo se escuchaba el crepitar del fuego y la respiración ronca de Cameron junto a su cuello. ¿O era la suya propia? No estaba segura, ni siquiera sabía si seguía respirando a estas alturas de la noche.

El peso del vestido mojado se volvió insoportable, el corsé se había convertido en una trampa que ceñía sus costillas sin piedad, hasta los zapatos torturaban sus pies helados. Nunca había sentido la asfixiante necesidad de arrancarse la ropa de manera tan contundente y, cuando los labios cálidos de Cameron rozaron la piel de su nuca, estuvo a punto de hacerlo. Se dejó arrastrar por esa emoción que la embriagaba y apoyó la cabeza en el pecho de Cam, que continuó dejando un reguero de besos por su cuello.

—Annabelle...

Ella emitió un ronroneo en respuesta cuando las manos masculinas comenzaron a subir por sus costados. Su parte coherente sabía que debía detenerlo, pero no quería escuchar nada que no fuera el latido de su sangre y la respiración de Cam junto a su oído. Su cuerpo necesitaba que continuara, su boca ansiaba la suya y giró la cara para buscarla. Cam la complació atrapando sus labios en un beso intenso y profundo, mientras sus dedos alcanzaron sus pechos, apretándolos con suavidad. Nada parecía saciar a ninguno de los dos, y cada pequeño avance, lejos de calmar sus ganas, las incendiaba todavía más.

Cameron se detuvo y enterró la cara en su cuello intentando calmar sus ansias, aunque sabía que ya nunca tendría suficiente de ella. El sonido de unos aplausos resonando a lo lejos fue el pistoletazo de salida para que la realidad cayera sobre ellos, al fin. Estaban empapados, el pelo de Annabelle caía desordenado sobre uno de sus hombros, sus labios estaban enrojecidos por los besos. Era demencial pensar siquiera en volver al salón de baile.

—Creo que lo mejor es que vaya a buscar mi carruaje. Nos marcharemos por otra puerta antes de que los invitados comiencen a salir por la entrada principal. Le mandaré recado a Brooks informándole que la dulce voz de mi prima te ha provocado dolor de cabeza. ¿De acuerdo?

Ella asintió despacio, pero, para cuando lo hizo, la puerta ya se cerraba tras Cameron, que parecía movido por un resorte. Volvió a los pocos minutos con la prisa reflejada en su rostro y la encontró intentando captar su reflejo en el cristal del aparador.

—Estoy espantosa —susurró mientras trataba de adecentarse el pelo.

—No lo estarías ni aunque lo intentaras con todas tus fuerzas. Eres preciosa.

Annabelle se giró hacia él, sonrojada, y Cameron sintió el deseo de besarla de nuevo, y lo que era peor, de ir mucho más allá, pero no se permitió ceder y la condujo hasta la salida.

Abrió la puerta para cederle el paso y ella se estremeció al salir al exterior y sentir de nuevo el aire frío sobre sus ropas empapadas. Cameron también se estremeció, pero por razones muy distintas. Durante su infancia había desarrollado una especie de sexto sentido y fue consciente de que había alguien más en aquel oscuro pasillo casi al instante. Giró la cabeza y vio a Edward semioculto por la oscuridad, observándolos con una expresión indescifrable en la cara. Ninguno de los dos dijo nada. Cam continuó su camino siguiendo a Annabelle en dirección al carruaje que los esperaba, pero no pudo deshacerse de la sensación desagradable que se había aferrado a su estómago.

16

Zachary había aprendido a caminar de manera sigilosa, a ser tan rápido y astuto como un ratón y había desarrollado, además, un tercer ojo en la nuca que le había salvado el pellejo en más de una ocasión. Pero esa noche andaba un poco despistado. Su hermana se encontraba débil de salud y la humedad de la precaria habitación donde dormían no ayudaba a aliviar el frío que tenía asentado en los huesos y los pulmones. Habría preferido no dejarla sola, pero al final había decidido delegar su cuidado a su casera, una mujer de mediana edad que le tenía un especial cariño a la débil muchacha, y se había marchado a cumplir con su deber.

Desde que Annabelle Ridley había aparecido en su vida, se había esforzado en verla solo como un medio para conseguir un fin, que no era otro más que el dinero. Quería sacar a su hermana de esa casa que estaba a punto de caerse a pedazos sobre sus cabezas. Ese cuartucho alquilado era lo más decente que había podido conseguir, aunque en las habitaciones de al lado vivieran prostitutas y tipos extraños que no parecían de fiar. Su primera inversión había sido una cerradura enorme para que Cynthia estuviese a salvo cuando él tenía que salir, pero eso no evitaba que la tensión le atenazara cada vez que dejaba a su hermana sola.

Durante los primeros días se había limitado a acompañar a la señorita Ridley de aquí para allá, fingiendo que buscaba esa información que ella tanto codiciaba. Era absurdo creer que pudiese encontrar al tipo que estaba buscando una década después; la esperanza de vida en los bajos fondos era bastante reducida, todos los que vivían allí lo sabían. Ni siquiera se había planteado mover un dedo, a pesar de que la historia de cómo había perdido a su hermano le había tocado el corazón. Ella era de otra clase social muy diferente a la suya, de otra pasta, y se esforzaba en recordarse, que tras aquella sonrisa y su fachada sencilla no había nada más que una mujer adinerada que usaba sus propios métodos para conseguir lo que quería. En el fondo la admiraba por su tesón, había que reconocer que la joven tenía arrestos.

Pero Annabelle había acabado rascando un poquito su coraza sin que él se diese cuenta. Cuando ella se enteró que tenía una hermana un año menor que él, había insistido en ayudarlos, aunque los ojos de Zach habían visto demasiadas cosas para permitirse confiar en nadie. Aun así, ella había insistido en proporcionarle ropa, comida y hasta unos libros con unas preciosas ilustraciones que habían hecho que Cynthia saltase de alegría por primera vez en muchos años. Y ese, para su desgracia, había sido el detonante para que Zach hiciera un descubrimiento sorprendente: tenía conciencia, para bien o para mal.

Y esa maldita conciencia era la culpable de que ahora estuviese molido por culpa de la paliza que acababa de recibir, aunque había conseguido escabullirse como una anguila antes de que la cosa llegase a mayores.

Tras años de buscarse la vida en la calle, había aprendido a abrir bien los ojos y las orejas, y a cerrar la boca. Preguntar nunca era una buena idea. Tenía el don de pasar desapercibido y lo usaba para robar lo que podía, y en este caso, para intentar encontrar algo de información que pudiese serle de ayuda. Se apostaba en las tabernas, se acercaba a los corrillos como si fuese uno más, escuchando, observando, y apostillando cualquier comentario que dirigiese la conversación hacia donde él quería. Después de varias noches alguien había comentado algo sobre un proxeneta que había reclutado a varias chicas del barrio para las orgías que organizaban los ricos. Guiado por una especie de instinto, los oídos de Zach se agudizaron. El tipo parecía tener contactos con las altas esferas y no solo realizaba ese tipo de trabajos para ellos, sino que se prestaba a todo tipo encargos turbios. El hombre era conocido por su «sonrisa brillante». Recordó cómo Annabelle había hecho hincapié en los dientes de oro del tipo, y se planteó cuánta gente luciría este tipo de adornos. Seguramente no demasiados podrían pagarlo. El único detalle que consiguió captar fue que el proxeneta solía desempeñar su trabajo en los Jardines Vauxhall, donde solía pasearse por las noches exhibiendo su mejor «mercancía».

Debía seguir esa pista para cerciorarse de que estaba en el buen camino antes de decirle nada a la testaruda señorita Ridley, que insistiría en acompañarlo en cuanto lo supiera. Esa noche se dirigió al enorme parque con la intención de colarse, sin embargo, los guardas lo despacharon con una patada en el trasero. Pero un golpe en sus posaderas no lo iba a alejar de su objetivo. Deambuló durante unos minutos por los alrededores intentado encontrar alguna manera de entrar, y desistió al ver que uno de los vigilantes se había percatado de sus intenciones y lo observaba unos metros más allá, dándose golpecitos con la porra en la palma de la mano a modo de advertencia.

Estaba decidido a marcharse cuando se percató de que dos muchachos de su edad se calentaban en una hoguera que habían improvisado a unos metros de la entrada, lo bastante alejados para poder salir corriendo si los vigilantes se acercaban, y suficientemente cerca para ver a la gente que subía y bajaba de los carruajes. Quizás en un descuido pudiesen hacerse con algún pequeño botín que compensara las horas de frío.

—¿Puedo? —preguntó con humildad, señalando las llamas mientras se frotaba las manos.

Uno de los niños asintió; de vez en cuando se establecía una tácita solidaridad entre los que vivían en la calle, aunque solo duraba hasta que había algo por lo que pelear, una moneda, un lugar bueno para robar, un sitio estrecho donde cobijarse de la lluvia...

—¿Sueles venir por aquí? No te he visto nunca.

—Alguna vez —fue la escueta respuesta de Zach.

—Este es nuestro territorio, ¿entiendes? —apuntó uno, dándose un golpe en el pecho para enfatizar las palabras.

Zach se fijó en sus caras sucias, eran más pequeños de lo que le había parecido al principio, sobre todo uno de ellos.

—Tranquilos, solo he venido por un asunto.

—¿Cuál? —preguntó el más joven.

Un carruaje se detuvo a unos metros de ellos, librándole de contestar. Una mujer con una exagerada peluca rubia, a todas luces falsa, descendió del vehículo con parsimonia y, en cuanto sus pies tocaron el suelo, los caballos se alejaron con velocidad. La joven sacó un espejito del bolso que colgaba de su muñeca, se atusó el pelo y revisó su cargado maquillaje. Avanzó sin mirarlos y se adentró de nuevo en los jardines para continuar con su noche.

—Tacaña —masculló el niño más pequeño, ganándose un codazo de su compañero. Al final, este se encogió de hombros, Zachary no parecía una amenaza ni una competencia, no tenían por qué andarse con secretismos.

—Es una ramera. Lo sabes ¿no? —Zach asintió, vivía rodeado de ellas, claro que lo sabía, como también sabía que ese lujoso carruaje del que se había bajado era el de uno de sus clientes—. A veces nos dan unas monedas.

Otro carruaje ocupó el lugar del primero y esta vez descendió un hombre acompañado de dos mujeres, igual de llamativas que la anterior, pero en apariencia más elegantes. El tipo miró a su alrededor y se acercó con paso lento hacia donde Zach y los otros dos muchachos se encontraban, con una mujer colgada de cada brazo. Los chicos hicieron una rápida reverencia, pero Zach no se movió; saltaba a la vista que, por muy cara que fuese su extravagante ropa, ese tipo no era un caballero. No le gustó la forma en la que sus ojos pequeños y oscuros se entrecerraron al mirarle, pero sabía de sobra que asustarse o mostrar debilidad solo le haría quedar en desventaja. El hombre se zafó del agarre de una de las prostitutas para rebuscar en el bolsillo. Sacó varias monedas y las lanzó al suelo con desdén, sin importarle que los chiquillos tuviesen que rebuscar en el barro para recogerlas. Zach permaneció impávido, a pesar de que el hombre le dedicaba la mirada más desdeñosa que había visto jamás. Pero por lo visto tenía cosas mejores que hacer que darle un baño de humildad a un pequeño maleante y continuó avanzando hacia la entrada de los jardines, donde a estas horas de la noche los espectáculos de música y variedades ya habrían empezado.

—¡Gracias, señor Bournet! —gritó uno de los chicos. El hombre se giró y le dedicó una sonrisa de medio lado que brilló a la luz de las farolas que iluminaban la entrada.

Zachary se quedó paralizado. Al principio estaba tan impactado que dudó si lo que había presenciado era real o si su vista le había engañado.

—¿Qui... quién es ese hombre?

—Bournet —contestó secamente uno de ellos mientras frotaba las monedas en la manga del abrigo para quitarle el barro.

—¿Viene mucho por aquí? —insistió, contraviniendo sus propias normas, pero se había instalado en él la necesidad de averiguar todo lo que pudiera.

—Trae chicas para los ricos. Aquí la gente no solo viene a escuchar los conciertos, hay algunos caballeros que se pasean por los caminos oscuros buscando compañía. Y Bournet se la proporciona. A vedes nos da buenas propinas por traerle clientes, o información. Otras, nos manda a vigilar a algún caballero o...

El chico mayor le dio un empujón brusco a su compañero, por contar más de lo que consideraba prudente.

—¿A qué vienen tantas preguntas? Ya te hemos dicho que este es nuestro territorio, no hay sitio para nadie más.

—¿Has visto eso? No se ha molestado en intentar coger las monedas —apuntó el otro mientras se guardaba su pequeño tesoro dentro de su calcetín. Ambos se miraron con la sospecha en la cara y después clavaron la vista en Zach.

—Solo era curiosidad. Nunca he visto a nadie con tantos dientes de oro. ¿Vosotros sí? —preguntó intentando parecer amigable, pero no fue suficiente.

—No, la verdad es que no —concedió el más pequeño, que parecía más inocente.

—¿Qué demonios haces aquí? ¿Por qué te has acercado a nosotros?

La supervivencia se imponía en su mundo sobre todas las cosas, y Zach lo sabía, no podía culparlos por desconfiar. Su mente intentó inventar una excusa a toda velocidad, pero estaba demasiado impactado para pensar con coherencia.

—Un tipo me encargó que hiciera un trabajo para él y hemos quedado en encontrarnos aquí —improvisó.

—¿Qué trabajo? ¿Eres un chapero?

—Noooo. Quería una pieza en concreto. Un reloj. Lo he robado para él y he quedado aquí para entregárselo. —Zach se dio cuenta de su error casi antes de terminar la frase.

Ambos volvieron a mirarse y el mayor le dio un codazo al otro. Por qué conformarse con unas monedas cuando podían llevarse un premio mayor; aunque en sus propios códigos estuviera prohibido robarse entre ellos, quién se iba a enterar de esa pequeña transgresión. Ese chico pelirrojo estaba limpio y su abrigo, ahora que lo miraban bien, era demasiado bueno para alguien que vive en la calle. Zachary empezó a retroceder con la mala suerte de que tropezó por culpa de sus botas demasiado grandes y cayó de espaldas. Mientras el chico más alto lo sujetaba del cuello intentando debilitarle, el otro se afanaba en registrar sus bolsillos a la búsqueda de un codiciado reloj inexistente. Zach mordió el brazo que lo inmovilizaba mientras intentaba patear al chico que lo registraba y entonces empezaron los golpes. Se zafó como pudo y lanzó puñetazos y patadas intentando esquivar sin éxito los que iban dirigidos a él. Reunió sus últimas energías para levantarse del suelo y propinar un cabezazo al chico que tenía más cerca, que cayó hacia atrás tapándose la nariz que comenzaba a sangrar, mientras su compañero se arrodillaba a su lado para ayudarle. Aprovechó la confusión para echar a correr, ignorando el dolor de su cuerpo apaleado, con los insultos y las amenazas de los dos rateros de fondo. No se molestó en mirar atrás. En esos momentos solo tenía dos cosas en la cabeza: salvar el pellejo y ese maldito hombre de la sonrisa de oro.

17

Annabelle se frotó la mejilla dolorida. Se había quedado dormida sobre la muñeca de trapo y estaba segura que se la sonrisa eterna de Sweet se habría quedado grabada en su cara. Se dirigió hacia la ventana para descorrer las cortinas intentando averiguar qué hora sería, y dedujo que debía de ser bastante tarde a juzgar por altura del sol, que brillaba entre unas nubes esponjosas que no tardarían en descargar más pronto que tarde. Apenas había podido descansar, excitada como estaba después de la intensa velada que había vivido junto a Cam, y había pasado horas dando vueltas en la cama reviviendo cada minuto. Por suerte había conseguido llegar a un punto en el que ni el servicio ni su familia la molestaba. Cuando su puerta estaba cerrada con llave, entendían que había tomado láudano para sus frecuentes dolores de cabeza y la dejaban tranquila. No le importaba que tuviesen de ella la impresión de que era frágil y enfermiza, con tal de obtener un poco de tranquilidad cuando le apetecía retirarse temprano o pasar la tarde en soledad. Además, tenía que reconocer que las noches a veces resultaban espantosas por culpa de las pesadillas, y tener la puerta cerrada con llave le otorgaba una falsa sensación de seguridad.

Llamó a su doncella y se vistió de manera sencilla con la intención de salir a dar un paseo después de desayunar algo ligero, pero esta le informó de que su tío la esperaba en su despacho. Se dirigió hasta allí con extrañeza. Llamó a la puerta entreabierta y su tío Joseph le hizo una seña con la mano para que entrase.

—¿Qué tal tu dolor de cabeza? —preguntó son inflexión en su voz, deduciendo que su tardanza en levantarse se debía a eso.

—Un poco mejor —contestó palpándose la sien en un acto reflejo—. Aunque nunca termina de irse del todo.

Él asintió, era obvio que no le interesaba demasiado y solo había sido una pregunta de cortesía.

—Iré al grano. El señor Wade ha venido a visitarme esta mañana.

—¿El... el señor Wade? —Annabelle tragó saliva mientras su cabeza hacía cábalas a toda velocidad. Pero ¿cuál de los dos hermanos y para qué?

—Sí, Edward Wade, el futuro conde. Aunque supongo que no te sorprenderá demasiado.

—No entiendo a qué te refieres, tío Joseph. ¿Qué tiene que ver su visita conmigo? —inquirió temiendo la respuesta.

El soltó una especie de bufido desdeñoso.

—Ha venido a presentarme sus respetos y a informarme de su intención de pedir tu mano cuanto antes. Parece que tiene bastante prisa por formalizar vuestra relación. Como es lógico, a estas horas ya habrá hablado con tu tutor, que es quien tiene la última palabra. Al fin y al cabo, yo tengo poco que decir al respecto.

—No hay ninguna relación —balbuceó sentándose en la silla frente al escritorio a pesar de que no se lo había ofrecido.

—Pues parece ser que él tiene otra idea sobre el asunto. Por supuesto, no tengo nada que objetar.

Su tío volvió a centrarse en su correspondencia, ignorándola deliberadamente. Tras unos segundos, sabiendo que no obtendría ninguna respuesta más, salió de su despacho completamente impactada. No sabía qué podía haber desencadenado esa reacción en Edward, por qué se había precipitado todo de esa manera y, sobre todo, por qué demonios no se había molestado en preguntarle si estaba de acuerdo con esa petición.

Caminó por el pasillo como si estuviera sonámbula, sin saber si tenía motivos para sentirse tan traicionada como se sentía en esos momentos. Los hermanos Wade probablemente estarían al tanto de sus respectivos planes y, de ser así, no podía entender la actitud de Cameron. La voz dulce y monótona de su prima Charlotte le llegó desde el salón soleado y sus pasos por decisión propia se dirigieron hacia allí. La tía Renata disfrutaba del sol que entraba por la ventana mientras su sobrina le leía un libro, y Annabelle tuvo la impresión de que ninguna de las dos estaba prestando atención a la lectura.

Charlotte levantó la vista al verla entrar y cerró el libro con un golpe seco sobresaltando a su tía, que, tras mascullar algo ininteligible, volvió a sumirse en un agradable sopor. La mirada que le dirigió hizo que Annabelle se arrepintiese de haber entrado, se sentía con la guardia baja después de lo que su tío le acababa de comunicar.

—¿Vienes a que te dé la enhorabuena o solo a regodearte de tu victoria? El mejor partido de Londres. ¿Quién iba a decir que la pobre huérfana desvalida sería la gran triunfadora de la temporada en tiempo récord?

—Charlotte, yo no quiero casarme con Edward Wade.

—Pues has debido de ser bastante ambigua para que él piense que sí, y que además debe hacerlo cuanto antes. ¿Has utilizado alguna artimaña? ¿Eso es lo que hacéis las paletas de pueblo?

—Te estás excediendo en tu juicio. Sabes que el interés del señor Wade en mí solo se debe a esa maldita servidumbre de paso, pero te aseguro que no es correspondido —se justificó intentando que las lágrimas que se acumulaban en sus ojos no se derramasen.

—Qué suerte la tuya. Gracias a eso vas a ser condesa. —A Annabelle le costó reconocer en aquella chiquilla que escupía veneno sin piedad a la dulce prima con la que había estado intercambiando confidencias hasta ese día. Con la cara transformada por la rabia, parecía incluso alguien más mayor, alguien hastiado de la vida—. Pensé que... no importa. Porque en tu pecado llevarás tu propia penitencia. Él te utilizará para conseguir lo que su familia codicia, pero después serás un complemento indeseado en su vida. Edward Wade no es un caballero remilgado al que puedas domesticar. He escuchado los rumores que cuentan sobre él. Edward es un libertino, un bebedor y, en cuanto haya puesto un anillo en tu dedo, te desechará como si fueses un par de botas viejas.

Cuando terminó su discurso, la respiración de Charlotte estaba alterada y se había acercado a su prima de manera tan amenazadora que ella tuvo que retroceder. Annabelle parpadeó con incredulidad. No sabía si aquella muchacha venenosa era la verdadera Charlotte y tampoco entendía el porqué de aquella rabia. Podría ser que su atracción por Edward fuese más fuerte de lo que se había atrevido a confesar y hubiese albergado la esperanza de que entre ellos la situación se hubiese reconducido, o fuese algo mucho más simple que eso. La meta de Charlotte era triunfar en su primera temporada, conseguir el mejor partido posible y casarse por todo lo alto. Puede que el hipotético matrimonio de Annabelle con un Amery opacara su éxito, a su modo de ver. Tampoco importaba demasiado. Annabelle había aprendido que a menudo los sentimientos más impuros surgían en las personas sin razón ni necesidad de una explicación. Y en este caso los celos y la envidia parecían estar más que fundados.

Pidió su abrigo al mayordomo, ansiosa por salir de allí cuanto antes y casi arrolló a Zach, que esperaba pacientemente en la acera.

—¿Qué haces aquí?

—No me han dejado entrar, señorita Ridley —se quejó el muchacho encogiéndose de hombros—. Algunos días la cocinera está de buen humor y me cuela, pero hoy lord Ashton ha sido bastante severo con sus órdenes, por lo que me han dicho.

—Venga, vámonos de aquí. ¿Has comido? Podemos comprar algo en esa panadería que ... —Annabelle se detuvo al ver que Zach se encogía de dolor al notar su mano sobre su hombro. Solo entonces se dio cuenta que su gorra calada hasta las orejas escondía un moratón en el ojo izquierdo. Le sacó la gorra y jadeó al ver las señales de la pelea de la noche anterior—. ¿Qué ha pasado?

Intentó abrirle el abrigo para buscar más heridas sin percatarse de lo impropio que resultaba, y el chico se zafó apartándose unos pasos, rojo como un tomate.

—Estoy bien, eso no es importante ahora. Tenemos que hablar.

Zach observó con el ceño fruncido a Annabelle, que permanecía sentada en aquel banco con la vista perdida balanceándose de delante a atrás en un movimiento rítmico e inquietante, más tiempo del que se podía considerar normal. La noticia había caído sobre ella como un jarro de agua fría, como una cascada más bien, y su cerebro se había colapsado. Ese hombre existía, no era una ensoñación ni producto de uno de sus delirios. El hombre de la sonrisa brillante era tan real como ella misma y ahora tenía un hilo del que tirar para encontrar respuestas.

Al fin exhaló un largo suspiro y se puso de pie accionada con un resorte.

—Nunca he estado en los Jardines Vauxhall. ¿Qué tipo de... actividades se llevan a cabo allí? —preguntó.

—Yo me he colado alguna que otra vez. Es un sitio bastante impresionante. La gente acude a ver espectáculos, conciertos, artistas que hacen malabares. El edificio central es lo más llamativo que estos ojos han visto. Hay miles de lámparas iluminándolo todo. Y hay cafeterías donde poder tomar lo que se le ocurra, ¡incluso helados! ¿Los ha probado alguna vez? —Zach carraspeó al darse cuenta por la expresión de Anna que estaba divagando llevado por la emoción—. No pensará ir allí sola, ¿verdad? Ese tipo parece peligroso y se la merendaría en un abrir y cerrar de ojos.

—Claro que no voy a ir sola. Tú me acompañarás.

Zach tragó saliva y se rascó la cabeza, nervioso. No era solo la probabilidad de encontrarse de nuevo con los chicos que le habían dado la paliza; aquel hombre era peligroso por lo que había podido averiguar, y no había tenido que rascar demasiado para hacerlo. Acudir allí con la señorita Ridley era una pésima idea lo mirase por donde lo mirase.

—Quizás sería mejor... no sé. Buscar la ayuda de alguien que pueda defenderla si la cosa se pone fea.

Annabelle asintió. La idea de hablar con Cameron se cruzó fugazmente por su cabeza, pero en ese momento estaba demasiado furiosa con él. La había decepcionado y no sabía si era alguien de fiar o solo un noble aburrido que se había entretenido burlándose de ella. La única persona en la que podía confiar era Michael Brooks.

Annabelle entró en la oficina de Brooks con la fuerza de un tornado, más agitada a cada hora que pasaba. El día estaba siendo demasiado intenso y apenas podía digerir todo lo que estaba sucediendo. Brooks se quitó las gafas y suspiró cuando la vio entrar como una exhalación.

—Tenemos que hablar —fue el cortante saludo que le dirigió.

—¿Quieres un té? —ofreció él, intentando crear un ambiente más relajado.

—No es una visita de cortesía, Michael.

—Lo imagino. Ya te esperaba. —Annabelle frunció el ceño un tanto confundida mientras aceptaba la silla que él le ofrecía—. Antes de que digas nada, quiero que me escuches. Tu padre me dejó a cargo de tu cuidado y, desde que desapareciste, nunca perdí la esperanza de encontrarte. Ahora que estás aquí, mi compromiso se ha visto reforzado y voy a hacer todo lo posible para garantizar tu bienestar y tu seguridad.

—¿A qué te refieres? —preguntó confundida. Era imposible que las noticias sobre el hombre de la sonrisa dorada hubieran llegado a sus oídos.

—Me refiero a que he aceptado la petición de Edward Wade, Anna. Soy tu tutor y debo velar por ti. Es lógico que ahora no pienses con claridad, has vivido cambios muy drásticos en muy poco tiempo, pero acabarás dándome las gracias por mi decisión.

El maldito compromiso con el futuro conde de Amery. Esa parecía ser la máxima preocupación de todos esa mañana.

—Me dijiste que yo tendría la última palabra, y mi decisión es que no me casaré con ese hombre; menos aún, cuando ha urdido esto a mis espaldas. Podemos negociar la servidumbre de paso, no soy como mi tío Joseph, si es lo que tanto les preocupa a los Amery.

—Edward me ha dicho que no te has mostrado indiferente a sus atenciones. Esto no es un juego, se trata de tu futuro y no hay un porvenir mejor para ti que ese matrimonio. Serás condesa.

—¿Qué? —preguntó completamente abochornada. No podía creer que ese hombre tan atento y caballeroso se comportase de manera tan mezquina para conseguir lo que quería. Si antes tenía claro que no deseaba ser su esposa, ahora estaba completamente segura de que debía alejarse de él. Le gustaba la gente honesta y el futuro conde estaba jugando sucio, actuando a sus espaldas y deslizando información sobre sus intimidades—. Si velas por mi bienestar, no me impondrás ese matrimonio —aseveró levantándose con brusquedad.

Brooks la imitó y la sujetó de los brazos con brusquedad, clavando los dedos en su piel con más fuerza de la necesaria.

—Me obedecerás, Annabelle. No he dedicado mi vida a buscarte para que me lo pagues así, despreciando mis consejos e infravalorando mi opinión. —Brooks la soltó despacio al ver el horror reflejado en los ojos de la muchacha—. Es lo mejor para ti.

Ella se dio la vuelta y salió del despacho preguntándose qué demonios estaba pasando para que las escasas piezas que formaban su vida y que había conseguido levantar hasta el momento se precipitaran de golpe contra el suelo.

18

Annabelle estaba totalmente convencida de que aquel plan era completamente absurdo, a la vez de bizarro, y concentrarse en esa idea la distraía de la verdadera preocupación, que no era otra que la posibilidad de ver cara a cara al asesino de su hermano.

Ni Joseph ni Charlotte habían insistido demasiado en que Annabelle los acompañara esa noche al baile en casa de los Archer, unos parientes cercanos a la familia, y ni siquiera tuvo que esforzarse demasiado en fingir una jaqueca, la situación era tan tensa entre ellos que todo se había limitado a un par de monosílabos cuando se cruzaban por la casa. Y lo peor era que no entendía cuál había sido su terrible pecado; lo único cierto era que estaba ansiosa por alejarse de allí, y si no fuese por el deseo de esclarecer todo lo referente a su hermano Brendan se hubiese marchado al campo o a cualquier otra parte. Pero soportaría la incomodidad que sobrevolaba la mansión de los Ashton el tiempo que fuese necesario.

No sabía cómo reaccionaría si el tipo del que Zach le había hablado era el hombre que la asediaba en sus pesadillas. El chico le había advertido que era posible que esa noche no apareciera, o que no lo encontraran entre la marabunta de gente que asistía a los Jardines de Vauxhall, a pesar de que, por lo que había podido averiguar, él y sus chicas eran habituales allí. También le había aconsejado sobre la necesidad de modificar su aspecto lo justo para no ser reconocidos. Aunque si lo que pretendían era pasar desapercibidos habían errado bastante con la elección.

—¿Cómo me has dicho que se llama? —preguntó ansiosa tras bajarse del carruaje que los había conducido a Vauxhall.

—Bournet —contestó Zach rascándose el bigote postizo que le hacía cosquillas en la nariz—. Pero no piense ni de broma que nos vamos a acercar a él.

Anna lo miró unos segundos y tuvo que apartar la vista para no empezar a reír a carcajadas delante del guardia que vigilaba la entrada. Zach la miró con el ceño fruncido debajo de su chistera. Le quedaba enorme y tenía que estar todo el tiempo dándose toquecitos para que no le tapase los ojos, pero cumplía su función de hacerlo más alto. El atuendo de Annabelle era aún más estrambótico y, por suerte para ella, no había tenido ocasión de contemplarlo con detenimiento.

Zachary había insistido en la necesidad de parecer sofisticados, el problema era que su idea de sofisticación la había adquirido contemplando a sus vecinas, a las que había recurrido para la ocasión. Aunque Annabelle había elegido su vestido menos sobrio esa noche, para Zach no era suficiente, ya que le pareció más apropiado para asistir a una misa de domingo que a un espectáculo. Con el fin de disimular su aspecto, había convencido a Annabelle para que se pusiera una elaborada peluca de color anaranjado, adornada con un coqueto tocado de plumas en tonos verdosos, y por si no fuese suficiente, maquilló sus labios de rojo y aplicó polvos de arroz en toda la cara sin escatimar cantidades. Aunque tenía que reconocer que no tenía muy buen pulso, quedó bastante satisfecho con el resultado.

Ambos se cogieron del brazo y avanzaron hacia la puerta con los pasos sincronizados y la boca seca por miedo a que no les permitiesen la entrada al darse cuenta de que Zach no era más que un crío. Pero, en cuanto Annabelle colocó los dos chelines sobre el mostrador, el guarda les franqueó el paso sin mirarlos siquiera a la cara. Respiraron mientras avanzaban por el interior del recinto, con una sensación de euforia que poco tenía que ver con el motivo de su presencia allí. Pero lo habían conseguido, y solo eso ya era motivo de alegría.

—¿Quién dice que no podemos cotillear un rato mientras buscamos nuestro objetivo? —bromeó ella, dándole un apretón cómplice en el brazo, en un intento desesperado de aliviar el nerviosismo que se aferraba a su propio pecho.

Sin soltarse, pasearon mezclándose entre el resto de la gente, con los ojos como platos y un pellizco de emoción. Ambos eran unos intrusos en aquel mundo frívolo; él porque su existencia estaba condenada a luchar cada día para sobrevivir rodeado de miseria y peligro, ella porque, fuera quien fuera, la pobre Annie o la señorita Ridley, aquel era el último lugar en el que su reputación se vería protegida. El recinto era inmenso, con varios pasillos amplios bordeados de árboles y un edificio donde en estos momentos se celebraba un concierto, y que acaparaba la atención de la mayoría de los visitantes. Probablemente Zach tenía razón y solo el destino o la casualidad conseguirían que se toparan de bruces con el tal Bournet. La luz y la música proveniente del pabellón central los atraía como una llama a una polilla y se encaminaron hacia allí.

Apenas habían avanzado unos metros cuando una mano enorme detuvo a Annabelle, sujetándola del brazo. Se contuvo de gritar y suspiró de alivio al comprobar que esa mano pertenecía a Cameron Wade. El asombro la dejó sin palabras hasta que Zach tomó cartas en el asunto y le propinó una patada en la espinilla al caballero plantándose con los puños en guardia frente a él.

—¿Puede saberse qué demonios es este... este... despropósito? —maldijo mientras se frotaba la pantorrilla dolorida—. Y tú, maldito mocoso, si vuelves a hacer algo parecido, te pelaré el trasero a patadas.

—¿Has vuelto a seguirme? —preguntó Annabelle cuando se recuperó del impacto de encontrarlo allí.

—Pues sí. Y ahora veo lo acertado de mi decisión. Santo Dios —se lamentó al observar su aspecto con detenimiento—. Espero que alguno de los dos tenga la deferencia de explicarme qué demonios estáis haciendo aquí, arriesgando tu reputación y tu seguridad.

—Mi reputación no es tu problema.

—¡Eso! —apuntó Zach cruzándose de brazos.

—Además, aquí no hay nadie que pueda reconocerme y he adecuado mi aspecto para la ocasión.

—Oh, sí. Tu aspecto. Estoy deseando saber por qué tienes el aspecto de un urogallo después de un mal día.

—¿Cómo te atreves... a...? —Annabelle acabó su frase con un gruñido, cruzándose de brazos igual que Zach.

—En serio, Annabelle. Vamos a hablar, y vas a explicarme con sinceridad qué te traes entre manos. Y tú, vuelve a casa, ya ajustaremos cuentas.

—Él se queda aquí —sentenció encarándolo—. No creerás que voy a dejar que cruce la ciudad solo en mitad de la noche.

—Annabelle, este crío cruza la ciudad casi todas las noches, y probablemente se mueve por barrios mucho menos honorables que este.

—Eso es cierto —concedió el aludido encogiéndose de hombros, mientras la enorme chistera volvía a resbalar tapándole los ojos.

—Insisto. Zach esta noche está bajo mi responsabilidad, ya recibió una paliza y no voy a permitir que se repita.

—Está bien, maldición. Espérame aquí, Anna, no te muevas ni un paso y bajo ningún concepto hables con nadie. —Cameron condujo al chico hasta la salida a grandes zancadas, a pesar de su reticencia.

Annabelle miró a ambos lados insegura y cohibida, mientras la gente que pasaba a su alrededor le dirigía algunas miradas suspicaces. Ahogó un grito cuando Cameron apareció a su lado sujetándola de la cintura.

—Tranquila, le he pedido a mi cochero que lleve a Zach a casa. Yo te escoltaré, sea lo que sea lo que has venido a hacer aquí. Pero antes, permíteme... —Cameron la sujetó de la mano y la condujo con suavidad a una zona poco iluminada hasta que encontraron un banco donde sentarse—. ¿De quién ha sido la idea de disfrazarte? Déjalo, imagino que ha sido de ese crío impertinente.

—Es un buen chico —lo defendió bajando la voz. Estar allí a solas, a pesar de que a pocos metros el resto del mundo se dedicaba a disfrutar de la noche, era tan íntimo que temía alzar la voz y romper la magia.

Cameron retiró con cuidado la peluca y la dejó sobre el banco con cara de aprensión, aquella cosa parecía que iba a empezar a caminar por sí sola en cualquier momento. Entonces sacó un pañuelo de su bolsillo y, tras sujetar el mentón de Annabelle, comenzó a limpiar el maquillaje que cubría su cara torpemente. Al llegar a la boca, deslizó la tela con delicadeza, recreándose en los contornos perfectos con la misma ternura que si estuviera resiguiéndolos con sus labios. Se sorprendió al sentir que aquel roce inocuo lo excitaba hasta lo indecible, pero es que Annabelle estaba empezando a filtrarse por todos sus poros con demasiada facilidad.

Movió la cabeza para deshacerse de la tela de araña que el deseo empezaba a tejer nublando su juicio, e intentó concentrarse en el motivo que le había llevado hasta allí. Ni siquiera había podido justificar ante sí mismo su absurda reacción de esa noche. Sabiendo que los Archer eran familia de los Ashton, se había presentado en su fiesta a pesar de que no había recibido una invitación expresa, valiéndose de su posición, con la esperanza de que ella estuviese allí. Pero, al descubrir que los Ashton habían acudido al evento sin Annabelle, se había dirigido a su casa como si fuese un colegial enamorado sin saber muy bien qué pensaba obtener. Quizás quedarse en su carruaje observando su ventana, con la esperanza de ver su sombra a contraluz; eso hubiese bastado para calmar el anhelo de su corazón. Pero la realidad había deshecho las mariposas que revoloteaban en su estómago de un mazazo al ver salir a Annabelle de manera clandestina por la puerta lateral y subir a un carruaje de alquiler. Ya era bastante malo pasear por barrios marginales a la luz del día, pero salir en mitad de la noche con destino desconocido era algo intolerable para una joven más ingenua de lo que ella misma quería reconocer.

—Annabelle, por favor. Dime qué haces aquí, qué pretendes conseguir.

—¿Por qué debería hacerlo? Ni siquiera eres mi amigo, no sé cuál es tu intención, pero creo que ya has jugado bastante conmigo.

—No sé a qué te refieres, nunca me permitiría algo semejante. Lo único que quiero es protegerte.

—¿Protegerme? ¿Hasta cuándo? ¿Hasta que Edward me lleve al altar? En ese caso, ya puedes bajar la guardia.

Cameron se levantó de golpe intentando comprender lo que ella le recriminaba, pero su cerebro se negaba a entenderlo.

—No te hagas el sorprendido. Seguro que estabas al tanto de que iba a pedir mi mano de manera inmediata. No sé cómo habéis conseguido convencer a Michael, pero, enhorabuena, está completamente entregado a vuestra causa. Mi única duda es si Edward es consciente de que besas a la mujer que ha elegido como esposa a la menor oportunidad.

—No sé qué clase de hombre crees que soy, pero te garantizo que valoro mi dignidad tanto como la tuya y jamás haría algo así. Y aunque en estos momentos solo deseo estrangular a mi hermano, he de reconocer que es demasiado honesto para consentir que yo me permita acercamientos con... la dama que le interesa.

Annabelle enterró la cara entre las manos abochornada y superada por todo lo que estaba pasando. Ya no sabía qué pensar de la gente que le rodeaba, se sentía indefensa, como si fuera un blanco fácil y estuviera a punto de ser traicionada en cualquier momento.

Cameron alargó la mano para acariciar su pelo, no soportaba verla sufrir, pero el movimiento se detuvo en el aire y dejó caer la mano de nuevo. Sentía una opresión en el pecho que le dificultaba respirar, y, aun así, el perfume de Annabelle llegaba hasta él mezclándose con el aroma de los árboles y la tierra mojada, sacudiéndolo por dentro. Era tan consciente de cada uno de los gestos de esa mujer, de cada pequeña respiración, del calor de su piel... y, sobre todo, de esa extraña corriente invisible que lo conectaba a ella, que se sentía como si estuviese saliendo de su cuerpo, sin voluntad, sin sentido. Solo ella era importante, por encima de sí mismo. Ella, y la necesidad de tenerla entre sus brazos.

—Anna, no sé cómo explicar esto sin parecer un idiota. Mis sentimientos por ti son sinceros y han crecido mucho más rápido de lo que yo mismo soy capaz de digerir. Si deseas aceptar la proposición de Edward, lo asumiré, pero, si no es así, pondré todo mi empeño en que seas mía con tierras o sin ellas. No me importan las razones de los demás.

Habría sido muy fácil dejarse llevar por sus palabras, reconocer que ella también estaba empezando a sentir algo que ni siquiera entendía, pero era muy difícil confiar en los demás cuando su vida había estado tan carente de piedad, cariño y esperanza. ¿Qué pasaría si abría su corazón por completo y acababa convertido en un puñado de cenizas? Era mucho más seguro no amar a nadie, no podría soportar aferrarse a alguien para buscar la felicidad, y que esa esperanza acabase siendo una nueva decepción.

—No pareces un idiota, Cameron. Pero, ahora, mis sentimientos, sean cuales sean, no son importantes.

Cam guardó silencio unos segundos esperando que continuara, que le diera alguna pista sobre lo que sentía, pero ella bajó la vista a su regazo mientras apretaba la tela de su falda entre las manos, arrugándola.

—Yo... Prométeme que no le dirás esto a nadie, Cam.

—Te doy mi palabra, puedes confiar en mí. —Por sorprendente que pareciera, estaba ansioso porque así fuera, necesitaba ser su cómplice, su sostén, su salvador, aunque cada vez tenía más claro que ella no era el tipo de mujer que necesitaba ser salvada.

—Creo que he encontrado al hombre que asesinó a mi hermano.

Entre ellos se hizo un silencio tan profundo que por un instante se arrepintió de haber pronunciado esas palabras.

—¿Estás segura de ello? —preguntó, volviendo a sentarse a su lado; el suelo bajo sus pies parecía haberse sacudido.

—Aún no lo he visto de cerca... Quiero decir... es complicado. Algunas cosas todavía están algo confusas en mi cabeza, pero hay imágenes que me persiguen día y noche. Vi cómo asesinaban a mi hermano, lo vi —la voz de Annabelle se entrecortó con un sollozo y Cameron la abrazó contra su pecho intentando consolarla, deseando poder arrancar ese sufrimiento que llevaba enquistado desde hacía demasiado tiempo—. Soñé con su cara, con esa maldita sonrisa brillante y estoy segura de que no es producto de mi imaginación.

—¿Sonrisa brillante? —preguntó confundido.

Annabelle se secó las lágrimas con brusquedad y se apartó los mechones de pelo que le caían hacia la cara. Era muy difícil hablar de esto, y estaba segura de que Cameron, en su afán de protegerla, podía suponer un obstáculo para encontrar a Bournet, pero también sabía por intuición que él la ayudaría. La losa que había cargado sobre sus hombros pesaba demasiado, quizás fuera el momento de confiar en alguien que la ayudara a sobrellevarla, dejar de sentirse sola, desarropada... Resultaba tentador.

—Durante todos estos años no he sabido qué parte de las imágenes que bombardeaban mi cabeza en el momento más inoportuno era real y cuál no. Soñaba con gente que no conocía, gente que me demostraba su cariño. Ahora sé que esa gente era mi familia. Ni siquiera tengo recuerdos certeros de mi madre, solo imágenes inconexas, situaciones que ni siquiera sé si han sucedido o no. Pero desde que llegué a Londres, desde que volví al que había sido mi hogar, siento que una compuerta se ha abierto dentro de mí, permitiendo que todas esas sensaciones salgan a la luz. Por desgracia las pesadillas se han vuelto cada vez más reales, también. —Cameron recordó la imagen torturada de Annabelle entre sus sábanas, acosada por un doloroso sueño. Acarició su mejilla con dulzura enjugando una lágrima—. Dudaba que ese monstruo existiese, pero es real, Cameron; es tan real como tú y yo, y puede que en estos momentos esté aquí.

—¿Qué sabes de él?

—Solo que se llama Bournet y que es un proxeneta. Suele venir por aquí con las chicas que trabajan para él buscando clientes. Ah, y su rasgo más significativo es su sonrisa. Tiene varios dientes de oro.

Cameron asintió, intentando rebuscar en su memoria si conocía a alguien así.

—Annabelle —susurró sujetándola del mentón para obligarla a mirarlo—, ¿confías en mí?

Ella asintió sin pensar, contra todo pronóstico confiaba en él, en el hombre cuya familia había planeado una unión con ella para conseguir los derechos sobre un estúpido pedazo de tierra, el hermano de alguien que había pedido su mano dejando entrever que entre ellos había surgido algo inapropiado que había que tapar cuanto antes. Pero algo le decía que Cameron era diferente, y, aunque no quisiera, le resultaba inevitable abrirse a él, lo necesitaba.

—Tengo más contactos y más experiencia que tú. Y te aseguro que puedo moverme por sitios por los que Zachary no puede hacerlo. Tengo influencias y dinero, y te garantizo que, aunque suene a fanfarronería, no lo es. Ni te imaginas lo efectivas que resultan unas cuantas monedas para conseguir información. Déjame ayudarte, me estoy volviendo loco solo de pensar que puedas ponerte en peligro adentrándote en un mundo que no conoces, Anna. Solo te pido que me cuentes todo lo que sabes y que me des un poco de tiempo para intentar encontrar un hilo del que tirar.

No sabía si estaba cometiendo el mayor error de su vida, pero necesitaba romper esa barrera, contarle sus miedos, sus temores más íntimos y por primera vez en su vida, tener fe en una persona que no fuera ella misma. Y lo hizo. Permitió que Cameron mirase en su interior y se diera cuenta de que todavía quedaba en ella una parte de esa niña aterrorizaba y absolutamente sola, que había preferido enterrar sus recuerdos, malos y buenos, para poder sobrevivir al dolor.

Ni siquiera se había dado cuenta de que le había contado cosas que jamás se había atrevido a verbalizar antes, hasta que levantó la vista y entre las lágrimas vio la cara compungida de Cam, observándola en silencio. No había mucho que pudiera decir para ayudarla, solo que todo iba a estar bien de ahora en adelante, que él estaría ahí para darle la mano. Puede que aquello no fuese suficiente, pero bastaría para aliviar esa sensación de vacío eterno que tenía en su interior. Annabelle se dejó abrazar, acurrucándose contra el cálido y firme pecho de Cam cuando las lágrimas cesaron, disfrutando de aquella complicidad que no entendía muy bien cómo había nacido.

—Creo que he arruinado tu camisa con mis lágrimas —dijo al fin, resistiéndose a salir de aquella confortable sensación de seguridad. Él no pudo retener una carcajada y a Annabelle le encantó la sensación de sentirla tan cerca.

—¿Y cómo piensas compensar semejante afrenta? Te advierto que es una camisa muy cara.

Ella lo miró con una sonrisa llorosa y lo besó en los labios con naturalidad, haciendo que la respiración de Cameron se detuviera unos instantes. Cuando se separó con un súbito ataque de timidez, Cam acarició su rostro con una sonrisa lobuna que apenas se intuyó en la penumbra.

—Me temo que eso apenas da para un par de botones.

Annabelle jadeó fingiéndose indignada, pero dejó que Cameron la besara con más intensidad entre risas. Con ese simple gesto consiguió aliviar la tensión de su pecho y que los nubarrones oscuros que parecían habitar permanentemente sobre su cabeza se disiparan.

Solo entonces se dio cuenta de lo hermoso que era todo lo que la rodeaba. Entre los árboles que bordeaban el camino, cientos de pequeñas luces oscilaban mecidas por el viento, como si fueran luciérnagas que se pierden en la noche.

—Hagamos una cosa. —Cameron la sujetó de las manos y tiró de ella con suavidad para que se pusiera de pie—. Olvidémonos de todo ese sufrimiento, al menos esta noche. Te mereces ser feliz, Annabelle. Mañana será otro día.

Ella suspiró sabiendo que era imposible que todo lo que llevaba enquistado desde que tenía uso de razón desapareciese de un plumazo, pero estaba ansiosa por intentarlo, por relegar a un rincón olvidado todas las preocupaciones y el dolor.

—Cierra los ojos —le pidió Cam acercándose a su oído y ella le obedeció sin dudar—. Voy a hacer un pequeño truco de magia y, cuando los abras, la noche habrá comenzado de nuevo. Como si volviéramos al punto de partida.

Annabelle sonrió con los parpados apretados pensando lo maravilloso que sería. Cam sujetó su mano y la elevó por encima de su cabeza, haciéndola girar como una peonza.

—Uno, dos y... tres. Ya puedes abrirlos.

—Como truco, creo que podrías haberlo elaborado un poco más —le provocó con ironía.

—Mujer de poca fe —bromeó chasqueando la lengua mientras le tendía el brazo—. Acompáñame y verás cómo una noche gris puede transformarse en una velada llena de color.

Ella soltó una risa dejándose llevar por el camino casi desierto. Después de haberle confesado todos sus secretos, se sentía mucho más liviana, esperanzada y optimista y apenas podía dejar de sonreír. Puede que en realidad el truco de magia sí hubiera dado resultado.

Cameron la condujo hasta el edificio donde los músicos continuaban tocando. Al observarla más de cerca, Annabelle se quedó impresionada por dos figuras femeninas esculpidas en piedra, dos cariátides, que sostenían una enorme concha que servía de caja de resonancia, y bajo la cual tocaba la orquesta. Allí el bullicio era constante y los espectadores se dividían entre las distintas atracciones que se representaban, entre ellas un faquir que escupía fuego y hacía malabares con afilados cuchillos. Todo lo que veía era nuevo para ella, en Lowtown lo máximo que había visto había sido un charlatán que hacía trucos de cartas. Nada que ver con este espectáculo ilusionante y lleno de luz. Pero lo mejor estaba por venir y Cameron lo sabía. La condujo hasta una parte menos concurrida y por supuesto menos iluminada para poder observar mejor el espectáculo que se iba a representar y, por qué no decirlo, para poder deslizar alguna caricia furtiva lejos de miradas inoportunas.

Cuando comenzaron los fuegos artificiales, Annabelle dio un respingo y ahogó un grito tapándose la boca con la mano, pero inmediatamente lo sustituyó por una risa ilusionada. Sus ojos brillaban y no solo porque sus iris reflejasen los colores y la luz de los cohetes; estaba completamente feliz, en ese instante, en ese pequeño rincón del mundo, y era lo bastante ingenua para pensar que podía ser eterno. Cameron la abrazó por la cintura con su pecho pegado a su espalda, disfrutando en silencio del olor de su pelo, del calor que irradiaba, de toda la alegría que contenía aquel momento, y ella se dejó abrazar, apoyando la cabeza en su hombro como si ese fuese su lugar.

Cuando terminó el espectáculo, caminaron hacia la salida con los dedos entrelazados, se estaba convirtiendo en una costumbre y la sensación de complicidad era fascinante. Ninguno de los dos pudo deshacerse de la sonrisa que curvaba sus labios mientras abandonaban los Jardines. Mientras tanto, en uno de los pasillos, Bournet, ajeno a sus pesquisas, paseaba con una de sus chicas colgada del brazo buscando algún cliente para ella. Pero esta noche no se cruzarían, esta noche Cameron y su truco de magia habían conseguido que Annabelle Ridley fuese un poco más feliz.

19

Annabelle decidió que, si volvía a salir de noche, tendría que ser un poco más cuidadosa. Si bien era cierto que Cam, o más bien sus besos, la habían retenido más de la cuenta en el interior de su carruaje, había estado a punto de ser pillada por su familia volviendo de su escapada nocturna. Apenas había cerrado con llave la puerta de su habitación, el carruaje de los Ashton llegó a la puerta de la mansión. Pero ni siquiera ese pequeño rato de nervios podría aguarle la noche. Se sentía pletórica, ilusionada y, sobre todo, esperanzada. Cameron la entendía, no había intentado juzgarla ni convencerla de que se estaba equivocando. Todo parecía fluir con tanta facilidad que por un instante pensó que quizás se estaba ilusionando demasiado pronto. Sorprendentemente, a pesar de que cuando se metió en la cama su sangre parecía bullir, se quedó dormida casi de inmediato, con un sueño mucho más reparador de lo que estaba acostumbrada.

Apenas había terminado de desayunar cuando uno de los lacayos le informó de que tenía una visita. Se ilusionó cuando escuchó que se trataba del señor Wade, pero la emoción duró poco al leer la tarjeta y comprobar que se trataba de Edward. De todas formas, era necesario mantener una conversación y dejarle claras sus intenciones así que aceptó verlo.

—Lo recibiré en el jardín —informó al sirviente. Era la única forma de mantener el decoro y gozar de un poco de privacidad, ya que podrían ser vistos desde cualquier ventana de la casa.

Se tensó inevitablemente al escuchar los pasos fuertes y decididos de Edward acercándose hacia el banco de piedra donde lo esperaba, pero no levantó la cabeza para mirarlo hasta que las punteras de sus botas entraron en su campo de visión.

Edward intentó coger su mano para besarla y ella lo detuvo alzando la otra mano.

—Creo que el momento para los formalismos estúpidos ha pasado, señor Wade.

Él mantuvo silencio durante unos segundos esperando a que lo invitara a tomar asiento, pero eso no ocurrió. Annabelle estaba a la defensiva y no había que ser muy listo para deducir que se debía a su precipitada petición de mano.

—Así que hemos vuelto a ser el señor Wade y la señorita Ridley —repuso él, al fin.

—Puesto que tiene dificultades para entender cuál es la relación existente entre nosotros, creo que es lo mejor.

—Lo entiendo perfectamente. De hecho, lo entiendo tan bien que he decidido no dilatar las cosas de manera innecesaria. Necesita un esposo, Annabelle. Usted lo sabe. ¿Qué tipo de vida le esperaría si no?

—¿La vida que yo elija?

Edward no pudo retener una carcajada desdeñosa que le valió una mirada de censura de Anna, que se puso de pie, incapaz de mantenerse ni un segundo más impasible en su asiento.

—Brooks está de acuerdo con nuestra unión. Puede que por una malentendida rebeldía ahora se resista a reconocerlo, pero es lo mejor. Le estoy ofreciendo respetabilidad, un futuro sin preocupaciones, sin carencias. Se convertirá en la condesa de Amery llegado el momento y los que ahora la miran con recelo se inclinarán ante usted.

—No quiero que me rindan pleitesía. Y no quiero a mi lado a alguien que no me respeta.

—Maldita sea, ¡me besó!

—¿Y por eso merezco una cadena perpetua a su lado? Me dejé llevar, pero eso no implica...

—¿Es por Cameron? ¿También se ha dejado llevar con él? —Edward disfrutó perversamente del jadeo de sorpresa de Annabelle, que detuvo su paseo nervioso para mirarle con incredulidad—. Deposita demasiada fe en un hombre que no es como nosotros. Cameron se crio en la peor zona de Londres, aprendió a sobrevivir a costa de cualquier cosa, y eso no se olvida por mucho que uno se enfunde en un traje a medida. No sabe lo que es el honor. Quien se cría entre ratas...

Edward guardó silencio al darse cuenta de la barbaridad que había estado a punto de decir sobre su hermano; a pesar de su rivalidad, se querían, solo los celos habían hecho que la frialdad anidara entre ellos. Annabelle intentó asimilar aquella información, pero estaba demasiado ocupada intentando defenderse con uñas y dientes ante él. Ya tendría tiempo de digerir lo que estaba escuchando.

—Ratas. Las mismas que yo he tenido que apartar cientos de veces de mi jergón antes de dormir, esas que a veces se comían el maíz que guardaba celosamente, o que roían mi ropa. Si piensa que usted y yo somos iguales, es que no sabe lo que dice.

—Por eso se merece lo que yo le estoy ofreciendo. Sé que mi hermano puede resultar atractivo, pero el único motivo por el que se acerca a usted con ahínco soy yo. Siempre ha intentado superarme en todo y no ceja en su empeño de quitarme lo que anhelo. Su competitividad y su ambición no tiene límites, y ahora usted es el reto que pretende conseguir y, en cuanto la tenga, la ilusión se evaporará, sabiendo que mi honor no me permitirá darle de lado.

Annabelle cerró los ojos como si acabase de recibir un puñetazo en el estómago, no podía creer que Cameron fuese el ser mezquino que él estaba describiendo, pero al fin y al cabo apenas se conocían. Se había dejado conmover por su mirada limpia y por la atracción que despertaba en ella, pero ¿y si Edward tenía razón? ¿Habría encontrado en ella la herramienta para pisotear el orgullo de su hermano? Todo aquello era tan retorcido que parecía imposible que solo fuese fruto de su imaginación.

—Señor Wade, escúcheme. —Tomó aire con fuerza y posó sus manos en su estómago para contener el espasmo nervioso que le estaba provocando nauseas—. El matrimonio no es la única solución para resolver la eventualidad que afecta a los negocios de su familia. Soy una persona razonable, encontraremos una solución sin tener que implicar nuestras vidas para ello —concluyó con el tono más neutro que pudo componer.

Pero Edward no parecía encontrarse en el mismo punto sereno y distante que ella. Acortó la distancia que los separaba y la sujetó de la muñeca con determinación, tirando de su cuerpo hacia él.

—Brooks tiene la última palabra, y conseguirá que entre en razón.

Annabelle intentó zafarse sin éxito, cada vez más ofuscada.

—¿Por qué no puede aceptar que no quiero casarme con usted? —gritó encarándolo.

—Porque te deseo, y siempre consigo lo que deseo —confesó con los dientes apretados acercando su rostro al de Annabelle tanto que se sintió intimidada.

El sonido de una ventana al abrirse atrajo la atención de ambos, y Edward se separó prudentemente, arrepentido de su exabrupto.

Él no era así, era un caballero, maldición, pero la irrupción de Cameron en sus planes lo estaba sacando de quicio.

El rostro ceñudo de su tío Joseph apareció en la ventana observando la escena con una mirada extraña.

—Annabelle, ¿va todo bien? —preguntó taladrando al invitado con la mirada.

—Sí, tío Joseph. El señor Wade ya se marchaba —respondió agradecida por su interrupción.

—Eso me parecía, que había llegado el momento de que el señor Wade se marchase —replicó el vizconde en un sutil intento de echarlo de casa sin ser demasiado descortés. Puede que la relación con su sobrina no fuera demasiado fluida, pero no iba a consentir que nadie la tratase de esa forma. Ella asintió a modo de silencioso agradecimiento.

Observó la elegante figura de Wade alejarse por el camino de tierra en dirección a la casa, mientras intentaba asimilar la actitud despótica y oscura que escondía ese hombre tan amable y apuesto. La idea de que Cameron también pudiese tener una cara oculta la torturaba, pero tendría que descubrirlo por sí misma en lugar de dejarse arrastrar por las opiniones venenosas de un hombre despechado.

20

—¿Bournet? —repitió Kate Fenton mientras jugaba con uno de los bizcochitos de su plato.

Cameron se frotó las sienes y soltó el aire con resignación. Kate era capaz de sacar lo mejor de cada persona, pero también podía resultar desesperante cuando se empeñaba en ser picajosa. Solo ella se habría esmerado tanto en preparar una coqueta merienda cuando estaba claro que su visita era una cuestión de urgencia.

—Sí, Kate. Bournet. ¿Quieres que te lo deletree? B-o-u-r-n-e t. Un tipo repugnante con la dentadura de oro. En serio, sé que te resulta exótico verme en este estado de frustración, pero estamos hablando de un asesino. No es algo gracioso.

Ella se tragó el bocado con dificultad y se disculpó.

—Tienes razón, discúlpame. Pero es que no estoy acostumbrada a verte tan involucrado con una chica. ¿Has probado a preguntarle a ese tal Zachary? No hay que subestimar a esos pequeños rateros, son como sombras silenciosas cargadas de información.

—Sí, es lo primero que he hecho esta mañana. No sabe más que lo que me ha contado Annabelle. Me ha prometido que, si averigua dónde se esconde esa rata, me avisará antes que a ella, pero ese condenado es muy leal, así que dudo que lo haga.

—No te preocupes, esta ciudad tiene oídos y ojos en todas partes. Si, como dice ese muchacho, Bournet se relaciona con gente de clase alta no será difícil tirar del hilo. —Kate acabó el pastelito con la vista perdida en el infinito y después de un rato negó con la cabeza, como si acabase de zanjar una conversación consigo misma—. Recuerdo perfectamente el revuelo que se formó cuando ese pobre chico apareció muerto. Todo el mundo tenía su propia teoría al respecto, en los salones no se hablaba de otra cosa. Pero todos teníamos claro que no había sido un robo al uso. Resultaba muy morboso elucubrar sobre el paradero de esa niña, e incluso algunas falsas videntes aseguraron que la pobre chiquilla estaba muerta y que habían hablado con ella.

—¿Cuál era la tuya? —Kate lo miró sin entender mientras sostenía en vilo su taza de té con su dedo meñique convenientemente estirado—. Tu teoría.

—Bueno. No quiero sugestionarte con mis desvaríos. Pero un joven noble en una zona tan peligrosa sin ninguna razón aparente para estar allí y en compañía de una niña pequeña... ¿Qué lo había llevado hasta ese lugar? ¿Valía la pena tomarse la molestia de matar a un noble con una familia influyente para quitarle lo poco que llevara en los bolsillos?

—Puede que hubiera quedado con alguien. O que estuviera allí por error.

—No lo veo claro —objetó dándose toquecitos en los labios con el dedo índice—. ¿Cómo se puede explicar que en una zona llena de *muldarks* nadie viera nada?

—La mayoría de la gente no quiere problemas; la prudencia les hace volverse mudos, ciegos y sordos.

—Estamos hablando de gente que rebusca en el fango maloliente para encontrar cualquier baratija que el Támesis haya escupido para venderla y poder comer. Pasan horas y horas sumergidos en el agua helada, tantas que dudo que puedan entrar en calor alguna vez. ¿Qué lleva a una persona tan necesitada a rechazar una recompensa que puede llevar comida a su mesa durante semanas?

—El miedo.

—Ajá. El terror, querido. El terror.

Cameron sintió que su estómago se revolvía y la sangre se espesaba en sus venas. Él había sentido ese terror muchas veces, al escuchar pasos durante las noches en las que dormía escondido en algún portal, cuando, en el campo, la oscuridad lo alcanzaba en algún camino solitario y tenía que dormir acurrucado con los sonidos extraños de la noche como única compañía. El miedo era el peor compañero que se podía tener, el miedo era capaz de paralizar al hombre más voluntarioso, desarmarlo y dejarlo reducido a un amasijo tembloroso. No podía más que estremecerse al pensar en Annabelle, tan pequeña y tan sola, devorada por esa horrenda sensación, tan incomprendida durante años.

Cameron se detuvo antes de poner el primer pie en la escalinata de la casa de los Amery, su casa, con el temor de no ser bien recibido por primera vez. Se negó a ser anunciado por el mayordomo y recorrió los interminables pasillos hasta llegar a la sala donde se encontraba su hermano. Edward levantó la vista del tapete verde al ver a su hermano entrar en la puerta de la sala y, acto seguido, volvió a concentrarse en la jugada que tenía a medias, golpeando el taco de madera con fuera contra la brillante bola.

—Jugar al billar es más interesante cuando tienes algún contrincante a quien ganar —señaló Cameron apoyado en la jamba de la puerta con una postura indolente.

—Gracias por tu valioso consejo. Quizás lo único que me apetece es disfrutar de lo que me gusta sin tener que competir con nadie. No espero que lo entiendas.

—¿Puedo? —preguntó Cam señalando el carrito de las bebidas.

—Claro, esta es tu casa. Al menos mientras nuestro padre siga siendo el conde de Amery.

—¿Vas a prohibirme la entrada cuando papá muera? —le provocó con incredulidad, mientras se servía un par de dedos de licor.

—Dime una cosa, Cameron. ¿Has venido para tocarme las narices? ¿Es eso? —Edward lanzó el taco con violencia sobre la mesa haciendo que las bolas chocasen entre sí sin orden ni concierto.

—No, he venido a dejar clara mi postura. Tenemos que hablar sobre Annabelle.

—No hay nada de lo que hablar. Como siempre, no puedes soportar que mi vida vaya bien. Eres un envidioso.

—¿Cómo te atreves a decir algo así? Al contrario, Edward, siempre me he enorgullecido por tus triunfos. Muy lejos de sentir envidia, desde que soy un crío me he sentido orgulloso de ti, te he admirado hasta cuando no lo has merecido, pero ahora no se trata de eso. Se trata de una decisión trascendental en tu vida, una decisión que claramente es un error.

—No puedes digerir que papá haya confiado en mí para este asunto, ¿verdad? Brooks está de acuerdo, es lo mejor para todos, así que asúmelo.

—Este «asunto», como tú lo llamas, es la vida de una mujer, y la tuya, demonios. No puedes obcecarte en casarte con ella cuando es más que evidente que ella no desea ese matrimonio. Vas a condenarte y a condenarla a ella a un matrimonio que en el mejor de los casos será una cárcel, y en el peor un infierno.

—Alabo tu capacidad de compasión, pero no la necesito. Seguro que sabré hacerla feliz. De hecho, si tú no estuvieras interponiéndote, nuestra relación iría por el buen camino. Pero has tenido que aparecer con tus artimañas y tus fugaces encantos. Pero ¿qué vas a hacer después de conseguir tu objetivo, cuando hayas obtenido sus favores, cuando tengas su corazón en tus manos...? ¡Yo te lo diré! —alzó la voz cada vez más furioso—. La abandonarás. Eres incapaz de comprometerte con nada que no seas tú mismo. ¿Cuántos corazones has roto, Cam? ¿Llevas la cuenta?

—Nunca he hecho promesas que no pensara cumplir. Con Annabelle será distinto.

—¿Vas a casarte con ella? —Edward se acercó a él para encararlo y Cam resistió el deseo de alejarse varios pasos. Se sentía acorralado e inseguro. Nunca se había planteado dar el paso antes, comprometerse, formar una familia que dependiera de él para ser feliz. Encauzar su propia vida ya le parecía un trabajo lo bastante arduo para echarse a la espalda la felicidad ajena, y siempre había tenido claro que era un alma libre e independiente. Hasta que Annabelle Ridley apareció con su piel pálida y su aspecto frío y distante, solo que en su interior no había ni un ápice de frialdad, solo la necesidad de protegerse.

Titubeó un poco antes de contestar y, a pesar de que su corazón tenía muy clara la respuesta, su lengua acabó traicionándolo.

—Si es necesario, sí.

Edward soltó una carcajada desdeñosa y dio una palmada en el aire. Cam no se molestó en enfadarse por ello, a él mismo le había parecido una contestación ridícula.

—Si es necesario... —repitió con tono sarcástico—. Dios, estoy deseando que le dediques esas románticas palabras a Annabelle. «Querida, si es necesario hacerte una proposición decente, lo haré. Pero si puedo meterme en tu cama sin mayores consecuencias, para qué complicarnos».

—Haces que suene sucio. No es mi intención seducirla. Yo... yo siento algo por ella.

—Puede que ese «algo» no sea suficiente. Yo estoy dispuesto a darle todo, Cameron. Un nombre, una familia, un título, el respeto de la gente. ¿Qué vas a ofrecerle tú, si ni siquiera sabes cuidar de ti mismo?

Cameron acortó la distancia que los separaba, harto de aguantar que lo menospreciara y lo sujetó de las solapas de la chaqueta, dispuesto a borrar de su cara su expresión de superioridad.

—Puedo ofrecerle lo que ella necesita, algo que tú ni siquiera sabes lo que es.

—Sorpréndeme —le retó apartando las manos que lo sujetaban.

—Annabelle necesita alguien que la entienda, que le dé seguridad, alguien que no la infravalore y que la acompañe a buscar la verdad. Seguro que tú te limitarías a encerrarla en una cárcel de oro para asegurarte de que no la roza ni el aire. Pero ella necesita que alguien le dé la mano y la ayude a encontrar respuestas.

Edward lo miró con los ojos entrecerrados intentando descubrir el sentido de las palabras de un ofuscado Cameron, cuya lengua solía desatarse cuando la situación se escapaba de su control.

—¿Qué respuestas? ¿Te refieres a lo que le ocurrió a su hermano? Brooks dice que no hay ninguna noticia y que el caso está cerrado. Vamos, Cam. No me digas que te estás aprovechando de sus debilidades para acercarte ella. Eso es demasiado rastrero, hasta para alguien tan falto del sentido del honor como tú.

Cameron volvió a sujetarlo de la pechera de la camisa y levantó el puño en el aire para asestarle el golpe que sin duda merecía.

—¿Qué está pasando aquí? —la voz del conde de Amery, que se había acercado hasta allí alertado por sus gritos, tronó a sus espaldas paralizándolos—. Cameron, suéltalo.

Un músculo tembló repetidamente en la mandíbula de Cameron mientras clavaba su mirada en los ojos azules de su hermano, tan parecidos a los suyos y tan diferentes a la vez. Nunca se había fijado en que la mirada de Edward era tan fría y ese pequeño descubrimiento lo desestabilizó tanto que trastabilló hacia atrás a punto de caer cuando su hermano lo empujó con fuerza.

—¡Edward! —lo amonestó su padre—. Comportaos como los hombres cabales que he criado y vamos a hablar de esto con serenidad.

—Lo siento, padre. No tengo nada de lo que hablar —zanjó Cameron, pasando al lado de su padre como un huracán. Necesitaba salir de allí, huir de la mirada de censura de su progenitor, del inesperado desprecio que había encontrado en su hermano y, sobre todo, de la escasa fe que tenía en sí mismo.

Siempre había luchado para no decepcionar a su padre, para ser aceptado por su adorado hermano mayor, que se había visto obligado a compartir con él la atención de todos en una edad muy difícil. Y hasta ahora creía haberlo conseguido, a pesar de tener la impresión de que tenía que remar contracorriente y trabajar mucho más duro que Edward para obtener lo mismo. Al final había preferido resignarse a ser lo que era: un advenedizo que había llegado demasiado tarde a su propio hogar y que siempre era vigilado con lupa a la espera del error fatal que demostrara que no se merecía su aceptación. Y aunque eso no fuera más que su inseguridad jugándole una mala pasada, era algo que le había torturado desde siempre.

Edward tenía razón en algo. Puede que lo que podía ofrecerle a Annabelle no fuera suficiente. Había vivido una vida llena de carencias, tanto materiales como afectivas, quizás la pasión que sentían no bastara para cementar un futuro juntos.

21

Celebrar una fiesta en Ashton House en ese momento era una pésima idea, teniendo en cuenta la tensión latente entre los habitantes de la misma. Annabelle quería escarbar un agujero en el jardín y meterse dentro hasta que todo hubiera terminado, pero su tío le había pedido que estuviera al lado de Charlotte apoyándola en su primer gran evento con su familia como anfitriona. Escabullirse fingiendo o exagerando una jaqueca le parecía desleal, así que, aunque no le apeteciera lo más mínimo aguantar las miradas gélidas de su prima, decidió ponerse a su disposición para lo que necesitase, lo cual fue un terrible error. Charlotte aprovechó la ocasión para mangonearla y darle órdenes como si se tratase de una sirvienta más, pero Annabelle era lo bastante humilde para no sentirse humillada por ello; muy al contrario, agradecía sentirse útil. Así se encontró preparando los arreglos florales, colocándolos en el lugar adecuado de cada estancia, eligiendo la cubertería perfecta e incluso ayudando a la doncella a limpiarla. El gran día había llegado y Charlotte deambulaba por la casa revisándolo todo con la altivez de una reina, y por un momento tuvo la impresión de que no dudaría en ordenar una decapitación si encontraba una manchita en alguno de los manteles de lino.

El día pasó tan rápido que Annabelle apenas tuvo tiempo de pensar que esa noche, entre las varias decenas de invitados que acudirían con sus mejores galas a disfrutar de la música y la buena comida, estarían el futuro conde de Amery y su hermano, y no sabía cuál de los dos la ponía más nerviosa. A pesar de que se había esforzado en que su atuendo fuese sencillo, se sorprendió cuando la doncella terminó de peinarla. La joven pellizcó sus mejillas para darle algo de color y sonrió satisfecha. El recogido alto estilizaba su ya de por si esbelto cuello y hacía que el conjunto de collar y pendientes de aguamarinas, que había pertenecido a su madre, resaltaran aportándole luminosidad a su rostro. Acarició el collar y se mordió el labio, un tanto insegura. Le había parecido el complemento perfecto para su vestido azul noche, pero no quería llamar la atención, y esta vez no se debía solamente a su costumbre de intentar pasar desapercibida. Era la gran noche de Charlotte y no quería eclipsarla, si es que eso era posible. La doncella pareció leer su expresión y le sonrió para tranquilizarla.

—Señorita, está usted perfecta.

—¿Estás segura?

La muchacha asintió y le estrechó la mano para infundirle ánimo, aunque bajó la cabeza y se marchó tras disculparse, un poco arrepentida de la familiaridad con la que la había tratado, completamente inapropiada entre ellas.

Annabelle sabía que, si no salía ya de su habitación, acabaría inventándose cualquier excusa para esconderse bajo una gruesa manta. Aquella estancia se había convertido en un refugio y solo allí parecía disponer de aire suficiente para respirar. Incluso había pedido que trasladaran allí los retratos en miniatura de sus padres para colocarlos junto al de Brendan; al fin y al cabo, al resto de habitantes de la casa no parecía importarles demasiado. Podía resultar algo un tanto enfermizo, pero ahora que empezaba a recuperar algunos recuerdos, echaba más en falta que nunca sentir el amor y la protección de los suyos. Echando la vista atrás, se daba cuenta de lo triste que había sido su vida, sin una madre que la acunara mientras le leía un cuento, un padre que la llevara a montar a caballo y un hermano con el que compartir momentos cómplices. Aunque se había esforzado desde siempre, como mecanismo de defensa, en no necesitar a nadie, la tirantez con Charlotte y su tío la estaba afectando más de lo que le gustaba reconocer. Quizás hubiera algún problema en ella, algo que hacía imposible que los demás la quisieran. Pensó con un pellizco en el corazón si siempre sería así o si conseguiría en algún momento tener su propia familia y poder dar y recibir todo el amor que siempre le había faltado. Soltó el aire con fuerza en un sollozo entrecortado, las emociones de los últimos días, los encuentros con Cameron y, sobre todo, la incertidumbre sobre la identidad de Bournet se mezclaban en su interior formando un remolino que parecía querer arrastrarla. Unos golpes en la puerta la sacaron de sus pensamientos y se dirigió a abrir. Su tío apareció en el umbral con su traje de gala.

—¿Estás lista? Los invitados están empezando a llegar.

Ella asintió y esperó en el pasillo a que Charlotte llegara hasta ellos, con un vestido rosa claro, un poco recargado para su gusto, pero que a ella le sentaba como un guante. Las joyas eran sencillas para compensar la multitud de volantitos que adornaban las mangas y la falda, y se había decantado por un conjunto de perlas blancas. En el pelo, coronando sus bucles oscuros llevaba tejida una especie de corona hecha con minúsculos capullos de rosas blancas recogidas del jardín, que le daban un aspecto angelical.

—Si tu madre pudiera verte... —suspiró Joseph, con la voz entrecortada por la emoción. Charlotte sonrió y aceptó las manos que su padre le tendió y las estrechó con cariño—. Si tus hermanas estuvieran aquí, estarían chillando de emoción como si fueran pequeños ratoncitos de campo.

Annabelle sintió que sus ojos se humedecían al contemplar la escena. Su tío pareció recordar su presencia, ya que se volvió hacia ella para dedicarle también un cumplido, aunque mucho más impersonal. Ella lo agradeció, pero no pudo evitar sentirse más sola que nunca. Charlotte la miró sin poder disimular la tensión que aún existía entre ellas, pero acabó esbozando una sonrisa tímida.

—Papá tiene razón, estás muy hermosa esta noche, Anna.

—Tú también. Vas a ser la reina de la velada.

—Eso espero, porque si mi doncella me ha sometido a esta tortura en vano, la deportaré al país más inhóspito que encuentre en el mapa —bromeó señalando su elaborado peinado.

Los tres se posicionaron para recibir a los invitados y, aunque Annabelle intentó relegarse a un segundo plano, pronto se dio cuenta de que aquello no sería posible. Todo el mundo parecía muy interesado en hablar con ella, en intentar averiguar si la «resucitada» se estaba adaptando a su nueva vida o si acabaría huyendo en cualquier momento a la catacumba de la que había salido. Cuando le llegó el turno de los Wade, deseó que se la tragase la tierra, pero solo encontró firme mármol bajo sus pies. El viejo conde se detuvo frente a ella con el rostro serio y un profundo surco en medio de sus dos cejas que mostraba a las claras su desagrado. Tras unos segundos de intenso escrutinio, la saludó con una reverencia y siguió su camino. No le dio tiempo a calibrar su reacción, ya que llegó el turno de Edward, que por lo visto no se había dado por aludido después de la poco cortés despedida que le habían dedicado su tío y ella tras su encuentro en el jardín. Lo cual solo indicaba una cosa: estaba completamente decidido a conseguir su objetivo. Inconscientemente miró a su alrededor intentando localizar a Cameron, que probablemente estaba incluido en la invitación. Lo localizó varios metros más allá, mezclado con otros invitados que acababan de llegar y, para su sorpresa, junto a él se encontraba la señora Fenton. La familiaridad entre ellos era más que evidente y las dudas sobre la relación que los unía le hizo cometer una descortesía imperdonable, marchándose sin esperar a que la recepción hubiese terminado. Evitó la mirada de censura de su tío y las preguntas de Brooks, que había llegado después del conde, y se limitó a ocupar su asiento en la mesa junto a docenas de ojos de desconocidos que la observaban con la intención de diseccionarla. Durante la cena todos los comensales habían intentado hacerla partícipe de sus conversaciones: «¿Usted qué piensa, señorita Ridley?», «¿Lo conoce, señorita Ridley?», «¿Ha estado allí, señorita Ridley?». Sabía que no importaba cuán brillante fuera su respuesta, ellos escucharían impávidos y sacarían sus propias conclusiones. No levantó la cabeza ni un segundo para buscar a Cam, a pesar de que podía sentir su presencia flotando en el ambiente. Se había abierto a él por completo y ahora no sabía si se había precipitado.

Charlotte era y debía ser la reluciente protagonista de aquella noche, pero, por más que Annabelle hubiese querido refugiarse en algún rincón de la mansión, no le fue posible escabullirse durante demasiado rato. Varios caballeros le solicitaron un baile, entre ellos Edward Wade, que parecía no haber entendido su mirada de censura cuando la invitó a bailar delante de varios ilustres invitados, sabiendo que sería una descortesía negarse. Intentó mantenerse impasible, pero la paciencia que había cultivado durante tantos años parecía haberse agotado, y la sonrisa arrogante de ese hombre la estaba sacando de quicio.

—Parece que está disfrutando mucho de la velada, señor Wade —habló al fin con ironía.

—Cómo no hacerlo teniéndola entre mis brazos, Annabelle. —La sonrisa de Edward se ensanchó todavía más al ver que ella lo taladraba con la mirada al escuchar su nombre de pila.

Estaba decidida a marcar distancias con él. Pero su cercanía no era el único motivo para que sonriera. Edward sabía que contaba con el apoyo de su tío y el de Brooks para conseguir cerrar el peliagudo asunto de su petición matrimonial, y Cam también lo sabía. Puede que por eso estuviese dedicándoles una mirada asesina desde el borde de la pista en ese momento, ignorando completamente al resto de damas que lo rodeaban, incluyendo a la viuda Fenton.

—Usted no suele captar las cosas a la primera, ¿verdad?

—Me temo que la que no lo hace es usted. ¿Acaso no ha visto que tengo razón? Si realmente está interesado en usted, como parece estar haciéndola creer, no habría venido a su hogar acompañado de su... amiga. —Annabelle lo miró a los ojos sin poder disimular que estaba dolida y él supo que había dado en el blanco—. Solo quiero protegerla, confíe en mí. Mi hermano no se casará nunca, Annabelle. Él es capaz de encandilar a cualquiera, pero no es más que un espejismo. Disfruta compitiendo conmigo y usted es un objetivo encantador. Me duele ser tan duro, pero merece sinceridad.

Ella no contestó. Se limitó a contar mentalmente los compases que faltaban para que aquel maldito vals terminase. Quería salir corriendo y alejarse de aquel hombre y de su lengua viperina, pero, intuyendo su intención, la había sujetado con firmeza de su brazo. Forcejear y quedar en evidencia o aguantar estoicamente hasta salir de la pista. Se decantó por la segunda opción y se dirigió hacia donde se encontraba Charlotte obnubilando con su encantadora conversación a un par de señoras mayores.

—Charlotte, qué bien encontrarte aquí. —Charlotte levantó la vista hacia ellos, pero su sonrisa perdió brillo al toparse con los ojos de Edward—. El señor Wade estaba comentándome que no había tenido la oportunidad de pedirte un baile aún.

Los miró a ambos sabiendo que ninguno sería tan poco cortés como para rechazar aquello teniendo testigos, y sonrió satisfecha saboreando su pequeña e inofensiva revancha. En cuanto la pareja se dirigió con desgana hacia la pista, ella giró sobre sus talones para salir del atestado salón y estuvo a punto de chocar con la hermosa viuda Fenton.

La miró con detenimiento mientras le dirigía una fría sonrisa a juego con la de la dama. Aquella mujer parecía la reina de las nieves de un cuento, con el pelo rubio platino, casi blanco, unas cejas finas igual de claras y los ojos de un azul tan limpio que parecía cristal. Sus gestos eran delicados y elegantes y, mientras le tendía la mano, le recordó a una mantis religiosa.

—Señorita Ridley, qué alegría volver a verla.

—La alegría es mutua, señora Fenton —mintió sin inmutarse.

—Veo que al fin ha salido de su crisálida.

—¿Cómo dice?

—Cuando vine a visitarla la primera vez, usted acababa de ...

—Resucitar —puntualizó Annabelle deseando liberarse del veneno que entre todos estaban depositado sobre sus heridas.

—Yo no lo llamaría exactamente así. Pero he de reconocer que se la ve mucho más segura de sí misma, y también más hermosa. Es como una mariposa que acaba de florecer.

Annabelle deseó decirle que las mariposas no florecían, corregirla y dejarla en evidencia, pero se limitó a mirarla sin expresión.

—Supongo que debo darle las gracias, aunque no sé cómo tomarme que antes me considerase un pequeño gusano peludo.

—Oh, no me malinterprete. Pretendía halagarla, no mortificarla —se justificó Kate, sonrojándose ligeramente—. Supongo que Cam tiene ese efecto en los demás. Hace florecer lo bueno de la gente que tiene cerca.

Esta vez Annabelle no pudo evitar bufar; el ejemplo, al menos en lo que a su hermano se refería, no había sido demasiado acertado.

—No sé a qué se refiere, señora Fenton, pero le agradezco el cumplido —atajó la conversación con tono seco—. Y ahora, si me disculpa, tengo algo importante que hacer.

Algo urgente, algo vital, concretamente tomar aire que no estuviese viciado por todas aquellas víboras. Salió del salón y enfiló el largo corredor que llegaba hasta la galería donde se encontraban colgados los retratos familiares. Allí estaría sola, con la única compañía de la imagen congelada en el tiempo de sus padres y su hermano, y otros tantos familiares que no conocía. Caminaba tan ofuscada que no percibió las voces de los hombres que discutían acaloradamente en la penumbra del pasillo hasta estar casi a su altura. Se detuvo abruptamente antes de que ellos percibieran su presencia y se ocultó tras una enorme escultura de Apolo que presidía la entrada a esa ala de la casa. Se apoyó en la lira de piedra que portaba y se asomó discretamente. Se sorprendió al comprobar que los dos hombres eran su tío Joseph y Michael Brooks. Desde donde estaba no podía distinguir lo que hablaban... hasta que Michael soltó una carcajada desdeñosa.

—Sabes que no eres digno, Joseph. Nunca lo has sido. Ni de ostentar el título ni de cuidar a Annabelle. —Los dos caballeros parecían cada vez más enfadados y empezaron a levantar la voz, por lo que le fue posible entender algunas frases con claridad.

—¿Cómo te atreves a insultarme de esa manera en mi propia casa?

Joseph se adelantó ofuscado y sujetó a Brooks por las solapas de su traje de gala, lanzándolo con más fuerza de la esperada contra la pared de enfrente.

—Eres como uno de esos malditos pájaros. Un cuco. Se meten en los nidos ajenos, se comen los huevos y dejan los suyos para aprovecharse de los demás. Eres un parásito, vienes a mi casa como si fueses más importante que yo, con tu traje caro, ese que has pagado gracias a los Ashton, y pretendes mandar en mis tierras y mis posesiones. No lo conseguirás.

—Todo se reduce al dinero, ¿verdad? Para ti no hay nada más importante que tener el poder para humillar a los demás y el dinero para aplastarlos —le recriminó Brooks dándole un fuerte empujón haciendo que trastabillara hacia atrás varios pasos.

Annabelle estuvo a punto de gritar y se enderezó dispuesta a salir de su escondite y exigir a ambos hombres una explicación sobre su comportamiento. Pero en ese momento una mano cálida tapó su boca impidiéndole emitir cualquier sonido, mientras un brazo fuerte la sujetaba por la cintura y la arrastraba hasta una de las salas. Cam miró a ambos lados para cerciorarse de que nadie los había visto entrar y cerró la puerta con llave.

—¡Maldición! —se quejó mientras intentaba sortear a Cameron para salir de la habitación—. ¿Quién te crees que eres, Cameron Wade, para tratarme así?

En realidad, no estaba ni mucho menos tan indignada por tener a Cam cerca, pero la curiosidad la estaba matando y la había interrumpido justo cuando la conversación estaba en su punto álgido.

—Soy un hombre enamorado que había puesto sus esperanzas en bailar contigo toda la noche... —Cameron se acercó hasta ella en la penumbra con una sonrisa traviesa y los andares de un elegante felino—. Y, sin embargo, tú me has ignorado de manera magistral. Ni siquiera me has dirigido una mirada de soslayo. ¿Tienes idea de lo dolido que está mi corazón?

Su voz se iba convirtiendo en un susurro ronco y sugerente con cada palabra que pronunciaba, mientras Annabelle retrocedía a cada paso que él avanzaba. Chocó con una silla que chirrió contra el suelo y se tapó la boca esperando que los dos hombres que discutían en el pasillo no lo hubieran oído. A Cam pareció no importarle, ya que continuó hasta que estuvo tan cerca que sus zapatos se perdieron ocultos por el ruedo de su falda. Annabelle sacudió la cabeza como si en ese momento las palabras hubiesen accedido a su cerebro al fin.

«Un hombre enamorado». Su estómago dio un vuelco y abrió la boca para pedirle que no jugase con ella, que se retractase inmediatamente, pero su garganta parecía haberse cerrado.

—Creo que está tan dolido que ni siquiera estoy seguro de que siga latiendo —continuó Cam. Cogió la mano de Annabelle con suavidad y se la llevó hasta su pecho—. Dime, Annabelle, dime que sigue ahí.

La calidez de la piel de Cam traspasaba la camisa blanca y se fundía con la palma de su mano. Su latido fuerte y vital reverberaba en su pecho y habría jurado que lo notaba latir cada vez más fuerte. Su respiración se volvió más superficial y el latido de su propio corazón retumbó en sus oídos compitiendo en ferocidad con los de Cam. Lo miró a los ojos, que brillaban en la casi oscuridad de aquella estancia fría y sintió que su cuerpo continuaba a través de la piel de Cam, como si estuviesen conectados de una manera irrompible. Cameron alargó su mano y la colocó sobre el corazón de Annabelle, por encima de su pecho. Sus latidos parecieron sincronizarse al igual que su deseo que comenzó a apoderarse de ellos sin dejar espacio a la sensatez.

Sus rostros se aproximaron muy despacio, conscientes de que, cuando sus labios se rozaran, el resto del mundo dejaría de importar. Y así fue. Cameron la besó tomándose su tiempo para saborearla, mordisqueando sus labios con suavidad y jugando con su lengua, hasta que ella le correspondió. La condujo hasta un sofá y la instó a sentarse. Acarició sus mejillas con ternura dándole tiempo a asimilar lo que había confesado, algo que había surgido de manera tan espontánea que no había sido capaz de retenerlo.

Él también tenía que digerirlo. Estaba enamorado de Annabelle Ridley y ni siquiera sabía cómo había sucedido, pero no estaba dispuesto a enterrar ese sentimiento bajo capas de conveniencias y voluntades ajenas.

—Annabelle, ¿quieres que me aleje de ti? —preguntó inseguro al ver su mutismo.

Ella se aferró a las solapas de su chaqueta, impidiéndole alejarse, aunque él no pensaba hacerlo. Siempre había luchado por enterrar sus esperanzas, no había tenido otra opción en una vida en la que le estaba prohibido soñar con algo que no fuese sobrevivir al hambre, al frío y a las palizas de un borracho sin alma. Ahora su corazón no sabía cómo latir sin riesgo a desbordarse de felicidad, no sabía cómo amar sin medida, no sabía si podría dar todo lo que la otra persona necesitaba.

—No. No sé si seré suficiente para ti —confesó Anna con un sollozo.

—Eres todo lo que necesito. Cada vez que te toco, cada vez que te beso, mi corazón se detiene y acto seguido vuelve a latir desenfrenado. Desde que te conozco no recuerdo haber podido sacarte de mi cabeza ni un instante.

—Cameron, yo... me siento como si me hubieran roto en mil pedazos y no sé cómo volver a unirlos para que todo tenga sentido.

Él sujetó sus manos, esas que siempre trataba de ocultar, y las besó con delicadeza.

—¿Has visto alguno de esos jarrones japoneses reparados con oro? Cuando un objeto valioso se rompe, unen sus trozos rotos con oro, como si sus cicatrices fuesen tan valiosas como el objeto en sí, porque esas heridas, cuando sanan, nos hacen lo que somos. Tú eres como uno de esos jarrones, todas esas heridas te han hecho la mujer fuerte y magnífica que eres ahora. Adoro cada uno de tus pedazos, Annabelle, y la forma en la que has sido capaz de reconstruirlos.

Cameron volvió a besarla con más intensidad hasta que de la garganta de Annabelle se escapó un gemido ahogado que anunciaba su rendición. Su cabeza no podía aceptar lo que estaba escuchando, pero no era el momento de pensar, sino de sentirse amada.

Los dedos masculinos comenzaron a desabrochar los botones de su espalda hasta que el corpiño cedió lo suficiente para liberar su cuerpo. La recostó sobre los cojines y su boca inició un tortuoso recorrido sobre la fina piel de su garganta hasta llegar a sus pechos. Tiró despacio de su vestido y Annabelle contuvo la respiración, ansiosa por la espera mientras él la besaba por encima del encaje de su camisola. Aquella tortura era deliciosa y su cuerpo estaba empezando a exigirle cosas que ni siquiera entendía. Enredó la mano en el pelo de Cam, acercándolo más y él intuyó lo que necesitaba, bajando la tela con delicadeza hasta dejar sus pechos expuestos ante él. La oscuridad de la habitación no le permitía disfrutar de su cara ni de la visión de su desnudez, pero no importaba: sus suaves gemidos cada vez que la besaba y deslizaba su lengua sobre sus senos era suficiente. Sus manos buscaron bajo las faldas hasta que encontraron la carne que parecía arder oculta por las medias y comenzó un lento ascenso hasta alcanzar la piel suave de sus muslos.

—Esto es una locura —musitó Annabelle contra su boca sintiendo que era incapaz de contener la espiral de deseo que crecía en ella.

—¿Quieres que me detenga? —preguntó enterrando la cara en su cuello y aspirando su aroma, ese que le volvía tan loco como para seducirla en su propia casa con docenas de invitados a pocos metros de allí.

—No. —Annabelle buscó sus ojos en la penumbra y solo encontró el esbozo de su rostro y el brillo de sus ojos. Pero eso era más que suficiente. Lo había evocado tantas veces en sus noches en vela, lo había mirado con tanto detenimiento cuando estaban juntos que su memoria no podía desprenderse de él—. No te detengas nunca, no te alejes de mí nunca, Cameron.

—Nunca —concedió él volviendo a besarla con más pasión, mientras sus manos ascendían sin tregua hasta el hueco entre sus muslos.

Cam apartó la ropa interior que los separaba y la acarició despacio, arrancándole un jadeo inesperado cuando la vibrante sensación la sorprendió. Continuó con su lento avance dándole tiempo a acostumbrarse a lo que su cuerpo le iba mostrando, hasta que ella se arqueó hacia él en busca de la siguiente caricia. Su piel parecía quemar en contacto con aquellas manos que no cesaban en su empeño de hacerla estremecerse. Los dedos de Cam comenzaron a jugar en su interior, aumentando y reduciendo la intensidad, hasta que sintió que su cuerpo vibraba con una pulsión desconocida hasta ese momento, un placer que ni siquiera había imaginado que podía existir y que la dejó tan aturdida que se olvidó de que debía seguir respirando.

Envueltos aún en aquella nube de deseo, Annabelle tomó conciencia de que la vida era algo muy distinto a lo que había pensado hasta ahora. No le importaban los lujos de los que no había podido disfrutar ni el claroscuro retrato de Londres que estaba conociendo. Solo le importaba lo que aquel hombre estaba despertando en ella, haciéndola sentir más viva que nunca. Puede que en el fondo, el cruel apodo que le dedicaban a sus espaldas fuese más adecuado de lo que todos pensaban. Annabelle había estado muerta por dentro todos esos años, y ahora al fin estaba empezado a latir la sangre de sus venas.

Cameron se levantó intentando contener las ganas de seguir acariciándola, besándola hasta aprenderse de memoria cada uno de los dulces gemidos que se escapaban de sus labios cuando el placer la alcanzaba, pero era una temeridad quedarse allí demasiado tiempo. Se dirigió hasta la escasa claridad que entraba por la ventana para serenarse y recuperar el ritmo de su respiración, dándole tiempo a ella para recomponerse. Annabelle se acercó hasta él y le ofreció la espalda del vestido para que la ayudara con la hilera interminable de botones. Cam se dio cuenta de que le temblaban las manos, hacía mucho tiempo que una mujer no le hacía sentirse de esa manera, ansioso por satisfacerla e inseguro por no estar a la altura. Depositó un beso en su nuca y percibió que ella se estremeció. La hizo girarse y la luz mortecina iluminó sus rasgos. Lo que vio en sus ojos lo desconcertó.

—¿Te arrepientes de lo que ha pasado? —preguntó acunando su mejilla. Ella inclinó la cabeza hacia su mano buscando prolongar aquel contacto.

—No, no me arrepiento. Es solo que... no sé qué pensar.

—¿Sobre qué?

—Sobre ti. Sobre nosotros. ¿Realmente sientes lo que me has dicho? —Annabelle no se atrevía a pronunciar la palabra por si la magia se desvanecía demasiado pronto; la vida le había enseñado a no esperar demasiado, a que era mejor guardar los sueños en secreto por si el destino decidía aguarnos la fiesta.

—Estoy enamorado de ti. Es real. Tan real como tú y yo. Tan real como lo que acaba de pasar.

Ella intentó alejarse, pero él se lo impidió sujetando su cara para obligarla a mirarlo.

—¿Qué ocurre, Anna? Sé que esto no es lo que estaba previsto, sé que todos han planeado otra cosa para nosotros. Mi familia y Brooks parecen tener muy claro que tu futuro es ser condesa, pero sé que eso no te hará feliz. Hablaremos con ellos y, si no lo entienden, nos fugaremos. —Cameron se detuvo al ver que ella apartaba la mirada—. Siempre que eso sea lo que tú deseas.

—Pues claro que es lo que deseo. Nunca me he permitido amar a nadie, Cam. Me daba demasiado miedo necesitar a alguien y que esa felicidad se me escapara entre los dedos. Y ahora me he dado cuenta de que no puedo evitarlo.

—¿Me amas? —preguntó sujetándola del mentón ansiando una respuesta.

—Cam, estoy aterrorizada. ¿No lo ves? Tu hermano me ha dicho que solo te acercas a mí para quedar por encima de él, por una competitividad insana.

—Mi hermano es imbécil.

—Sí, estoy bastante convencida de que lo es. Pero tiene razón en algo: has venido aquí acompañado de tu... amiga. La misma que me ha comparado con un gusano peludo.

—¿Cómo dices? Supongo que te refieres a la señora Fenton —inquirió bastante desconcertado. Kate era siempre muy respetuosa y, aunque intuía que podía estar un poco celosa ante la perspectiva de no contar con él cuando lo necesitase, en su carácter no entraba ser cruel con nadie—. Y lo has definido muy bien. Solo somos buenos amigos, y algún día entenderás la relación que nos une. Pero ahora no es el momento de hablar de eso. No puedo creer que Kate te haya insultado.

—Kate. Qué fantástico que os tratéis con tanta familiaridad.

—¿Estás celosa? —preguntó divertido.

—No —mintió, apartando la mano de Cam que continuaba acariciando su cara—. Bueno, puede que no me haya gustado verte con ella, pero...

—En serio, Anna. Solo somos amigos y, si te ha faltado al respeto, necesito que me lo digas.

—En realidad... —titubeó un poco, tan insegura como una niña pequeña—. Me ha dicho que he florecido como una ma-

riposa desde la primera vez que me vio; en realidad las mariposas no florecen, pero sí sé que antes de empezar a volar son unos
bichos bastante repugnantes...

Cam no pudo retener una carcajada y ella le tapó la boca con
la mano, temerosa de que alguien pudiera oírlos. Si los encontraban allí, estarían en serios problemas, o quién sabe, puede que
todos se solucionasen de golpe y se viesen avocados a una boda
rápida para sofocar las habladurías. Al final ella también acabó
contagiándose con su risa.

—Eres adorable —susurró junto a su oído antes de volver a
besarla. Cuando se separó su rostro reflejaba seriedad. Debían
aclarar las cosas si quería que aquello funcionase—. Annabelle,
adoro a mi hermano, y sé que, aunque nuestra relación ha pasado
por épocas complicadas, él también me quiere. Edward está obse-
sionado con la idea de complacer a mi padre, quiere ser el mejor
hijo, el heredero perfecto. No se perdonaría defraudarlo y, si para
eso tiene que eclipsarme a mí, no dudará en hacerlo. Siempre he
aceptado mi papel de segundón en mi familia, aunque él haya
pensado que quería robarle su lugar. —Cam se detuvo unos instantes, deseoso de contarle todo sobre él, pero no tenían tiempo.
Ya llegaría el momento—. Supongo que todos somos un poco
mezquinos alguna vez, incluido yo. Pero esta vez no pienso dar
un paso atrás para permitirle salirse con la suya.

Annabelle se alejó de la ventana y de Cam, estar en la oscuridad parecía infundirle el valor que el faltaba.

—Necesito tiempo. —Se giró y observó la silueta cabizbaja de
Cameron recortada contra la luz que entraba por la ventana.

—No tenemos demasiado tiempo. Brooks está ansioso por
zanjar este asunto, y mi padre todavía más. Parece que tener un
acuerdo para la servidumbre de paso no es suficiente, Michael
quiere verte convertida en la futura condesa de Amery y mi padre
quiere tener este asunto bien atado de una maldita vez.

—Lo entiendo, pero han pasado demasiadas cosas en muy poco tiempo. Hay algo acertado en la comparación de Kate Fenton. He estado protegida en cierto modo dentro de un capullo, donde no tenía que pensar en nada que no fuera sobrevivir a cada amanecer. Ahora estoy fuera, expuesta y, aunque pueda volar, siento que esas alas están atadas con un hilo invisible. Cameron, necesito respuestas, necesito saber qué pasó con mi hermano, por qué le tendieron una trampa. Hasta que no entienda mi pasado, no podré afrontar mi futuro.

Cameron asintió con un nudo en la garganta, él estaba más que preparado para enfrentarse a su familia y a todo lo que supusiera un obstáculo para estar con ella; eso incluía plantarles cara a sus propias inseguridades, a la desesperación de tenerla en su cama y en su vida para siempre.

—Tengo claro que quiero que ese futuro sea contigo, Cameron —confesó al fin con la voz temblorosa.

Él acortó la distancia que los separaba y la estrechó con fuerza contra su pecho. Annabelle se aferró a él y, sin saber por qué, empezó a llorar en silencio. No se había dado cuenta de cuánto necesitaba ese abrazo hasta que estuvo en sus brazos. Ambos lo necesitaban.

—Sabes que voy a estar a tu lado; te dije una vez que no te dejaría caer y no pienso hacerlo. Vamos a buscar esas respuestas, y después nada ni nadie se va a interponer.

Annabelle quiso creerle, era fácil tener esperanza cuando alguien tan leal y tan fuerte le ofrecía su mano. Ojalá esas respuestas no acabasen destruyéndolo todo.

22

Edward recorrió el salón con la mirada, cada vez más enfadado. La estrategia de Annabelle para dejarlo plantado había sido un éxito rotundo. No solo había conseguido desaparecer de su vista, sino que le había endosado a su prima Charlotte, que, a juzgar por su cara de asco y la cantidad de pisotones que le había propinado durante el baile, parecía estar igual de ilusionada que él con la idea. Y pensar que la chica le había resultado una agradable conquista cuando fue presentada en sociedad. En ese momento la joven había sido todo sonrisas, comentarios ingeniosos y algo pícaros, y Annabelle no había aparecido aún en escena. La idea de acabar seduciendo a Charlotte Ridley en un jardín antes de la noche de bodas le había asaltado durante el escaso tiempo en el que ella fue su objetivo, y al principio incluso le pareció decepcionante el hecho de no poder probar sus encantos ni una sola vez. Por suerte se había librado de ella, porque la joven parecía ser una pequeña arpía. Aceptó una copa de champán que un lacayo le ofreció y tras un segundo vistazo se dio cuenta de que Cameron tampoco estaba a la vista y había dejado a la señora Fenton expuesta a la voraz mirada y la inútil conversación de varios caballeros. La duda comenzó a carcomerle las entrañas y guiado por su intuición se dirigió hacia los jardines. Una vez allí escuchó atentamente los murmullos de las hojas mecidas por la fría brisa intentando captar otro sonido diferente, el del crujir de unas faldas o los susurros de un beso. La sola idea le encendió la sangre todavía más. Se detuvo frente a un pequeño estanque con forma de estrella que dividía el cruce entre los cuatro caminos que cruzaban el jardín, y se preguntó de quién habría sido la idea de colocar allí algo tan horrible y que encima reducía el espacio de paso. Se acercó para observar la luz de las antorchas reflejándose en la superficie oscura y dio un respingo cuando un pez dorado se acercó a la superficie. Dejó la copa sobre la balaustrada de piedra que bordeaba el camino y se encendió un cigarro en un esfuerzo por tranquilizarse. El humo formó una pequeña nube blanca que se elevó mezclándose con el halo que su propia respiración había formado en el aire helado. Maldición, ojalá que si su hermano se encontraba allí pisando su terreno pescara un buen resfriado. Él estaba a punto de hacerlo.

Esta vez sí, el crujido de unas faldas a sus espaldas llamó su atención. Se giró y vio con sorpresa a una de sus conocidas, *lady* Samantha Osbourne, una joven que había tenido la desgracia de verse abocada a un matrimonio de conveniencia con un anciano que lo único que le aportaba era algún que otro disgusto y mucho dinero. Lord Osbourne era bastante aficionado a la caza y solía pasar temporadas eternas en el campo, para gran alegría de su esposa, que aprovechaba para ir de fiesta en fiesta consolando sus penas y dando rienda suelta a sus instintos más primarios.

—¿Hastiado de tanta jovencita dulce y apocada? —fue su saludo, mientras se acercaba a él con los andares de una gata a punto de saltar sobre su presa. Dio un sorbito a su copa sin dejar de mirarlo de forma sugerente y la dejó junto a la de Edward.

Él sonrió, las Ridley podían ser cualquier cosa excepto jovencitas apocadas, y se sorprendió al darse cuenta que le resultaría muy difícil sentirse hastiado de su presencia, ni siquiera de la beligerante Charlotte.

—*Lady* Osbourne, qué sorpresa. He visto que esta noche la acompaña su esposo, ¿sabe él que ha venido a tomar el aire? —preguntó tirando el cigarro al suelo y aplastándolo con la suela de su bota hasta que las chispas se apagaron.

Ella rio con una carcajada cantarina inclinando la cabeza al hacerlo y Edward tuvo la sensación de que había ensayado ese gesto frente al espejo hasta perfeccionarlo. Lástima que no tuviera ningún efecto sobre él. Habían coincidido en algunas de las fiestas privadas subidas de tono a las que solía acudir, en las que el alcohol corría a raudales y la gente solía perderse en las habitaciones para llevar a cabo cualquier fantasía sexual que se le pasara por la cabeza, nunca con sus esposos o esposas, por supuesto. Aunque *lady* Samantha era atractiva, no le había llamado lo suficiente la atención para intentar seducirla, aunque recordaba vagamente una noche de desenfreno en la que compartió cama con varias mujeres a la vez. Puede que una de ellas fuese Samantha; la imagen de la boca de esa mujer sobre él vino a su mente como un fogonazo, aunque no se atrevía a preguntar, mejor no indagar demasiado para no herir los sentimientos de la dama ni provocar situaciones comprometidas.

—Mi marido es más feliz ignorando dónde estoy, y yo también —contestó con complicidad acercándose tanto a él que su perfume empalagoso invadió sus fosas nasales y estuvo a punto de hacerle estornudar.

La mujer se humedeció los labios en lo que ella pensó que era un gesto sugerente y que a Edward le pareció más bien obsceno, y deslizó su mano enfundada en unos mitones de encaje blanco sobre la tela de su chaleco. Lejos de excitarle sus métodos de conquista, le parecieron tan burdos que lo único que sintió fue un rechazo visceral hacia ella.

—Samantha, creo que este no es el momento ni el lugar para una indiscreción semejante. Respeto a esta familia y no me perdonaría...

Su voz se ahogó cuando ella bajó la mano hacia su entrepierna y la apretó con suavidad. Edward dio un respingo y se alejó de ella, intentando encontrar en su cabeza una manera elegante de salir de aquel atolladero.

—*Lady* Osbourne... disculpe la intromisión. —Edward se giró hacia la conocida voz con los ojos a punto de salirse de las orbitas, tan avergonzado como un colegial pillado in fraganti. Allí estaba Charlotte Ridley, tres escalones por encima de ellos, lo que le daba el aspecto de estar también muy por encima en la escala moral, lo cual probablemente fuese cierto. Mantenía la cabeza muy alta, las manos entrelazadas a la altura de su regazo y la vista clavada en la dama, y Edward estuvo seguro de que había visto salir pequeños rayos letales de sus pupilas—. Creo que su esposo la estaba buscando. ¿Quiere que le diga que está aquí? Se le veía ansioso por marcharse a casa, puede que usted también lo esté, parece cansada.

Parecía que la familia Ridley aprendía desde la cuna cómo despachar a un invitado de manera elegante, ya que había usado la misma estrategia que su padre usó al echar a Edward, y tuvo que morderse la cara interior de su mejilla para no sonreír.

Lady Osbourne masculló algo ininteligible a modo de disculpa y abandonó la terraza a tanta velocidad que Edward apenas tuvo tiempo de ver su vestido claro desaparecer por la puerta acristalada que daba al interior. Respiró aliviado hasta que se fijó con detenimiento en Charlotte. Ni siquiera se había movido para dejar pasar a *lady* Samantha, permanecía allí completamente rígida, con los dedos crispados a pesar de que pretendía aparentar indiferencia. Su mandíbula estaba apretada y su boca de labios dulces y generosos ahora se había convertido en una línea casi invisible. Pero lo más impresionante eran sus ojos, siempre con esa chispa vibrante, que ahora se veían oscuros y fieros. Si había que encontrar algo que la definiera sin duda era un volcán a punto de estallar.

—Señor Wade, es usted un sinvergüenza de la peor calaña posible —dijo al fin masticando las palabras muy despacio, como si ella misma temiese abrir la compuerta que contenía sus emociones.

—Ha sido un malentendido.

—¿En serio? Dígame entonces qué estaba ocurriendo. ¿Acaso *lady* Osbourne estaba buscando su reloj? —Charlotte se sonrojó arrepentida de su propio atrevimiento, pero entonces él hizo algo que terminó de enfurecerla. El muy cretino empezó a reírse, no con una risa contenida, sino a carcajadas—. ¿Le resulta divertido faltarme al respeto en mi propia casa? ¿No ha tenido ya bastante?

Charlotte necesitaba gritarle, golpearle y sacarse de dentro toda la frustración que su primer y único desengaño hasta la fecha le había provocado. Bajó los escalones ciega de ira, tan ofuscada que tropezó con el ruedo de su falda. Rápido de reflejos, Edward se adelantó para sujetarla antes de que cayese de bruces contra el suelo, apretándola contra su cuerpo. La ayuda no fue bien recibida por ella y, en cuanto notó que sus brazos la rodeaban con fuerza, intentó zafarse con todas sus fuerzas, propinándole varios puñetazos en el pecho y un par de patadas en las espinillas.

—Cálmese, por el amor de Dios —ordenó Edward, temiendo soltarla por si se le ocurría huir hacia la casa en ese estado y provocaba un escándalo de proporciones épicas.

Con un rápido movimiento la colocó de espaldas a él para evitar que siguiera golpeándolo. Sujetó sus puños y los apretó contra su cuerpo tenso, inmovilizándola, fundiéndose en un abrazo todavía más íntimo con el cuerpo de Charlotte completamente presionado contra el suyo.

—Shh. Tranquilícese. No voy a hacerle daño —susurró junto a su oído, percibiendo cómo la respiración de la muchacha se iba acompasando y sus músculos rígidos se relajaban.

Aun así, no la soltó, sintiendo cómo su espalda se amoldaba a su pecho y la curva de su trasero, a pesar de las voluminosas faldas se acoplaba perfectamente a sus caderas. El perfume a rosas le llegó sin previo aviso, sacudiéndolo y excitándolo, pero no emanaba solo del tocado que coronaba su peinado, que estaba empezando a desmoronarse por el forcejeo; era su piel la que desprendía un aroma sutil que lo embriagaba.

Un mordisco en su mano lo sacó de esa nube de excitación que lo había envuelto durante unos segundos haciéndolo vulnerable, y la soltó de golpe con un gruñido de dolor.

—Esa no es forma de tratar a las visitas, señorita Ridley.

—Usted no es una visita, usted es un indeseable —le acusó furiosa.

—¿Desde cuándo? Porque no hace demasiado tiempo usted se deshacía en sonrisas al verme aparecer.

—Eso era antes de descubrir que no tiene honor, señor Wade.

—Le repito que lo que ha presenciado ha sido un malentendido. No era mi intención traspasar los límites con esa mujer en su casa, ni en ninguna otra parte, de hecho —se defendió extendiendo las manos en señal de paz.

—Esa es la menor de sus faltas. —Charlotte se arrepintió de inmediato, no quería que ese hombre supiera que estaba dolida, su ego ya había sufrido bastante.

—Continúe, dígame cuáles son mis faltas, quizás así pueda redimirme, señorita Ridley —la provocó con todo el cinismo que pudo.

—Nos utiliza como si fuésemos los insignificantes peones de una partida de ajedrez. Primero me hizo creer que yo era especial, comenzó a cortejarme de manera insistente y, cuando apareció mi prima, me desechó como si no valiera nada, menos que nada.

—No fue mi intención. Es una cuestión de negocios.

—Para mí no. A pesar de que sabía que su interés en mí se debía a las tierras, me hizo creer que sentía algo por mí, con sus flores, esas notas llenas de sentimiento y su forma de mirarme. Todo era una burda representación teatral.

—No lo era. Fui sincero al dedicarle mis atenciones, pero por imperativo de mi familia me vi obligado a... cambiar el objeto de mi interés.

—Qué romántico —se burló, aunque su cara no reflejaba ni rastro de humor—. Y ahora también está en mi jardín coqueteando con una mujer casada por imperativo de alguien más, ¿verdad?

Edward bufó frustrado y se pasó la mano por el pelo, desordenándolo. De qué valía esforzarse en contarle sus razones si estaba claro que ella estaba completamente cerrada a escucharle.

—Podría habérmelo dicho —susurró Charlotte dándole la espalda y apoyando las manos en la balaustrada, la furia se estaba disipando dando paso al dolor.

Aunque no quisiera reconocerlo, se había ilusionado en cuanto Edward la había sacado a bailar una cuadrilla la noche de su debut. Cómo no hacerlo. Era tan encantador, tan arrebatadoramente guapo, con el poder de hipnotizar a cualquiera con una de sus sonrisas. Y ella era demasiado ingenua para entender que no era más que un titiritero y ella una frágil muñequita a la que manejar. Edward Wade había desplegado toda su artillería para hacer que Charlotte se sintiese flotar en una nube de ardoroso amor, aunque ella estaba tan receptiva a sus encantos que no hubiera hecho falta semejante despliegue para que cayera rendida ante él. Y de repente, Annabelle Ridley resucitó, y ya no hubo más flores, ni sonetos ni sonrisas para Charlotte. Aunque había tratado de entender sus motivos, su alma no era tan generosa para aceptarlo sin más. Había intentado no cargar a su prima con la culpa, ella era tan prisionera de ese pequeño pedazo de tierra como lo había sido ella misma, pero el rencor era como una mala hierba que crecía sin necesidad de ser alimentada con esmero. Al final había acabado acumulando en su interior todo ese resentimiento hacia ellos sin importarle que con ello se hiciese daño a sí misma. Odiaba a Edward Wade y a la vez no podía dejar de desearlo.

Edward observó la figura frágil de Charlotte, abrazándose a sí misma para protegerse del frío con la cabeza inclinada ligeramente, como si fuera un pequeño barco escorado a la deriva, y sintió algo que no estaba a costumbrado a sentir, remordimientos. Ni por un momento se había detenido a pensar que esa chica inocente e inexperta pudiera sufrir por su comportamiento, realmente no le había importado. Daba por sentado que el mercado matrimonial se basaba en eso, en resolver de manera satisfactoria los intereses de una y otra parte. Nadie había hablado de sentimientos. Charlotte había sido una bocanada de aire fresco, no podía negarlo, y había disfrutado fantaseando con el momento de tenerla en su cama. Pero cuando apareció Annabelle, esa chiquilla chispeante pareció desvanecerse en su cabeza y no se molestó en volver a pensar en ella. Annabelle era muy diferente, con más aplomo, una personalidad fuerte y las ideas muy claras. Puede que no fuera tan vivaz como su prima, pero sin duda su personalidad era tan atrayente que acabó fascinándole la idea de hacerla suya. Pero aquí no solo estaba en juego el deseo o cualquier tipo de afinidad con su futura esposa, había mucho más. Aparte de resolver el asunto del transporte de carbón, se trataba fundamentalmente de demostrarle a su padre que era digno, que estaba preparado para cumplir con su deber cuando le tocara heredar el título. La aparición de Cameron en escena solo había hecho que Annabelle se convirtiese en un reto, no permitiría que lo avergonzara ante su padre, demostrándole que no había sido capaz de conquistar a una mujer, cuando todos los vientos remaban a su favor para que así fuera, incluyendo el apoyo de su tutor.

Pero ahora, observando a Charlotte, estaba comprendiendo que quizás debería haber sido más honesto con ella, en lugar de caminar hacia su objetivo sin importarle el sufrimiento que pudiese causar.

Se acercó a ella hasta que el olor a rosas invadió de nuevo sus sentidos y cerró los ojos para disfrutar de la sensación de estar envuelto en un remolino dulce y acogedor. Sin pensar en lo que hacía, la giró con suavidad hasta tenerla de frente. Ella se apresuró a limpiar un par de lágrimas traicioneras, pero tras estas vinieron más. Se maldijo por ser tan frágil e infantil. Solo era un tipo que la había utilizado y desechado después, y debería estar agradecida por haberse librado de semejante cretino antes de que hubiera puesto un anillo en su dedo. No merecía su llanto. Pero toda esa ira que intentaba alimentar se deshizo cuando él sujetó su cara entre las manos y limpió las lágrimas con sus pulgares. Se inclinó hacia ella y la besó despacio, deslizando los labios con dulzura sobre los suyos en un intento de curar todo aquello que la había herido, aunque esto solo haría que la cicatriz se abriese de nuevo, más dolorosa, más cruenta si cabe.

Charlotte no reaccionó al principio, absorta en la sensación cálida del aliento de Edward mezclándose con el suyo; simplemente cerró los ojos hasta que su boca por voluntad propia devolvió cada uno de los movimientos.

Ambos estaban atrapados en aquel beso, sorprendidos por la intensidad de lo que sentían; ella porque nunca la habían besado, él porque llevaba demasiado tiempo regalando sus besos sin sentido. Edward fue el primero en tomar conciencia de que debía detener aquella sinrazón que no los llevaría a ninguna parte. Su respiración estaba demasiado agitada para tratarse de algo tan casto como un beso a una señorita inexperta. Negó con la cabeza, dispuesto a disculparse y marcharse de allí cuanto antes, pero no le dio tiempo a abrir la boca. Charlotte lo empujó con fuerza e, intencionadamente o no, acabó trastabillando hasta tropezar con el borde del estanque y con sus posaderas cayendo dentro del agua. La miró perplejo sin saber cómo reaccionar, pero Charlotte tenía demasiada furia en su interior y aquel beso no había hecho más que prender la mecha de su carácter explosivo. Miró a su alrededor buscando algo que arrojarle, una piedra, unas tijeras de podar... aunque, por suerte para él, lo que encontró más a mano fue su copa de champán.

—Señorita Ridley, no se atreva a...

Pero Charlotte se atrevió y derramó el contenido muy despacio sobre su pulcro peinado. Observó satisfecha cómo el líquido chorreaba por su nariz y su aristocrática barbilla, y continuaba por su camisa blanca y su chaleco gris perla, mientras él continuaba metido en el estanque de cintura para abajo y sus largas piernas colgando por fuera. Consciente de que le había arruinado el resto de la noche, sonrió y se marchó escaleras arriba fingiendo no escuchar las floridas maldiciones que salían de la boca del futuro conde de Amery, que trataba infructuosamente de levantarse sin que sus zapatos tocasen el agua. Realmente resultaba bastante ridículo y él solo esperaba que no apareciese nadie más en aquel concurrido jardín.

—Disfrute de la velada, señor Wade. Disculpe que me marche tan pronto, pero tengo el carné de baile a rebosar —dijo con una dulce y falsa sonrisa desde el último escalón, antes de perderse en el interior de la mansión—. Y tenga cuidado con los peces, creo que hoy no han comido.

Edward maldijo mientras se ponía de pie de un salto con aprensión al imaginar esos bichos rozándole, pensando cómo demonios haría para salir de allí sin ser visto.

23

Como no podía ser de otra manera, esa mañana los ramos de flores se sucedían uno tras otro en la casa de los Ashton. Era curioso, pero ni Annabelle, ni Charlotte, ni siquiera el vizconde, parecían haberse levantado con ganas de hablar, más bien intentaban evitar mirar directamente a los ojos de los demás concentrándose más de lo razonable en sus respectivos desayunos.

El ama de llaves entró con un nuevo ramo para Charlotte, esta vez compuesto de rosas blancas. Ella sonrió y cogió la tarjeta con más ansias de lo normal. Esta vez, a diferencia de los tres anteriores, parecía ser el que estaba esperando, ya que se sonrojó profusamente y guardó la tarjeta con rapidez en el bolsillo de su falda. Su padre levantó la cabeza del plato de arenques que estaba tomando, pero a los pocos segundos volvió a lo suyo sin preguntar nada.

Charlotte lo agradeció profundamente. La nota no venía firmada pero no era necesario. En ella solo venía escritas dos palabras: «Lo siento».

Ningún caballero había actuado de manera inapropiada o descortés con ella, por lo que no era difícil imaginar que las rosas las había enviado Edward Wade.

Esta vez fue el turno de entrar del mayordomo, portando un ramo de lirios blancos que acercó a Annabelle para que cogiese la tarjeta, antes de llevárselo para buscar un jarrón adecuado. Ella no había recibido ningún ramo todavía, cosa que no era de extrañar, ya que apenas había interactuado con ningún invitado más de lo necesario para no resultar descortés. Sabía que las flores eran de Cameron. Al igual que su prima, se sonrojó y se mordió el labio intentando contener una sonrisa. Su nota era bastante más atrevida, y agradecía que su tío no fuese un chismoso metomentodo o hubiera que tenido que dar alguna que otra explicación. «No puedo dejar de pensar en ti, en cada segundo que paso contigo».

Su tío se levantó con una especie de gruñido, no sabía si estaba preparado para que las féminas de su casa despertasen tanta expectación. Puede que el tema de Annabelle estuviese encauzado, pero era consciente de que le tocaría lidiar con un buen número de pretendientes y hacer la correspondiente criba para asegurarle un buen futuro a su hija.

—Me marcho al club, espero que no sigan llegando ramos o tendremos que pedir jarrones prestados a los vecinos —bromeó pellizcando la mejilla de su hija.

El sello de su dedo meñique brilló bajo la luz que entraba por la ventana atrayendo la atención de Annabelle. Todo se detuvo a su alrededor y una nueva y dolorosa imagen acudió a su mente para torturarla. Brendan estaba arrodillado y Bournet y sus hombres saqueaban sus bolsillos, quitándole, además, su reloj y el anillo con el emblema de la familia. El ya familiar zumbido de sus sienes volvió con fuerza y cerró los ojos para no marearse.

—¿Te encuentras bien? ¿Annabelle? —la voz de Charlotte sonó lejana, y solo el contacto de su mano sobre la suya la trajo de nuevo a la realidad.

—Eh... sí. Sí, ha sido solo un mareo. —Sonrió débilmente, pero era evidente que no lo estaba.

Sin previo aviso, sujetó la mano de Joseph y se la acercó para revisar el anillo. Joseph tironeó ligeramente extrañado por su actitud.

—Annabelle, ¿qué ocurre? —preguntó él mirándola con el ceño fruncido, visiblemente incómodo.

—Nada, solo quería ver el anillo de cerca. ¿Es... es el sello de la familia? —preguntó disimulando su azoramiento.

—Sí, es el emblema de los Ashton. —Joseph giró el anillo en su dedo y lo miró perdido en sus pensamientos durante unos segundos—. Todos los miembros de la familia que ostentaron el título heredaron con él el anillo. —Carraspeó incómodo, sin atreverse a mirar a su sobrina a los ojos—. Este es una réplica que encargué, como sabrás el original fue robado cuando... Brendan murió.

Annabelle enmudeció y ni siquiera contestó cuando su tío se despidió antes de salir por la puerta. No sabía qué pensar al respecto, ni tenía datos para saber si su tío Joseph decía la verdad, tampoco tenía datos para afirmar lo contrario. Hasta ahora no había dudado ni por un momento de la integridad de su familia, ni tenía pruebas para asegurar que lo que le ocurrió a su hermano no fuera más un robo que salió mal, pese a lo que había asegurado Callum. Puede que fuera culpa de la discusión que había presenciado la noche anterior, pero su cabeza había sufrido una especie de sacudida y empezaba a enviarle señales de alarma. ¿Quién podría beneficiarse de la muerte de su hermano? ¿O tal vez Brendan tuviera alguna información que pudiera haberle puesto en una situación comprometida? Sin duda, su tío Joseph fue el máximo beneficiario al heredar absolutamente todo lo que pertenecía a su familia, y sin el incómodo inconveniente de tener que cuidar a una niña pequeña y problemática, que para colmo tenía una buena parte de la herencia en usufructo. Pensó hasta qué punto conocía a los que tenía alrededor; siendo honestos, vivía rodeada de desconocidos. Bien podían tener una cara oculta y ella no percatarse. O puede que todo fuese fruto de su mente confundida. Aunque hubiese visto de cerca la maldad humana, no podía creer que Joseph Ridley tuviese agallas para urdir un plan tan macabro. O eso quería pensar. Se levantó sin terminar su desayuno, ni siquiera las flores de Cam podían hacer que el nudo que se había apretado en su estómago se deshiciera. Ojalá que Zach consiguiera pronto algo de información, ojalá pudiera encontrar alguna respuesta que la ayudara a cerrar ese capítulo tan doloroso de su vida.

—Annabelle... —Su prima la detuvo antes de que saliese del comedor—. ¿Vas a casarte con Edward Wade?

Annabelle parpadeó y la miró como si de pronto le hubiese salido un tercer ojo en la frente. Sus pensamientos ahora mismo estaban inmersos en algo mucho más trascendental que eso, aunque la escala de prioridades de Charlotte, criada entre algodones, era radicalmente distinta a la suya.

—Creo que... creo que... no es el tipo de hombre que aparenta ser —continuó un tanto insegura.

—Nadie somos como aparentamos ser —sentenció marchándose y dejando a Charlotte sumida en la confusión.

Bournet terminó de roer el muslo de pollo con calma sin importarle que su chivato más eficiente estuviese de pie frente a su mesa, cambiando el peso de un pie a otro con impaciencia.

—¿Tienes prisa? —preguntó con brusquedad mientras hurgaba con la lengua entre sus dientes.

El tipo se paralizó temiendo respirar por si le molestaba. El hombre de la sonrisa brillante no era lo que se dice paciente, y había gente que había acabado ensartado con uno de sus puñales por mucho menos de eso. Bournet lo miró con desprecio antes de empuñar la botella de vino que tenía delante y apurarla hasta la última gota. Se limpió la boca con el dorso de la mano y solo entonces le hizo un gesto con la cabeza para que se acercara un poco más.

—¿Has descubierto algo sobre esa rata?

El chivato asintió y dio un paso titubeante, retorciendo su gorra entre las manos.

—S... s... sí, señor. Se llama Zach. Es un ratero.

—¿En serio? Y yo que pensaba que era la doncella de la reina. —El hombre esbozó una sonrisa, pero la cara de Bournet no daba lugar a bromas—. Dime que tienes algo más o te despellejaré vivo, maldito idiota.

—V... v... vive con su hermana en una pequeña pensión. Y últimamente lo han visto acompañado por una dama.

—¿Una dama? —preguntó con su interés renovado.

—Una dama, sí. Una de esas mujeres que no se encuentran por estos barrios.

—¿Sabes cómo era? ¿La has visto?

—No, señor. Solo sé que era joven.

—¿Algo más?

El hombre negó con la cabeza y bajó la mirada temiendo que no fuese suficiente.

—Necesito su dirección y los sitios donde suela meterse esa pequeña sanguijuela.

Tras obtener la información que necesitaba, Bournet le hizo una señal con la mano para que se marchara de su vista. Necesitaba pensar. Cuando llegó a sus oídos que un pequeño ratero estaba indagando sobre él, le picó la curiosidad, y no porque estuviese preocupado por ello. Nadie se metía con el hombre de la sonrisa brillante, y nadie que supiera lo que le convenía hacía preguntas indiscretas. Cuanto más descubría, más extraño resultaba todo. Un maleante acompañado por una señora no era algo demasiado habitual. Había oído hablar de una dama que estaba metiendo sus aristocráticas narices en los asuntos ajenos y había creado una especie de albergue para cobijar a las jóvenes descarriadas que pretendían volver al redil. Aunque una vez que la ponzoña de aquel mundo se te metía dentro no salía jamás, puede que ellas todavía no lo supieran y se dejasen encandilar por una casa cómoda con cortinas elegantes, pero él sí. Tarde o temprano la oscuridad de la que habían emergido las llamaría como si de un hechizo se tratase, instándolas a volver. Y él las acogería encantado después de darles un pequeño escarmiento, eso sí. Puede que fuese esa la dama que acompañaba a Zach, aunque por lo que sabía no era tan joven. La otra posibilidad era un poco más desconcertante, y solo había llegado a ella por un extraño presentimiento. Necesitaba datos, y la única persona que se los podía dar era aquel pequeño ratero.

24

Cynthia desclavó la madera del suelo para acceder al hueco donde guardaba con celo sus pequeños tesoros, y sacó el pañuelo en el que estaban envueltas las pocas monedas que poseía. Llevaba semanas ayudando a Jean, su casera, en el pequeño negocio con el que se sacaba unos peniques extras, fabricando velas que luego vendía. Contó las ganancias con una sonrisa, pensando lo sorprendido que estaría su hermano Zach si se enterase, él que se empeñaba en protegerla tanto. Puede que después de esto consiguiera que se relajase un poco y no la tratase constantemente como si se fuese a romper en cualquier momento. Al fin tenía suficiente para comprarle a Zach un regalo para su cumpleaños que sería la semana siguiente, pero estaba tan impaciente que no podía esperar ni un minuto más. En cuanto su hermano se marchó, ella se asomó pacientemente a la ventana hasta verlo desaparecer detrás de una esquina. Esperó varios minutos antes de abrigarse con su echarpe de lana y abandonar la seguridad asfixiante de su habitación. Esperaba poder encontrar la tienda de la que Zach llevaba hablándole varios meses, una en cuyo escaparate se exponía una navaja multiusos con empuñadura de nácar con la que el chico soñaba. Pero Zachary era demasiado responsable para gastar su dinero en caprichos. Lo primero era velar por la salud de ella y procurarse un techo y comida para ambos.

Una desagradable sensación de vértigo la desestabilizó ligeramente cuando sus botines pisaron el suelo húmedo de la calle por primera vez en meses. Zach no le permitía que saliese sola, aquella zona de la ciudad no era lo que se dice segura. Además, durante los últimos meses ni siquiera había podido pasear con él aprovechando los pocos días de buen tiempo, ya que el invierno había sido muy duro y su estado de salud se había resentido hasta bien entrada la primavera. La tarde avanzaba a toda velocidad y aún no habían encendido las pocas farolas que alumbraban precariamente las calles de su barrio. Escuchó unos pasos fuertes tras ella y un hombre comenzó a caminar a su lado sin molestarse en echarle ni un vistazo. Miró a su alrededor, pero parecía que el mundo hubiera sufrido un cataclismo y el resto de los seres humanos hubiesen desaparecido. Frenó sus pasos con la intención de que aquel tipo malencarado siguiese su camino, pero, al hacerlo, chocó con una persona que la seguía muy de cerca. Se vio acorralada e indefensa, intentó gritar, y en ese momento una mano ruda colocó una tela sobre su boca y su nariz. El olor dulzón invadió sus fosas nasales, su lengua se adormeció y sus músculos perdieron la fuerza hasta que se desplomó y todo a su alrededor se volvió negro.

El instinto de Zach lanzaba constantes señales de alarma a su cerebro y sentía que su piel se ponía de gallina igual que a un gato al que se le eriza el pelaje ante el peligro inminente. Notaba el ambiente enrarecido, más miradas suspicaces de lo habitual y hasta había tenido la impresión de que un par de tipos habían abandonado su posición en la puerta de una taberna para seguirle al verlo pasar. Lo más sensato sería volver a casa, aunque esta noche lo haría con los bolsillos vacíos y sin haber conseguido nueva información, y lo hizo dando un enorme rodeo para asegurarse de que sus sospechas eran infundadas. Al llegar a la casa, le extrañó que la casera no abriera la puerta de sus habitaciones para asomar la cabeza, un poco para cotillear y otro poco para comprobar que había llegado sano y salvo. Subió las escaleras muy despacio intentando no hacer ruido mirando hacia atrás de cada paso. No se escuchaba ni un solo sonido en el pasillo del piso de arriba donde se situaba su cuarto. Ni risas, ni muebles moverse, ni una discusión, ni la armónica que uno de los inquilinos solía tocar de manera melancólica durante la mayor parte del día y de la noche.

Su corazón dejó de latir al llegar a la puerta de su habitación, y ver que no estaba cerrada y que en el interior reinaba la oscuridad. Todas sus terminaciones nerviosas le gritaban que echase a correr y saliese de allí cuanto antes, pero había una poderosa razón para no hacerlo: Cynthia.

Empujó la puerta con cautela y pronunció el nombre de su hermana con cuidado, como si tuviera el mismo miedo de recibir una respuesta que de escuchar el silencio que lo envolvía todo. Avanzó un paso, dos y, cuando se dio cuenta de que había alguien más en la habitación, un golpe seco en su nuca lo dejó inconsciente y hecho un guiñapo en el suelo.

—¿Estás seguro de que esta es la chica que has pedido? —preguntó uno de los esbirros de Bournet tras encerrar a Cynthia en una de las habitaciones—. Puede que el zoquete que envié a buscarla se haya equivocado.

—Es ella —contestó secamente mientras jugueteaba con uno de sus puñales, repantingado en una silla.

—No sé... No se ve muy saludable. Está escuálida y no tiene color en la cara. En cuanto vea una verga seguro que se desmaya. Y quién pagaría por follarse a algo que no se mueve.

—Te sorprenderías las cosas que han llegado a pedirme. De todas formas, esto es solo un pedazo de queso maloliente, que me ayudará a atraer a una rata astuta, que a su vez me llevará hasta la gata que estoy buscando.

El hombre lo miró confundido, pero prefirió no preguntar. A los pocos minutos un alboroto les llegó desde la puerta y ambos se pusieron de pie para ver qué estaba ocurriendo. La puerta se abrió de golpe y dos de los hombres de Bournet aparecieron forcejeando con Zachary, que se retorcía y se defendía con uñas y dientes para librarse de su agarre. Uno de los hombres consiguió asestarle un puñetazo que lo lanzó al suelo y después se marcharon por donde habían venido. El muchacho sacudió la cabeza para deshacerse de su aturdimiento y tanteó sus dientes con la lengua para ver si había perdido alguno. Por suerte seguían allí, pero, si volvían a golpearle con tanta fuerza, no podía asegurar que no perdiera alguno. Escupió al suelo al notar el sabor metálico de la sangre y solo entonces se atrevió a levantar la cabeza para ver el rostro del dueño de las mugrientas botas que habían entrado en su campo de visión.

El pánico se apoderó de él cuando reconoció sin ningún género de dudas la mirada desdeñosa y cruel de aquel hombre y su sonrisa metálica y brillante capaz de congelar el corazón de cualquiera. Intentó ponerse de pie, pero Bournet aplastó su mano con el tacón de su bota haciéndole gruñir de dolor.

—¿Nos conocemos? —inquirió Bournet. La cara de pillo del muchacho le resultaba familiar, pero al fin y al cabo todos aquellos críos eran iguales, con ese brillo desesperanzado en la mirada, las caras mugrientas y el pelo grasiento pegado a la frente. Podía ser cualquiera. El chico se negó a contestar y él apretó un poco más la presión de su bota.

Zachary se esforzó para no echarse a llorar, pero el dolor comenzaba a ser insoportable. Suspiró cuando al fin levantó el pie y dejó su mano libre, pero no se atrevió a moverse.

—Creo que nos hemos visto antes, pero no debes de ser nadie importante, ya que no te recuerdo. —Bournet se agachó para mirarlo a la cara más de cerca—. Lo único que quiero saber es por qué andas por ahí haciendo preguntas sobre mí. Está muy feo andar fisgando en los asuntos ajenos, sobre todo en los míos.

Zachary bajó la mirada fingiendo humildad, aunque su sumisión era puro instinto de supervivencia. Eran dos contra uno, le triplicaban en fuerza, estaba en su territorio, y también eran más malvados que él sin duda. El bofetón llegó de manera tan inesperada que no pudo preparase para el impacto, ni para el dolor, que le provocó un molesto zumbido en el oído. Bournet le tiró del pelo para obligarle a mirarlo y Zachary se estremeció a su pesar. Ese hombre resultaba aterrador, sus ojos transmitían tanta maldad que era imposible mantenerse indemne ante ellos.

—Buscaba... trabajo.

Bournet se incorporó con una carcajada soez y Zachary continuó como estaba, inclinado ante él, como si fuese un súbdito rindiendo pleitesía a pesar de que lo único que ese zafio le provocaba era deseos de escupirle.

—Puedes empezar por limpiar mis botas.

Zach alargó su brazo con cuidado de no hacer ningún movimiento brusco para limpiar su calzado con la manga de su abrigo, pero la voz desagradable de Bournet lo detuvo.

—Con la lengua.

Elevó la vista hacia él para saber si estaba hablando en serio o solo lo provocaba, pero, si tenía que hacerlo, lo haría, por humillante o asqueroso que resultase. Estaba a punto de acercar su cara a la bota cuando Bournet le propinó una dolorosa patada en el hombro haciendo que se encogiese.

—¿Pero qué clase de escoria estamos criando en nuestras calles? —vociferó Bournet mientras comenzaba a pasear por la habitación—. Si a mí alguien me hubiera pedido eso, me habría lanzado a su cuello para desgarrarlo con mis propios dientes.

Sonrió y señaló su dentadura de oro para reafirmarse. Zachary también deseaba hacerlo, pero la vida le había enseñado a base de golpes que la bravuconería cuando se estaba en desventaja solo servía para recibir más puñetazos y más fuertes.

—Dime, ¿por qué preguntas por mí? No me gusta que me hagan perder el tiempo y tampoco me gusta que se metan en mis cosas.

—Ya se lo he dicho. Me dijeron que de vez en cuando hace algunos encargos, y que paga bien. Eso es todo —respondió con un hilo de voz.

—A ver, chaval. No sé si no me he explicado bien. No me toques los huevos o esto puede acabar de manera muy desagradable para ti.

El hombre que acompañaba a Bournet se acercó y le propinó una patada en el costado que lo dejó sin respiración durante lo que se le antojó una eternidad. No le hizo falta levantar la cabeza para deducir por los sonidos y los movimientos de Bournet, que se estaba quitando el cinturón. Había experimentado eso cientos de veces cuando el borracho de su padre aún vivía y sabía lo que vendría después.

—Tráela. —ordenó Bournet.

Zach intentó incorporarse con el pánico retorciéndole las entrañas. Desde que lo habían cogido, se había esforzado en pensar que quizás Cynthia hubiese tenido tiempo de esconderse, y ahora estaría a salvo, probablemente a cargo de su casera.

El hombre de Bournet se perdió por un pasillo estrecho y volvió a los pocos segundos arrastrando a Cynthia, que hacía un enorme esfuerzo por mantenerse en pie. El tipo la instó a ponerse de rodillas frente a Zach, pero lo bastante lejos para que no pudieran tocarse.

—¿Te he refrescado la memoria? —Zach no pudo contener un sollozo, no podía permitir que le hicieran daño a su hermana. Ella no lo resistiría y, sin embargo, parecía más entera que él—. Solo estaba buscando trabajo.

El primer correazo fue tan rápido como inesperado, y el lamento de dolor de Cynthia se mezcló con el grito horrorizado de Zach.

—Déjela. Ella no sabe nada, apenas sale de casa. Por favor, le ruego clemencia —pidió sin importarle que el tipo luciera una sonrisa que mostraba a las claras que estaba disfrutando con aquello.

—Hay una mujer que te acompaña por ahí.

Antes de que el muchacho pudiera contestar el cinturón de Bournet volvió a restallar en el aire, descargándose sobre la espalda de Cynthia haciéndola caer hacia delante.

Bournet maldijo en silencio al ver la fragilidad de aquella cría; si el chico no confesaba pronto, ella moriría antes de obtener la información.

—Le diré lo que quiera, pero déjela.

—Habla. ¿Es ella la que quiere saber de mí? —Zach asintió conteniendo las ganas de socorrer a su hermana, pero sabía que si intentaba levantarse sería peor para los dos—. ¿Es esa dama que rescata putas y las convierte en señoritas? —preguntó son sorna.

Zach lo miró confundido unos instantes.

—N... no. Es... ella es... la señorita Ridley.

El nombre reverberó dentro de Bournet, removiendo sus recuerdos, que no su conciencia, ya que carecía de ella, confirmándole que el presentimiento que le había azuzado se materializaba en sus narices. En cuanto llegó a sus oídos que la cría que él había dado por fallecida había vuelto de entre los muertos le había mandado un mensaje a Fly con uno de sus hombres para advertirle de que no caería solo. Él lo había tranquilizado con la táctica que siempre usaba para calmar los ánimos, dándole una bolsita repleta de monedas. Pero esta vez una limosna no era suficiente. Podía salir indemne si lo acusaban de matar a cualquier ratero, cuya vida no le importaba a nadie, endosándole el muerto a alguien a cambio de mantener a su familia durante un tiempo. Pero matar a un noble era diferente. Habían pasado diez años y ya se creía a salvo de aquel turbio asunto, pero con la aparición de la hermana el problema volvía a resurgir. Fly lo tranquilizó asegurándole que la muchacha no recordaba nada, y que él se encargaría de controlar a la Policía. Pero parecía que Fly no tenía todo tan atado como le gustaba aparentar.

—¿Y qué quiere esa tal señorita Ridley de mí?

—No lo sé...

El cinturón volvió a elevarse sobre la cabeza de Cynthia y, aunque Zach gritó para detenerlo, no pudo evitar que cayera sobre su espalda. Su gemido fue desgarrador, pero enterró la cabeza entre sus brazos para que su hermano no viera sus lágrimas.

—Está bien, está bien —sollozó Zach enterrando las manos en su pelo con frustración—. Me contrató para averiguar el paradero del asesino de su hermano. Está buscando respuestas. Sabe quién eres y no parará hasta encontrarte —masculló con los dientes apretados por la rabia.

—Puede que yo la encuentre antes. ¿Cómo te llamas?

—Zachary.

—Zachary. Es cierto, lo había olvidado. Y eso es porque eres insignificante. Voy a decirte algo, Zachary. —Bournet se puso en cuclillas y lo sujetó con fuerza del pelo para obligarlo a mirarle a los ojos. Sonrió y sus dientes de oro brillaron a la luz de la lámpara de aceite que alumbraba la habitación—. A veces no basta con ser rápido, siempre hay alguien más rápido que tú. Ni con ser fuerte, porque siempre hay alguien más fuerte que tú. Lo importante es ser listo, y tú no lo eres. De lo contrario no hubieses arriesgado tu pellejo solo para complacer a una descerebrada que lo único que va a conseguir metiendo las narices en mis asuntos es acabar en el fondo del río.

Bournet se incorporó y emitió un silbido corto y agudo, y los dos hombres que habían traído a Zach y que esperaban afuera, entraron inmediatamente al cuartucho maloliente.

—Encargaos de él —ordenó.

—¿Qué hacemos con ella? —preguntó el hombre que permanecía con él en la habitación.

—Déjala aquí. Puede que podamos sacar algún provecho de ella.

Zach gritó y pataleó mientras lo arrastraban hacia el exterior, pero un puñetazo en el estómago lo dejó sin aliento. No tuvo tiempo de recuperarse, ya que a ese golpe le sucedieron muchos más.

Varias cabezas se levantaron de sus vasos mugrientos al ver entrar a un caballero, que a pesar de su vestimenta discreta desentonaba de manera tan evidente en aquel antro del puerto. Se dirigió hacia la mesa donde se encontraba Bournet esperándolo con la sonrisa socarrona de siempre, en la mesa más a la vista del local.

—¿No había ningún sitio más discreto que este, maldición? —se quejó el recién llegado mirando con disimulo a su alrededor.

—¿Tienes algo que ocultar, Fly? Siempre quejas y más quejas. No cambiarás nunca, amigo —se burló jugando con el vaso que tenía en la mano.

El caballero lo observó unos instantes, hacía muchos años que se conocían, y sin duda el tiempo había pasado para todos, pero con él no había sido demasiado benevolente. Puede que luciera aún su sonrisa de oro, pero había perdido brillo. Su nariz estaba enrojecida, surcada por docenas de venitas rojas y su cara se veía demacrada, haciendo que las marcas de viruela se acentuaran.

—No somos amigos. Dime qué quieres.

Fly esperó que la razón para encontrarse fuese la misma de siempre, sacarle un puñado de dinero para que las aguas se apaciguarían, pero esta vez, con Annabelle en escena, puede que el asunto no fuera tan fácil de resolver.

—A ver, Fly.

—Deja de llamarme así.

—¿Prefieres que use tu verdadero nombre? Qué osado te has vuelto con la edad. —Bournet soltó una carcajada que fue ahogada por un fuerte golpe de tos. Dio un largo trago a su bebida para aclararse la garganta antes de continuar—. Siempre he pensado que ese apodo te encaja a la perfección. Eres como una mosca, una de esas que se posa sobre la carroña que otros dejan. No te manchas las manos, eres demasiado vago para eso, pero no le haces ascos a la porquería si eso te aporta beneficio, Fly. —Se rio de su propia broma a pesar de la cara de malas pulgas del hombre—. Pero vamos a lo importante. Me he sorprendido mucho al enterarme de que tu mocosa ha... «resucitado». Aunque ya será toda una mujer y, si se parece a su madre, será una de las buenas, ¿eh?

Volvió a reír al ver la cara sombría del caballero.

—Está todo controlado. La chica no recuerda nada.

Bournet se inclinó hacia delante para mirarlo más de cerca.

—Y entonces, ¿por qué diablos se pasea por barrios poco recomendables en compañía de un ratero de mala muerte metiendo las narices donde no la llaman? Está haciendo muchas preguntas, Fly. Y si sigue así, va a encontrar las respuestas, y no sé si le van a gustar.

El caballero se enjugó el sudor de la frente con un pañuelo.

—No debes preocuparte. Pronto va a contraer nupcias y es probable que se marche de Londres. Estará demasiado ocupada criando sus propios hijos para preocuparse de buscar una aguja en un pajar. —El hombre sonrió, aunque el gesto no fue demasiado convincente.

—Más le vale. No tengo interés en jugarme el pescuezo liquidando a una chica de una familia noble, pero no me gusta dejar cabos sueltos, ya lo sabes. Esa niña fue un maldito cabo suelto y no estoy seguro si podré esperar a que tú lo resuelvas. Y otra cosa, Fly. Si yo caigo, tú caes.

Fly abandonó el sucio local sin mirar atrás. Sabía que la aparición de Annabelle podía tener consecuencias, pero no esperaba que fuese tan insensata para meterse en la boca del lobo. Ella misma estaba colocando su cabeza en la picota y no estaba seguro de querer ser testigo del desastre que se avecinaba.

25

Los hombres de Bournet arrojaron el cuerpo inmóvil de Zach sobre el fango, no muy lejos del almacén donde lo habían retenido. El chico pesaba demasiado para acarrearlo y darle la paliza ya había sido bastante agotador. Además, no importaba dónde apareciera, a nadie le importaba un ratero muerto, ni una ramera muerta; en general los muertos pobres no arrancaban ni una gota de misericordia.

Uno de ellos movió el cuerpo con la puntera de la bota.

—¿Crees que está muerto?

—¿Importa? Si no lo está, las gaviotas se encargarán de él en cuanto amanezca, si no lo han hecho las ratas primero.

—Este trabajo es una mierda. Solo es un puto crío —se quejó alejándose del bulto informe que el cuerpo de Zach conformaba sobre la inmundicia que arrastraba el río.

—Los putos críos crecen y se convierten en unos putos cabrones que nos dan muchos problemas —se justificó pasándole la petaca a su compañero. Bournet no había especificado si quería que el muchacho muriese o no, y después de haberle dado una buena tunda, habían decidido que como lección era suficiente. En estos casos el apalizado solía desaparecer sin dejar rastro si sabía lo que le convenía. Recordar a su propio hijo, que tendría aproximadamente su misma edad, había hecho que no usara ninguna «herramienta» que le ayudara a causar daños irreversibles y que no empleara al máximo su fuerza con cada golpe. Aun así, el muchacho estaba herido y solo la suerte decantaría la balanza a uno u otro lado; solo su propia fuerza marcaría si cruzaba o no la línea que separaba la vida de la muerte.

Cynthia abrió los ojos cuando el tipo que la había arrastrado de vuelta a aquel cuartucho tan pequeño como un armario y tan inmundo como una letrina la dejó caer contra el suelo sin miramientos. Había temido que intentaran abusar de ella, habían oído tantas historias macabras y por desgracia reales a lo largo de su vida que aquel miedo siempre estaba presente. Pero, gracias a Dios, su aspecto frágil y enfermizo no debió de haber despertado ningún instinto en aquellos monstruos. Se encogió sobre sí misma al oír la llave girar en la cerradura y permaneció allí sin moverse durante lo que le pareció una eternidad. Estuvo tanto rato inmóvil que dudaba si había estado despierta todo el tiempo o si habría llegado a dormirse por culpa del agotamiento. Se sentía impotente, y lo único que podía hacer era rezar para que su hermano estuviera bien. Zach siempre le había advertido que en situaciones complicadas lo mejor era intentar no empeorar las cosas, olvidar el orgullo y pensar fríamente. Y eso había intentado hacer. En aquel espacio estrecho y oscuro solo escuchaba el latido de su propio corazón, el viento que ululaba al filtrarse por las maderas de la ventana, y algún crujido de vez en cuando. Hacía rato que no se escuchaba nada ahí afuera y la luz que se filtraba por las rendijas de la puerta cada vez era más débil.

Se levantó con una mueca de dolor al sentir el escozor de los correazos recibidos como si una docena de cristales estuviesen clavándose sobre su piel. Pero no se quejó ni hizo el más mínimo ruido. Se acercó hasta la puerta y con el máximo sigilo primero pegó el oído a la madera intentando captar cualquier sonido. Nada. Se agachó ignorando la tirantez de las heridas y se asomó temerosa de lo que pudiera encontrar. Tampoco había nada, solo podía ver una mesa desvencijada y un pequeño cabo de vela que estaba a punto de expirar. Se apresuró a quitarse las horquillas del pelo y comenzó a girarlas dentro del ojo de la cerradura. Aunque Zach no pretendía que ella se dedicase a los mismos asuntos turbios que él, sí que le había enseñado todo lo necesario para sobrevivir. De nada le valdría vivir protegida entre algodones si llegaba un momento crítico. Cynthia era una buena aprendiz, capaz de vaciar los bolsillos de cualquiera en lo que dura un parpadeo, distinguir con solo un vistazo una joya de calidad de una vulgar invitación, y también abrir una cerradura con un alambre o una horquilla. Hacía tiempo que no practicaba y nunca lo había hecho en condiciones tan dramáticas, y casi lloró de alivio al escuchar el chasquido metálico que indicaba que lo había conseguido.

Abrió la puerta muy despacio y echó un vistazo a las sombras para asegurarse de que no había nadie más allí, tampoco Zach. Comenzó a avanzar hacia la salida temiendo que la vela, que comenzaba a pulular sumergiéndose en la cera derretida, se apagase antes de llegar a la puerta. Cuando salió al exterior, una mezcla de olores la sobrecogió revolviéndole el estómago: el hedor del pescado podrido, del fango que se acumulaba en los flancos del río mezclándose con el aire demasiado frío de la noche. Frente a ella se extendía una masa de agua oscura y oscilante, que apenas se distinguía en una noche sin estrellas. Al otro lado del Támesis las luces distantes titilaban como si fuesen luciérnagas y pensó lo bueno que hubiera podido ser nacer en aquella parte de la ciudad, en una casa con chimenea, con una madre atenta y una despensa llena. Miró a su alrededor con la vista acostumbrada a la negrura y solo vio recortados contra el cielo nocturno los edificios que la rodeaban, almacenes abandonados y medio derruidos la mayoría. Había oído que allí, entre las ruinas y la suciedad malvivían los mendigos más pobres, aquellos a los que no les molestaba hurgar entre la podredumbre para buscarse la vida, y por experiencia sabía que no había nadie más peligroso que quien no tenía nada que perder. Se tapó la boca para ahogar sus sollozos que le parecían ensordecedores en medio de aquel absorbente silencio, y comenzó a avanzar con pasos cortos para evitar tropezar. Sus pies se colaron en los charcos, pero no se permitió flaquear. Su vista estaba nublada por las lágrimas, pero de todas formas no veía nada delante de ella. No tenía conciencia de qué hora era ni de cuánto había avanzado, cuando un leve sonido se escuchó a los lejos y se detuvo paralizada por el miedo. Volvió a escucharlo y sintió un escalofrío recorrer su columna. Abrió los ojos cuanto pudo mirando a su alrededor intentando descubrir el origen de aquel sonido, quizás solo fuese un gato o el viento filtrándose entre las escasas embarcaciones que habían abandonado en las orillas. Esta vez el lamento fue más nítido. El miedo la instaba a echar a correr, a pesar de que no veía por donde pisaba ni sabía dónde se encontraba, pero el instinto, mucho más poderoso, la hizo agudizar el oído. Extendió las manos hacia adelante y cambió el rumbo de sus pasos hasta que un bulto en el suelo llamó su atención. No podía ser, no podía ser. El sonido se repitió y estuvo segura de que se trataba de una persona. Llevada por la intuición avanzó hasta que sus pies casi tropezaron con el cuerpo que yacía inmóvil en el suelo. Se agachó y palpó la ropa helada y húmeda por la niebla que ascendía desde el río y entonces reconoció la voz queda de Zach pronunciando su nombre, aunque apenas le quedaban fuerzas para respirar.

—Zach, ¿qué te han hecho? Dios mío, ¿qué te han hecho? —Palpó su cuerpo intentando cerciorarse de la gravedad de su estado, pero en aquella oscuridad era imposible.

Él intentó hablar, pero ella le instó a guardar silencio para que no malgastase las pocas fuerzas que le quedaban. Lo acunó contra su cuerpo al notar que temblaba aterido de frío, y lo tapó con su propio abrigo. Ella también estaba helada y el dolor le cortaba la respiración con cada movimiento, pero esta vez le tocaba ser la fuerte. No podía hacer nada hasta que las primeras luces iluminaran el cielo y tampoco podía cargar con él. Solo le quedaba rezar para que cuando el día despertara no fuera demasiado tarde para ellos.

El amanecer llegó más perezoso de lo habitual, y los jirones de niebla parecían enredarse entre sí, negándose a abandonar del todo la superficie lisa del río. Cynthia abrió los ojos y se sobresaltó al darse cuenta de que el agotamiento había acabado venciéndola. Acercó la mano a la cara de su hermano, acurrucado a su lado, y comprobó que estaba helado. Con desesperación tocó su pecho y sollozó de alivio al sentir que su corazón seguía latiendo. La luz mortecina del amanecer comenzó a delimitar los contornos de lo que les rodeaba. El lugar no era demasiado distinto de lo que ella había imaginado. Todo parecía teñido por una capa grisácea que el tiempo había ido depositando sin piedad. Las gaviotas comenzaban a revolotear con sus desagradables graznidos buscando algo de alimento entre el fango y las redes que se acumulaban abandonadas en la orilla, y Cynthia estuvo segura de que las ratas no tardarían en aparecer también. Tenía que sacar a Zach de allí, pero apenas tenía fuerzas para andar por sí misma, mucho menos para cargar con él. La humedad y el frío habían oprimido sus pulmones y, cada vez que trataba de inhalar con fuerza, un dolor sordo le apretaba el pecho. Movió a Zach con suavidad para despertarlo. Él abrió los ojos e intentó sonreír para tranquilizarla, pero su cara estaba tan hinchada por los golpes que el gesto se perdió entre las magulladuras y la sangre seca.

—Zach, ¿crees que puedes moverte? Tenemos que salir de aquí —susurró su hermana, aunque no hubiera nadie a la vista.

Él intentó contestarle, pero su garganta dolorida solo emitió un sonido ronco. Sentía la boca reseca y, al pasar la lengua por los labios, comprobó que los tenía agrietados. Se sentía como un deshecho humano, inútil y sin fuerzas, y hasta respirar le suponía un esfuerzo terrible. Intentó enumerarle a su hermana con el menor dramatismo posible y a base de gestos para no forzar la garganta cómo se encontraba. Aparte del dolor que se extendía sin piedad por cada músculo de su cuerpo, parecía que toda su sangre se había concentrado en su pie derecho, latiendo de manera insoportable.

Cynthia se giró al captar un movimiento a su espalda. Un pequeño de unos cinco o seis años la observaba en silencio. Ella se llevó el dedo índice a los labios temblorosos rogándole que no la delatara, pero el chico, tras observarlos con curiosidad unos segundos, se marchó corriendo.

Completamente desolada, se inclinó sobre Zachary sintiéndose inútil sin poder contener las lágrimas. Si ese niño avisaba a alguien, estarían completamente expuestos, sin fuerzas ni medios para defenderse. Levantó la cabeza al sentir un suave toque sobre su hombro. Se encontró con los ojos azules del niño, que resaltaban todavía más en su rostro ennegrecido por la suciedad. El pequeño le ofreció una jarra llena de agua, e inmediatamente intentó incorporar a su hermano para ayudarle a beber. Acarició el pelo del pequeño, que se mantenía impasible a su lado y él la miró extrañado. Por lo visto no estaba demasiado acostumbrado a los gestos de cariño. Cynthia dio un pequeño trago a la jarra y se la devolvió al niño, que se giró para marcharse.

—Espera, por favor. —Él se detuvo para observarla de nuevo. Necesitaba salir de allí, y por la hinchazón que Zach mostraba en el tobillo y su debilidad, parecía imposible que lo hicieran por sus propios medios. Tenía que buscar ayuda. Recordó a la señorita

Ridley, esa de la que Zach tanto hablaba alabando su bondad y su buen corazón. No tenía muchas más opciones en realidad—. Ven, no te vayas. ¿Cómo te llamas?

El chico no contestó. Se limitó a llevarse la mano a los labios, probablemente no pudiese hablar.

—Yo me llamo Cynthia y él se llama Zach. Verás, Zach está enfermo y necesito ir a buscar ayuda para él. ¿Lo entiendes?

El niño asintió y Cynthia se permitió sentir un poco de alivio. Entonces recordó a dónde se dirigía cuando esos hombres la apresaron y rebuscó frenética en su bolsillo temiendo que le hubieran robado o se hubiese perdido. Suspiró al encontrar el pañuelo anudado que contenía las monedas, y lo abrió para contar por enésima vez lo poco que había conseguido ahorrar. Se guardó en el bolsillo de la falda lo necesario para pagar un carruaje hasta la zona donde vivía la señorita Ridley, era impensable hacer todo ese trayecto a pie, y alargó el pañuelo hacia el niño para mostrarle su contenido.

—Voy a encargarte un trabajo, ¿de acuerdo? Necesito que hagas algo por mí y por Zach. —Sonrió débilmente intentando ganarse su confianza—. ¿Podrías cuidar de él mientras busco ayuda? Volveré lo más rápido que pueda. Solo será un ratito.

Cynthia asintió rogando para que el niño no notara su desesperación y su inseguridad, no quería asustarlo y, aunque sabía que no podría hacer nada para ayudarlo, al menos pensar que Zachary no estaría solo y que alguien le ofrecería un poco de agua la tranquilizaba. No obtuvo ninguna respuesta, pero él se sentó al lado de Zach, como un silencioso vigía. Cynthia observó lo que le rodeaba. A pocos metros de donde estaban habían abandonado un bote que la humedad y el olvido se habían encargado de desgastar y unas cuantas redes inservibles por la exposición al sol y los elementos. Con mucho esfuerzo y la ayuda de su improvisado ángel de la guarda levantó a Zach para cobijarlo tras él, al menos no se encontraría tan desamparado si esos hombres volvían.

Tras darle un abrazo a su hermano y apretar las manos del niño en señal de agradecimiento, emprendió el camino ignorando el dolor de su propio cuerpo; ya habría tiempo para quejarse después.

Cada vez que Annabelle era convocada al despacho de su tío, acudía con todo en su cuerpo en tensión como una niña pequeña que hubiese sido pillada en una travesura y estuviese avocada a recibir su castigo. Su sorpresa fue mayúscula cuando entró y no solo encontró allí a Joseph, sino también a Michael Brooks, y lo más sorprendente era que entre ellos parecía reinar la cordialidad a pesar de la acalorada discusión de la que ella había sido testigo unas noches antes.

—Annabelle, toma asiento por favor —le pidió su tío, que permanecía sentado en su enorme sillón, mientras Brooks se mantenía de pie, situado junto a la chimenea. No le culpaba, la mañana había amanecido bastante fría.

—Te hemos mandado llamar porque queremos tratar ciertos asuntos. Hemos llegado a la conclusión de que tienes que encauzar tu comportamiento —puntualizó Michael.

Era extraño que ambos caballeros estuviesen de acuerdo en algo, y tuvo la desagradable sensación de que habían planeado como afrontar la conversación punto por punto.

—Como ya sabes, no me parece razonable que deambules con ese chiquillo malcarado por ahí, sea cual sea la razón o la labor que desempeñe. Si quieres un ayudante, contrata una dama de compañía, es lo más decoroso. No es correcto que entres y salgas sola y voy a vigilar muy de cerca tus actividades de ahora en adelante. —Después de su anuncio, Joseph Ridley se reclinó en su asiento y cruzó las manos sobre su abultado vientre, dándole la palabra a Brooks con un leve asentimiento de cabeza.

—Entendemos que has vivido muchos cambios drásticos en muy poco tiempo. Por eso pensamos que lo mejor para ti es que consigas la estabilidad que tanto necesitas.

Annabelle miró a los dos hombres alternativamente sin entender a qué demonios venía ese sermón y dónde desembocaría, pero la sensación de que las cosas estaban a punto de escapar de su control estaba empezando a abrumarla.

—Agradezco vuestra preocupación, pero no hay motivo para ello. No soy una niña, tengo veinte años y soy perfectamente capaz de encauzar mi vida. Si necesito ayuda, os la pediré, podéis estar tranquilos. —Annabelle sonrió, una mueca tensa y poco convincente y se puso de pie para abandonar el ambiente asfixiante de aquella habitación.

—No hemos terminado —la voz cortante de Joseph la detuvo en seco.

—Annabelle, precisamente porque ya tienes veinte años es más necesario que nos escuches. Tu tío y yo estamos de acuerdo en que lo mejor es aceptar la oferta del señor Wade. Todos sabemos que es un hombre honesto, bien posicionado y que heredará un título de renombre más pronto que tarde. Sin contar con que su posición económica es envidiable. Eso te ayudará a centrarte, a comenzar una nueva vida y...

—No puedo empezar una nueva vida cuando ni siquiera tengo claros los recuerdos de mi antigua vida —replicó, harta de que hablaran sin darle opción a contestar.

—De eso se trata, Anna. Debes cerrar ese capítulo tan doloroso que no te va a aportar nada. La única opción es mirar al futuro de la mano de un hombre que te guíe —continuó Joseph.

Annabelle enarcó las cejas y miró a los dos hombres, ambos estaban tensos, aunque puede que solo fuera porque, a pesar de la manifiesta hostilidad que había entre ellos, habían tenido que ponerse a negociar para afrontar un fin común que no era otro que alejarla de allí. Pero ¿por qué?

—¿Por qué tengo la sensación de que lo único que pretendéis es que me vaya de aquí? Parece que quisierais delegar mi cuidado en Edward Wade cuanto antes, y no logro entender cuál es la razón.

—Tu actitud no es adecuada, sobrina. Una dama no solo debe serlo, también debe parecerlo. ¿Cuánto tiempo crees que tardará en llegar a oídos de las chismosas de la alta sociedad que pasas el día con un ratero recorriendo las calles del East End? No importa que lo hagas para realizar obras de caridad, si es que es eso lo que haces; te despellejarán cuando se enteren y entonces te será imposible encontrar un esposo decente. Y no solo te crucificarán a ti. El escándalo nos salpicará a todos y te recuerdo que tu prima Charlotte también está en el mercado matrimonial. Sería muy egoísta por tu parte que eludieras tu responsabilidad hacia la familia. Además de que no hay ninguna razón lógica para rechazar la petición de ese hombre, maldición.

Annabelle bufó sabiendo que, dijera lo que dijera, solo contribuiría a empeorar las cosas. El maldito matrimonio parecía ser la única preocupación para una joven soltera, y si su vida hubiese sido normal puede que también lo hubiera sido para ella. Pero, por desgracia, su existencia había estado plagada de vivencias que escapaban a la normalidad, sucesos traumáticos que la habían hecho madurar demasiado pronto y perder la esperanza de alcanzar una existencia apacible llena de placeres sencillos.

—El vizconde tiene razón. —Michael pareció atragantarse con sus propias palabras y, si no fuera porque ambos se habían puesto de acuerdo en la manera de encauzar el futuro de Annabelle, jamás habría creído que semejante afirmación saliese de su boca—. No hay ninguna razón para rechazar la propuesta de matrimonio del señor Wade. Cualquier dama se sentiría afortunada si se le presentara un futuro tan halagüeño como el que él te ofrece. ¿Por qué rechazarlo, Annabelle? Debes ser sensata.

—Ni siquiera os habéis molestado en preguntarme si eso es lo que yo deseo. Se trata del hombre con el que voy a compartir el resto de mi vida, no es una cuestión para tomarla a la ligera.

—Desde luego que no, por eso estamos tratando de asesorarte, para que tomes la decisión correcta —afirmó el vizconde dando un golpe en la mesa.

—No me estáis asesorando, lo que queréis es imponerme vuestro criterio.

—Eso es lo que acabará ocurriendo si no atiendes a razones. —Fue Brooks quien pronunció esas palabras, pero la expresión de su tío indicaba que estaba completamente de acuerdo.

Y no los culpaba. Ella hacía que la vida de todos se volviese incómoda. Había notado que su familia no sabía cómo tratarla cuando los dolores de cabeza la asediaban, que no se sentían cómodos cuando hablaban de historias pasadas en su presencia por temor a herir sus sentimientos, y para colmo sus excursiones con Zach amenazaban el buen nombre de los Ashton. Si alguien lo descubría, su reputación se vería empañada, los comentarios y las teorías inverosímiles sobre la resucitada correrían como la pólvora de manera imparable, y las posibilidades matrimoniales de Charlotte mermarían. Todo eso era cierto.

Y en cuanto a Brooks, había dedicado toda su vida a cuidar de los Ridley, quizás considerase que su misión había terminado y que había llegado el momento de dedicarse a sus propios asuntos.

Annabelle no tenía ni idea de quién de los dos habría sido el promotor de aquella reunión, pero habían conseguido que se sintiera como un estorbo incómodo e inoportuno que había que eliminar cuanto antes para que la vida pudiera volver a girar sobre su eje con normalidad. Se levantó sin esperar a que le dieran permiso con la actitud más serena que pudo componer.

—Meditaré mi decisión y os daré una respuesta cuando me sienta preparada.

Se marchó del despacho sin darles tiempo a replicar, sintiéndose más insignificante que nunca, ni siquiera Callum la había hecho tener tan bajo concepto de sí misma como esos dos hombres que se suponía que la apreciaban.

26

Annabelle había intentado comenzar la carta para su amiga Hellen, pero apenas había pasado de la fecha y el encabezado. Al mal cuerpo que le había dejado la reunión con su tío y Michael se unía la presencia en la salita de su prima Charlotte, que paseaba incansable por ella, carraspeando de cuando en cuando y fingiendo estar muy interesada en que cada figurita de porcelana y cada cojín estuviesen en perfecta simetría.

—¿Te ocurre algo, Charlotte? —preguntó girándose en su silla para observarla.

Ella se detuvo en seco en mitad de la estancia y cruzó las manos a la altura del regazo con una sonrisa, aunque no resultó nada convincente.

—No, qué me iba a ocurrir. Estoy bien, todo bien. —Annabelle la observó, no creyéndola en absoluto—. ¿Y tú? ¿Va todo bien, alguna novedad?

Dudó si contestarle, estaba segura que su futuro matrimonial no le importaba en absoluto, parecía más probable que fuese el destino de Edward Wade el que la mantenía en vilo, aunque su orgullo le impediría reconocerlo. Decidió fastidiarla un poco.

—Ninguna novedad. Solo que las prisas para que contraiga matrimonio parecen haberse acentuado. Nadie quiere que mi actitud un poco relajada en cuanto a las normas estropee tus opciones de encontrar un buen esposo.

Charlotte esbozó una sonrisa tensa parecida a una mueca.

—¿Y?

—Y me han dejado claro que debo darles una respuesta cuanto antes.

Charlotte dejó caer los hombros y se balanceó de un pie a otro visiblemente frustrada.

—Vas a aceptar la proposición de Edward Wade —afirmó.

Annabelle fingió volver a su carta conteniendo una sonrisa.

—Estoy enamorada del señor Wade, Charlotte. De Cameron Wade. —La declaración le resultó sorprendente a ella misma, había salido de manera totalmente natural, porque, aunque no hubiese sido capaz de reconocerlo antes eso era lo que sentía, a pesar de que todavía Cameron era un misterio para ella en muchos aspectos.

En un acto espontáneo, Charlotte se acercó hasta ella y la abrazó desde atrás con un chillido agudo.

—¿En serio? No sabes cuánto me alegro. —A pesar de su estado de nerviosismo ante la situación, Annabelle también rio—. No pienses mal, es solo que Edward no es trigo limpio.

Annabelle levantó la vista hacia ella enarcando una ceja.

—¿En serio te alegras solo por eso?

—En serio —se reafirmó enderezándose, y de paso intentando convencerse a sí misma de que las mariposas que sentía en el estómago cada vez que recordaba los labios de Edward sobre los suyos solo se debían al desagrado que le inspiraba—. Ese hombre es un libertino y un déspota. ¿Puedes creer que durante la fiesta lo vi en el jardín en una actitud inaceptable con una mujer casada?

—¿Qué hacías en el jardín?

—Pues... ¿Le has dicho a mi padre que quieres casarte con el otro hermano Wade? —cambió de tema con maestría.

—No, aún no. La verdad es que no sé si Cameron quiere casarse conmigo. No me lo ha pedido.

Un lacayo con cara de susto carraspeó en la puerta de la sala, interrumpiéndolas. El mayordomo había tenido que ausentarse para visitar a un familiar enfermo y el joven se había visto en la obligación de reemplazarle en un puesto para el que no estaba preparado, y llevaba el día corriendo de un lado para otro como un pollo sin cabeza.

—Señorita Ridley, el señor Wade ha venido a visitarla.

Ambas se miraron entre sí y luego volvieron a mirar al muchacho que parecía estar ahogándose dentro de su librea.

—¿Qué señor Wade?

—¿Y qué señorita Ridley? —inquirieron obteniendo un balbuceo por respuesta.

Ambas salieron en dirección al *hall*, donde Edward esperaba aún con el sombrero y los guantes en la mano. Ambas se miraron y avanzaron despacio hacia él, con sensaciones a cada cual más extraña.

La aldaba de la puerta volvió a sonar antes incluso de que llegasen a saludarse de manera cortés y el lacayo apareció corriendo como una exhalación para abrir. Cam apareció en el umbral con una sonrisa, pero esta se congeló en su cara al ver a su hermano allí plantado.

—Buenos días —saludó cortante antes de dirigirse a las damas—. Señoritas...

La aldaba volvió a sonar y el sirviente suspiró sin saber si debía invitar a los señores a dirigirse a la sala o aprovechar que abría la puerta para echar a correr por ella. No se le daba bien tratar con la gente de su clase, prefería mantenerse en un perfil bajo sin tener que interactuar con ellos.

Recortada contra la luz de la calle apareció una chiquilla, encorvada por el frío y probablemente por su propia timidez, con la ropa manchada de barro. La niña levantó la vista hacia las cinco personas que la observaban desde dentro de la casa.

El lacayo intentó espantarla como si se tratase de un gato haciendo sonidos extraños y dando una palmada en el aire, pero Annabelle lo apartó con brusquedad para acercarse a la niña, que parecía a punto de echar a correr. Solo la necesidad de salvar a Zach hizo que se quedara plantada en aquellos escalones. Annabelle se inclinó para mirarla a la cara y apoyó una mano en su hombro con dulzura al ver que temblaba.

—¿Te encuentras bien? ¿Necesitas...?

La niña la miró a los ojos y Annabelle reconoció ese característico color ambarino, la cara menuda y el pelo rojizo. Se parecía mucho a Zach.

—¿Es usted Annabelle?

Ella asintió y la instó a entrar ignorando al lacayo, que parecía no entender lo que estaba ocurriendo e insistía en hacerla pasar por la puerta de atrás. Charlotte lo despachó inmediatamente, incapaz de soportar más su torpeza. Bastante tenía con tener que fingirse indiferente junto a Edward Wade a pesar de que le temblaban las rodillas cada vez que sentía sus intensos ojos azules detenerse sobre ella.

Cynthia relató atropelladamente lo que había ocurrido sin dejar de tirar de la mano de Annabelle intentando dirigirla hacia la puerta, cada minuto que pasaba podía marcar la diferencia entre vivir o morir. Había memorizado cada detalle del lugar donde había dejado a su hermano para poder localizarlo cuanto antes. No contó nada sobre la identidad del hombre que los había retenido, la supervivencia le decía que no debía dar toda la información de golpe, aunque la verdad era que, más allá de la vida de Zach, el resto no le interesaba. Cuando la niña terminó el relato,

Anna miró a su alrededor observando a las tres personas que la rodeaban como si hubiese olvidado que estaban allí.

—Annabelle, quédate con la niña y cuida de ella. Yo iré a buscar a Zach, por la descripción del lugar creo que sé dónde está. —Cameron habló con tono firme, dejándole claro que no le permitiría ir hasta allí.

—De eso nada, Cam, pienso ir a buscarlo. Probablemente esté en esa situación por mi culpa... —Un sollozo ahogó su voz y se llevó las manos a los labios para contenerse.

—Yo te acompañaré —anunció Edward, no permitiría que su hermano fuese solo a una zona tan peligrosa y, aunque entre él y el chico hubiese cierta tensión, no pensaba dejarlo en la estacada.

—Annabelle, si quieres ir yo iré contigo —Charlotte dio un paso adelante cruzando los brazos dejando claro que no era una damita débil y sin cerebro. Ella también tenía sangre en las venas y si había algún problema quería colaborar en lo posible.

Cynthia también quería reafirmarse y encabezar la búsqueda de Zach por miedo a que no lo encontrasen, pero la debilidad y el dolor de sus heridas estaba haciendo mella en ella y, si no hubiera sido por la rápida reacción de Annabelle, hubiese caído al suelo. Sus piernas apenas la sostenían, no había dormido y el dolor de su pecho le impedía respirar con normalidad.

Edward y Cameron se miraron y se entendieron sin necesidad de hablar. Cam se frotó la frente con los dedos buscando la solución más lógica.

—Annabelle, quiero que cojas a Cynthia y te vayas con ella a la casa de la señora Fenton, mi cochero os llevará hasta allí. Necesita descansar y probablemente atención médica. Yo iré con Edward en busca de Zach. —Ella abrió la boca para protestar, pero él la detuvo levantando la mano.

—Cam tiene razón; si Zach está herido, necesitará un lugar donde curarse y no hay ningún sitio mejor que ese, ambos podrán estar juntos allí. —Cuando Edward se enteró de las actividades en las que Kate Fenton había involucrado a su hermano, encolerizó al pensar en la posibilidad de que se expusiese al peligro constantemente. Pero Cameron era un superviviente, al igual que Zach, y si salvar a otros le ayudaba a cerrar las heridas de su pasado solo podía apoyarlo, aunque prefería no saber las actividades que llevaba a cabo.

Annabelle dudó unos instantes, Cameron podía escuchar los engranajes de su cerebro funcionando a toda velocidad. Se giró hacia Charlotte y cogió su mano.

—Charlotte, creo que tienen razón. Necesito que me cubras. Es la mejor forma en la que me puedes ayudar; si preguntan por mí, di que he ido a visitar a la señora Fenton, o que estoy encerrada en mi habitación con una de mis jaquecas, que de hecho estoy segura no tardará en aparecer. —Sonrió para parecer convincente, aunque estaba aterrorizada. La idea de que Zach pudiese sufrir algún daño le resultaba imposible de aceptar.

Charlotte asintió. Annabelle volvió con un abrigo para ella y otro para Cynthia y le dio un rápido abrazo a su prima.

—No me falles, por favor.

Charlotte no pensaba fallarle, puede que no estuviera preparada para sobrellevar la rivalidad que suponía que el hombre que ella había deseado como esposo se fijase en su prima; al fin y al cabo, siempre había tenido todo lo que había querido con solo abrir la boca, pero pensaba apoyarla en esto.

Cameron apretó las manos de Annabelle entre las suyas, transmitiéndole todo lo que no podía decirle con palabras con tantos testigos delante, y le dio un rápido beso en la frente antes de salir con Edward de la mansión.

La casa que la señora Fenton había destinado a su gran proyecto funcionaba con la misma eficacia que un cuartel militar, donde cada uno parecía saber exactamente cuál era su función. Se respiraba paz, optimismo y probablemente se debía a la energía que desprendía la anfitriona. Kate hablaba con ternura, con su voz calmada y su aspecto frágil, pero nada de eso le restaba ni un ápice de autoridad. Todos los que vivían allí, en su mayoría chicas de distintas edades, lo hacían por voluntad propia, aunque a veces se habían resistido en un primer momento.

Kate y sus «colaboradores», entre los que se encontraba Cameron, rescataban a todas aquellas chicas y chicos, a veces incluso niños de muy corta edad, de las calles o en los casos más extremos de los burdeles a los que muchos habían sido llevados con engaños o a la fuerza. Todos tenían un techo, una cama cálida y un plato sobre la mesa, y el cariño y el respeto del que la mayoría habían carecido toda la vida. Aprendían a leer, a colaborar en casa, a realizar labores de costura, a cocinar, a reparar muebles... Lo bueno de aquel lugar era que todos aprendían de todos y, cuando llegaba el momento de abandonar el albergue, lo hacían preparados para afrontar una nueva vida. Aunque la idea de que la señora Fenton tuviese una relación estrecha con Cam había hecho que Annabelle sintiera rechazo por ella, tenía que reconocer que esa mujer era un ángel bajado del cielo, que en lugar de dedicar su fortuna a disfrutar de los lujos propios de los de su clase prefería usarlos para brindarles una vida mejor a los que no tenían esperanza. Ojalá algún día pudiese conocer su historia para saber qué la había llegado a tomar esa decisión.

Ambas se habían ocupado de curar a Cynthia y de que descansara tras tomar un buen baño y una comida decente, además de una infusión medicinal para ayudarla a respirar mejor. El agotamiento la había vencido y las dos damas la habían dejado descansando. Annabelle no dejaba de mirar por la ventana a la espera de que el carruaje de los Wade apareciera en su campo de visión.

—Le aconsejo que se siente y se tranquilice. No van a llegar antes solo porque usted esté ahí de pie destrozando sus nervios —le aconsejó la señora Fenton, observándola por encima de su taza de té con una sonrisa comprensiva.

Annabelle abandonó su puesto de vigía junto a la ventana y se sentó junto a ella con un suspiro. Cogió su taza de té y se la acercó a la boca, pero la volvió a dejar sobre la mesa; tenía el estómago revuelto y le resultaba imposible tomar nada.

—Debería haber ido con ellos, todo esto es culpa mía —se lamentó retorciéndose las manos. Había olvidado los guantes, pero en estos momentos no le importaba en absoluto mostrar sus marcas y sus uñas, que parecía que no mejorarían jamás.

—No conozco demasiado a Edward, así que no puedo responder por él, pero si hay un hombre capaz de manejarse en situaciones así, ese es Cameron. Se conoce la ciudad como la palma de su mano.

—Él... ha tenido una vida difícil, ¿verdad? —preguntó ansiosa por conocer de una vez todos los detalles que conformaban la existencia de ese hombre que se había metido tan dentro de su piel.

—Bueno, creo que será mejor que los detalles se los dé él mismo, ¿no le parece?

—Supongo que sí. De todas formas, me reitero en que debería ser yo quien arreglara este caos del que soy la máxima responsable.

—Tendemos a flagelarnos cuando las cosas se escapan de nuestro control, Annabelle. Pero no creo que lo que le ha pasado a ese chico sea por causa. Déjelos hacer y confiemos en que todo salga bien. De todas formas, si usted estuviera allí, Cameron no se sentiría libre para realizar su trabajo, estaría completamente volcado en mantenerla a salvo. —Kate dejó su taza junto a la de Annabelle y se reclinó para observarla con más detenimiento. Anna era atractiva, sí, pero su belleza no era arrebatadora, ni tenía los gestos afectados que estaban tan de moda en las jóvenes. Ella era fuerte y, al menos en apariencia, parecía tener muy claras las ideas—. Usted es muy importante para él, ¿sabe? Nunca había visto a nadie que fuese capaz de llegar a esa parte de su corazón que él guarda con tanto recelo.

Annabelle no supo qué decir. Él también había llegado a su corazón, ese que estaba cerrado a cal y canto casi por obligación, pero no se sentía capaz de confesárselo a aquella mujer.

—Si me permite, voy a volver a la habitación de Cynthia. Si se despierta, supongo que le gustará encontrar una cara familiar junto a ella, aunque nos hayamos conocido esta misma mañana.

Annabelle miró por enésima vez a su alrededor buscando un maldito reloj en aquella habitación y se asomó a la ventana, que para su desgracia daba a la parte de atrás del edificio, intentando calcular mentalmente cuánto tiempo había pasado desde que los Wade se marcharon en busca de Zach.

Unos suaves golpes en la puerta la sobresaltaron y acudió a abrir inmediatamente. Cameron apareció en el umbral, desaliñado y con aspecto cansado, y no pudo contener el impulso de echarse a sus brazos. Él la apretó con fuerza contra su cuerpo elevándola unos centímetros del suelo.

—Tranquila, Zach está bien.

Annabelle se dio cuenta de que estaba llorando cuando Cameron deslizó los dedos por sus mejillas para enjugar sus lágrimas.

—Quiero verlo, ¿dónde está?

—El médico está con él en este momento. Le han dado una buena tunda, pero es fuerte y pronto estará intentando sisarme la cartera otra vez. —Annabelle rio y lloró a la vez, y golpeó su hombro por fastidiarla en un momento así—. Está magullado, tiene el tobillo dolorido, y un par de cortes, y no sabemos si le habrán roto algún hueso. Su aspecto es bastante... Es mejor que lo veas cuando haya descansado un poco.

—¿Sabes que me estás preocupando más, Cam?

—Te doy mi palabra de que está bien dentro de lo que cabe. —Cameron era un tipo curtido en peleas y riñas callejeras y aun así no había podido dejar de estremecerse al encontrar al muchacho tiritando de manera incontrolable, manchado de barro, con la sangre reseca cubriendo su cara y las heridas aún recientes. Aunque los moratones y las heridas tardarían semanas en cicatrizar, sabía que para Annabelle y sobre todo para Cynthia, sería más llevadero verlo cuando el doctor hubiera hecho su trabajo.

—Está bien, pero no pienso moverme de aquí hasta que lo vea.

—Lo imaginaba.

Cuando un buen rato después el doctor les anunció que ya podían pasar a verlo, ya había caído la noche, pero Annabelle no podía pensar en nada que no fuese Zachary. Su hermana había despertado, pero, en parte por el efecto de la medicación y en parte por su debilidad, había vuelto a caer en un profundo sueño en cuanto supo que su hermano estaba descansando en la habitación de al lado. A Annabelle le recordó a Nancy durante aquellas noches interminables en las que deliraba por la fiebre con la respiración superficial. Sabía que Zach era muy testarudo y quería cuidar de su hermana por sí mismo, pero tendría que convencerle para que se dejaran ayudar o aquella chiquilla no podría superar su enfermedad.

Annabelle entró en la habitación de Zach y tuvo la misma sensación de recogimiento que la invadiría al entrar a una catedral. Todo estaba en silencio, solo había una vela sobre la mesilla y en la cama la cara llena de moratones de Zach destacaba sobre el lino blanco de las sábanas. Se sentó junto a su lecho y acarició la mano derecha del pequeño. La izquierda lucía un cabestrillo bastante aparatoso, ya que el médico les había comunicado que tenía un brazo roto, además de una torcedura en el tobillo, pero que se recuperaría sin problemas. Respiraba con normalidad, lo cual era una buena señal, pero le resultaba extraño verlo tan inmóvil, él que no paraba quieto ni un momento. Sintió la mano de Cameron apretando su hombro e inclinó la cabeza para rozar la mejilla contra ella.

La señora Fenton entró en la habitación, tan silenciosa y discreta como siempre.

—Cameron, tu hermano ya se ha marchado. Quizás deberíais ir a descansar vosotros también, ya sabes que hay habitaciones de sobra. —Kate se giró hacia ella con su habitual expresión serena—. Señorita Ridley, me he tomado la confianza de mandar una nota a su tío. Le he dicho que mientras me estaba visitando he sufrido un pequeño percance doméstico y que le he pedido que se quede a acompañarme. He supuesto que podrían preocuparse al ver que no volvía a casa.

—Kate siempre piensa en todo. —Sonrió Cameron.

—Se lo agradezco, la verdad es que no me apetece volver a mi casa como si no hubiese ocurrido nada.

—Yo me quedaré con Zach y con su hermana esta noche, y alguna de las chicas me ayudará; vamos, marchaos a dormir un poco —insistió la señora Fenton—. Y tú, date una ducha, apestas a fango y me estás poniendo el suelo perdido con tus botas.

Cameron miró su atuendo, por más que había intentado limpiarse estaba deseando quitarse ese traje y deshacerse de él; estaba manchado de barro y de la sangre del pobre Zach. Aunque Annabelle quería quedarse, sabía que Cameron tenía razón, necesitaba un buen baño y Zach y su hermana necesitarían muchos más cuidados en cuanto despertaran. Cam le pidió que le acompañara a su piso de soltero; podría darse un baño, descansarían un poco, comerían algo y luego volverían a casa de la señora Fenton.

27

Annabelle sabía que el simple hecho de estar en el piso de Cameron a solas con él, aunque ni siquiera se tocasen, ya era suficiente para dinamitar su reputación. Pero en estos momentos en los que la vida real los sacudía, el brillo de los bailes, las sedas, y los artificios parecía un espejismo, y algo tan intangible como el honor le traía sin cuidado. La vida no era eso. La vida al otro lado de los salones de los aristócratas adinerados era dura, había que luchar cada día para sobrevivir, para poner un plato de comida en la mesa, para escapar de las desgracias. Y ella se negaba a olvidarlo, por mucho que por su estatus ahora pudiera permitirse alejarse de todo aquello.

Cameron la observó en silencio, recortada contra la ventana que daba a la calle; estaba sumida en la oscuridad mirando a través del cristal, con la cabeza inclinada como una flor que está a punto de claudicar. No le gustaba verla sufrir y sabía que era inevitable que lo que le había ocurrido a Zach le afectase. La abrazó desde atrás y la escuchó suspirar. Aquella intimidad le resultaba muy cómoda, abrazarla le parecía tan natural como respirar y no había nada que anhelase más que besarla. Pero cuánto tiempo podrían mantener esa situación. Edward le había reconocido que su motivo para estar esa mañana en la mansión era porque había sido citado por lord Ashton y por Michael Brooks para hablar sobre su petición de matrimonio, pero no había conseguido sonsacarle si esa petición de mano seguía en pie. Probablemente sí, había demasiados actores involucrados en aquella función como para desdecirse sin más, y Edward jamás eludía su responsabilidad; el honor y el deber por encima de todo, aunque supiese que aquello era un completo sinsentido.

Pero ¿para qué había ido él hasta la mansión de los Ashton? Ni siquiera tenía una respuesta para eso. La idea de que Annabelle acabara siendo su cuñada le parecía una aberración, y esperaba que todos entraran en razón. Sabía que Anna estaba dispuesta a facilitar la servidumbre de paso a los Amery, así que esa ya no era la causa para seguir manteniendo aquello. Había algo más, ahora era su tutor el que estaba más que interesado en que aquel matrimonio se llevase a cabo; Annabelle era su proyecto y verla convertida en condesa el día de mañana parecía ser su objetivo, y por desgracia tenía el poder de decidir sobre ella. Quizás las aspiraciones de Brooks se vieran satisfechas viendo a Annabelle casada con el hermano segundón del futuro conde, quizás, pero él no sabía si estaba preparado para eso. Estaba enamorado, quería tenerla entre sus brazos, en su cama, bajo su piel... pero el matrimonio, formar una familia, eso era demasiado para digerirlo en tan poco tiempo.

Annabelle notó que Cameron se tensaba y se giró dentro de su abrazo para mirarlo, aunque en la oscuridad de la habitación no pudo ver su expresión con claridad. Su olor a limpio y la calidez que traspasaba su fina camisa blanca la reconfortaron de inmediato. Él tenía ese poder, el de hacerla sentir bien solo con estar ahí sosteniéndola entre sus brazos.

—Te he preparado un baño, creí que te apetecería relajarte un poco mientras sirvo la cena.

—¿Qué vamos a cenar?

—La verdad es que no lo sé. La cocinera se ha encargado de eso, solo voy a calentarlo, servirlo y degustarlo. ¿Te parece un buen plan?

—Inmejorable.

Ella sonrió y se puso de puntillas para darle un beso rápido en los labios. Se dio la vuelta y apartó el pelo que caía por su espalda para ofrecerle la hilera de botones de madreperla.

—Eres una tentadora sin remedio.

Una carcajada espontánea fue su respuesta, que no escondía el nerviosismo que suponía aquella familiaridad.

—Si fuera una tentadora, te pediría que me frotases la espalda.

—Creo que es la idea más brillante que has tenido jamás.

Annabelle titubeó y abrió mucho los ojos y él soltó una carcajada.

—Vete o el agua se enfriará.

Los músculos doloridos por la tensión se fueron relajando y Annabelle cerró los ojos disfrutando de la temperatura del agua y el perfume del jabón de Cameron, que flotaba mezclándose con el vapor. Se sentía tan a gusto que estaba tentada a cerrar los ojos y dejarse vencer por el sueño. Cameron apareció en el umbral, con las mangas de la camisa remangadas hasta el codo y el pelo despeinado cayendo sobre la frente. Se cruzó de brazos y se apoyó en el dintel de la puerta, con cara de niño travieso y cualquier pretensión de quedarse dormida se desvaneció por completo. Annabelle se mordió el labio luchando con el pudor que le instaba a sumergirse en la bañera hasta las orejas, pero no lo hizo. A pesar de que el agua le cubría hasta los pechos, se notaba expuesta, pero la mortificación que había esperado no llegó. Lo único que podía sentir era deseo al ver el hambre y la admiración que reflejaba la mirada de ese hombre tan condenadamente atractivo.

—¿Me vas a obligar a rogar para que me frotes la espalda? —se escuchó decir a sí misma, sin creerse del todo que hubiese sido capaz de decir algo así. Cada día era más consciente de lo efímera que era la felicidad, la vida, eso era todo lo que había aprendido hasta ahora. Y lo único que le apetecía era aferrarse a cada minuto de dicha que tuviera a su alcance con todas sus fuerzas.

La sonrisa de Cameron se diluyó unos instantes y su expresión se tornó mucho más intensa, casi feroz. La visión de Annabelle era lo más seductor que había presenciado jamás. Se había recogido el pelo en un moño revuelto sobre la cabeza para que no se le mojase, y su cuello y sus hombros quedaban deliciosamente expuestos. Su piel clara parecía irreal bajo la luz dorada de las velas, que arrancaba reflejos a las pequeñas gotitas de agua que resbalaban por ella. Sus mejillas estaban sonrojadas, puede que por la temperatura del agua o puede que fuese por su forma de devorarla con la mirada, y sus ojos brillaban con un sentimiento equiparable al suyo, el más puro deseo.

Cameron entró en la estancia y se detuvo junto a la bañera dudando si llevar la situación más lejos o cortar aquella locura de raíz. Se arrodilló a su lado y apoyó los brazos en el borde removiendo con las puntas de los dedos las nubecitas de burbujas que apenas ocultaban el cuerpo que escondía el agua. Sumergió la mano hasta llegar al tobillo de Annabelle instándola a apoyarse en el borde de la tina. Arrebató de las manos femeninas la pastilla de jabón y la frotó entre las suyas hasta conseguir espuma. La dejó en la bandejita y con movimientos lentos comenzó a deslizar los dedos sobre su piel. Ella dio un respingo cuando alcanzó la zona suave de sus corvas, pero se obligó a no apartarse, no queriendo perderse ni una sola caricia. Se sentía ávida de vida, necesitaba empaparse de todas aquellas sensaciones nuevas, quería conocer todos aquellos secretos que la mirada azul de Cameron le prometía. Él siguió ascendiendo hasta llegar a la unión entre sus muslos y disfrutó perversamente al ver que ella se mordía el labio para retener un jadeo. Fingió que el roce había sido casual y volvió a coger la pastilla de jabón para repetir la operación con la otra pierna. Annabelle sabía que él estaba excitado, lo notaba en la forma en la que sus ojos la devoraban, en su respiración entrecortada, pero por lo que parecía tenía más capacidad de control que ella. Cameron continuó con su tortuoso camino, esta vez por los hombros, bajando hasta sus pechos con el rostro muy cerca del suyo. La paciencia de Anna se agotó cuando los dedos de Cameron rozaron sus pezones con suavidad, y en un acto impulsivo le echó los brazos al cuello para atraerlo hacia ella y besarlo con verdadera desesperación.

Cameron rio contra su boca, sorprendido y encantado de ese apasionado arranque, sin importarle que lo hubiese sumergido a medias en la bañera y que su camisa se estuviese empapando. Cuando los besos no fueron suficientes, la cogió en brazos, la envolvió en una toalla y la llevó en brazos hasta su habitación. Ambos sabían que aquel instante no les pertenecía del todo, que fuera de aquellas ventanas la vida se empeñaba en trazar otros planes para ellos, pero disfrutarían de ese instante. Cameron se liberó de su ropa con prisas y se tumbó junto a ella extasiado ante la visión de su perfecto cuerpo desnudo. Saboreó sus pechos durante lo que pareció una eternidad, mientras ella se movía bajo su boca con cada toque de su lengua, desesperada, hipnotizada, como aquella mujer que bailaba con la serpiente y que tanto la había impresionado. Se atrevió a acariciar el cuerpo desnudo de Cam, sus contornos fuertes y su piel tan distinta a la suya y supo que no podría vivir sin volver a sentir ese tacto en sus manos. La forma en la que Cameron se entregaba a ella intentando darle placer la hacía sentirse sensual, despertando sus instintos, sintiéndose un poco perversa. Las manos de Cam se deslizaron por su cuerpo y su boca resiguió el camino despertando cada centímetro de su piel.

El cerebro de Annabelle lanzaba constantes señales de alerta, que ella se empeñaba en ignorar; incluso cuando comenzó a besarla de manera atrevida en los muslos. Pero aquello era demasiado intenso para frenarlo, necesitaba saber qué vendría después. Cuando la boca de Cameron alcanzó su húmeda intimidad, se olvidó de respirar, mientras su cuerpo se estremecía y su cabeza intentaba dilucidar si aquello estaba bien o no. No importaba, nada importaba, solo llegar a ese punto sin retorno, en el que sus cuerpos ya no obedecían a ninguna norma lógica llevados solo por el instinto y la necesidad de fundirse el uno con el otro.

Cameron la tapó con la manta y se tendió de costado frente a ella, devolviéndole la sonrisa tímida que lucía. Acarició su mejilla y depositó un beso en su frente.

—Se nos ha olvidado cenar.

Ella soltó una carcajada cantarina al notar que efectivamente su estómago se quejaba por la falta de alimento, pero permanecer allí tumbada frente a frente con Cameron era mucho más satisfactorio.

—No eres muy buen anfitrión, Cam. Tienes que perfeccionar los detalles.

—¿En serio? Y yo que pensaba que estabas bastante satisfecha con mi hospitalidad —se burló haciendo que ella se sonrojara y se tapara la cara con la sábana.

Cam apartó la tela y la besó en los labios. Cogió sus manos para llevárselas a los labios y notó inmediatamente su reticencia. Muy despacio, le hizo abrir la mano y observó sus dedos y sus palmas a la luz ambarina de las velas. Besó cada cicatriz, sus nudillos gastados, los callos que aún permanecían en su lugar.

—Son horribles. Trabajaba de lavandera, la lejía y el agua hirviendo hacían que mis manos se agrietaran. A veces las llagas duraban semanas y, en cuanto cerraban, volvían a aparecer otras.

—No debes ocultarlas, y mucho menos de mí. Estas manos son solo una pequeña muestra de lo fuerte que eres. Son como esas cicatrices rellenas de oro que te conté. Tus cicatrices te hacen grande.

Ella no contestó, el nudo de su garganta se lo impedía y se limitó a acercar su rostro al suyo y besarlo con ternura durante una eternidad.

—Me alegro de que Kate haya tenido la iniciativa de mandar esa nota, Annabelle. A pesar de las circunstancias.

—Yo también. Me preocupa cómo seguirá Zach.

—Kate se encargará de que esté bien atendido —la tranquilizó.

Ella asintió mientras deslizaba las puntas de los dedos en un recorrido lento sobre los músculos de su brazo. Era una delicia estar así, rodeados de aquella intimidad tan confortable, hablando entre susurros para no romper la magia.

—Me pregunto qué la habrá impulsado a dedicar su vida a los demás con tanta dedicación. Es encomiable —dijo ella.

—No ha tenido una vida fácil. Me encantaría contarte todo lo que ha tenido que superar, pero es su historia. Si llegáis a ser amigas, estoy seguro de que estará encantada de contártela.

Todos tenían una historia que los había llevado hasta donde estaban, que los había transformado en lo que eran, para bien o para mal. Pero a ella la que verdaderamente la intrigaba era la que había convertido a Cam en el hombre que tenía frente a ella. Y, sin pensar demasiado ni darse tiempo a arrepentirse su boca pronunció la pregunta.

—¿Y qué hay de tu historia, Cam? ¿Me la contarás?

Los dedos de Cam que hasta ese momento jugaban con un mechón de su pelo, se quedaron inmóviles y juraría que su corazón había cambiado su latido rítmico para detenerse abruptamente. Le resultaba muy doloroso hablar de aquella etapa de su vida, y por suerte los recuerdos se hacían más difusos con el paso de los años. Aunque inevitablemente se veía reflejado en las historias de aquellos a los que ayudaban, niños desarraigados, huérfanos, pobres infelices que se veían abocados a malvivir en las calles y a sortear peligros que no se merecían.

—Mi madre... —comenzó a relatar con voz queda sin saber muy bien por dónde empezar—. Enviudó siendo muy joven. No quiso volver al campo con su familia y empezó a trabajar en una sombrerería del centro. Allí conoció a mi padre. No sé demasiado de la historia, solo sé que se enamoraron y mi madre se quedó embarazada. Él nos mantuvo cuando mi madre fue despedida por razones obvias.

—¿La madre de Edward...? —Annabelle se aventuró a preguntar al ver que Cameron guardaba silencio.

—Si lo que preguntas es si fui un bastardo, la respuesta es sí. Él me contó que no quería hacerle daño a su esposa, que la quería, pero que amaba a mi madre. No es algo inusual que los nobles tengan una doble vida, por desgracia. Yo era feliz, ajeno a todo hasta que mi madre tuvo un accidente, la atropelló un carruaje y murió en el acto. Nadie se molestó en avisar al hombre adinerado que nos visitaba una vez a la semana. Para mí era mi padre, a pesar de sus ausencias, pero entre las conversaciones susurradas que pude oír mientras velaban su cuerpo, solo se escuchaba un nombre: el conde Amery. Por intuición, supe que se referían a él. Mis abuelos maternos, esos a los que mi madre no había acudido a pesar de quedarse sola en la gran ciudad, acudieron raudos en cuanto se enteraron y tras vender las pertenencias de mi madre y quedarse con todo lo que tenía, me llevaron con ellos. Y pronto entendí por qué. Cada vez que preguntaba por mi padre me daban un bofetón, aunque eso no era inusual. Si derramaba la sopa, si no limpiaba bien a los animales, si replicaba...

—Cam, lo siento. —susurró acariciándole la mejilla. Cameron permaneció en silencio con la cabeza apoyada en la almohada y los ojos perdidos en los de Annabelle durante una eternidad. Al fin suspiró de manera entrecortada y continuó.

—Con ocho años ya era lo bastante fuerte para hacer el trabajo de un hombre, según ellos, estaba tan exhausto y tan magullado que ni siquiera podía dormir. Me decían que era un vago y me azuzaban como si fuera un mulo para que trabajara la tierra o cortara leña. —Cameron resopló con una risa triste—. Ni siquiera podía con el peso del hacha. Lo único en lo que podía pensar era en no cortarme un pie por accidente.

—¿Qué tipo de persona obliga a un niño a un trabajo inhumano en lugar de ayudarlo en un momento tan duro? —dijo Annabelle casi para sí misma; al menos ella había tenido a Nancy, que, aunque no hubiera sido una madre ejemplar, la apreciaba a su manera.

—Por desgracia los dos sabemos que no es algo extraño. Yo decidí que no aguantaba más. Los odiaba. Una noche mi abuelo me pegó, ni siquiera recuerdo el motivo, y me castigó sin cenar. Me encerró en mi habitación y, en cuanto se acostaron, me escapé por la ventana. Lo había visto esconder algunas monedas en el cobertizo a espaldas de mi abuela y las cogí antes de marcharme. Caminé durante casi toda la noche, no te imaginas el miedo que pasé ni las veces que me caí. Londres no estaba precisamente cerca para llegar a pie y menos para un niño. No sé si intentaron buscarme, pero por suerte no los volví a ver. Me perdí varias veces, tuve que dormir donde podía y las pocas monedas que llevaba se me agotaron demasiado pronto. Cuando al fin llegué hasta aquí, me sentí más perdido que nunca. Fui a nuestro antiguo barrio con la esperanza de que alguien me ayudara, pero me di cuenta de que parecía invisible, todos volvían la vista. Solo una anciana me dio un plato de comida. Después de eso me sentí tan solo y tan perdido que deseé que ese maldito carruaje me hubiera matado a mí también. Pero el instinto de supervivencia era demasiado fuerte. La primera noche fue un verdadero horror, cobijado en un portal sin saber si vería amanecer. Poco a poco me fui acostumbrando, dormía en un edificio abandonado rodeado de ratas, robaba, hacía recados, ayudaba a los tenderos a descargar la mercancía... cualquier cosa para conseguir una moneda o algo de comer. No me planteé buscar a ese hombre que se suponía que era mi padre, él no me había buscado a mí, y empecé a sentir rencor hacia él por haberme olvidado. Tampoco sabía cómo hacerlo, estaba inmerso en un bucle en el que la única meta era sobrevivir un día más. Zach tiene a su hermana y eso lo ata a la realidad. Yo estaba solo. Ni te imaginas las cosas que vi, las veces que tuve que correr para salvarme de cosas que... —su voz se quebró al recordar a esos tipos repugnantes y depravados que deambulaban por la noche londinense amparándose en la oscuridad para dar rienda suelta a sus perversiones—. Vi morir a muchos, y otros simplemente desaparecieron. Hay una jungla ahí fuera, Annabelle. Es un infierno que parece no terminar nunca, por eso ayudo a Kate. Ojalá pudiéramos erradicar toda esa maldad, la miseria... Pero es imposible.

—Lo que hacéis es admirable. He visto esas chicas en casa de Kate. En sus ojos hay esperanza. Debéis sentiros muy orgullosos por lo que habéis conseguido.

—Nunca parece suficiente —se lamentó.

—¿Cómo encontraste a tu padre?

—Fue algo fortuito. Estaba apostado en la calle pensando qué haría para poder comer ese día. Entonces vislumbré un carruaje lujoso, discordante en aquel ambiente decadente. Al pasar delante de mí pude ver el emblema de su puerta. Lo había visto antes. Era el carruaje de mi padre. Corrí para alcanzarlo, tanto que mis pulmones parecían arder, atajé por callejuelas hasta que conseguí llegar hasta él. Me lancé en medio de la calle como un loco, sin importarme que los caballos me arrollaran. El cochero casi se muere del susto y tuvo que hacer un verdadero esfuerzo para no atropellarme. Mi padre bajó con su porte y su ropa elegante y se acercó hasta mí sin poder creer lo que estaba viendo. Habían pasado casi tres años, temí que no me reconociera, pero se arrodilló ante mí, llorando, y me abrazó. No había dejado de buscarme.

Annabelle sonrió con lágrimas en los ojos.

—¿Y su familia te aceptó?

—Bueno, no fue fácil. La madre de Edward había muerto poco después que la mía. Mi padre le había dicho a Edward que tenía un hermano, con la esperanza de encontrarme y llevarme a casa, pero imagínate lo que significó para él tener que compartir todo, incluyendo el afecto y la admiración de tu padre, con un desconocido. Siempre ha sido muy competitivo, pero sé que daríamos la vida el uno por el otro.

—Tus cicatrices también te hacen grande, Cam.

Él sonrió y la atrajo más hacia su cuerpo, disfrutando de la sensación de su piel cálida contra la suya. Besó su pelo y deslizó su mano por la espalda en una caricia lenta notando que la respiración de Annabelle se acompasaba, y se sintió muy afortunado. No le gustaba hablar de aquella época, y por supuesto se había ahorrado los detalles más escabrosos: el pavor que había sentido en la oscuridad de aquellos edificios en los que se cobijaba, los abusos que había presenciado y de los que más de una vez escapó a fuerza de pelear, las veces que lloró de hambre, las peleas por una moneda... Aquello resultaba muy lejano para él, pero cada día había alguien que tenía que luchar contra eso.

28

A pesar de que el brazo de Cameron rodeando su cuerpo le infundía seguridad y resultaba reconfortante, las pesadillas habían acosado a Annabelle durante la mayor parte de la noche. Había soñado con Brendan y con esa infernal sonrisa dorada. Necesitaba hablar con Zach y que le contara qué había pasado; si había sido Bournet, ella era la máxima responsable y no iba a permitir que hiriese a nadie más.

Se miró en el espejo y se pellizcó las mejillas intentando darles algo de color. Su peinado era aceptable, pero su vestido se veía arrugado y las ojeras destacaban en su rostro pálido. Escuchó unos golpes en la puerta y voces masculinas, y salió para ver qué ocurría. Cameron hablaba con su hermano en la sala. Ambos enmudecieron al verla aparecer, especialmente Edward, cuya cara pareció convertirse en piedra.

—Señorita Ridley, si me lo permite me gustaría disponer de unos minutos para hablar con mi hermano. Mi carruaje espera en la puerta, ¿sería tan amable de esperarnos allí? —le pidió Edward con tono glacial.

Annabelle miró a Cameron con una pregunta muda.

—Mi carruaje también nos espera para llevarnos a casa de la señora Fenton, Edward. Annabelle quiere ver a Zach antes de volver a casa. —Edward asintió, aunque su expresión severa no varió ni un ápice—. Anna, bajaré en seguida.

Se marchó sin objetar nada, aunque estaba segura de que el tema de conversación giraría en torno a ella. En cuanto la puerta se cerró tras ella, una tormenta gélida pareció caer sobre los hermanos. Durante unos segundos Edward paseó retorciendo sus guantes en las manos, conteniendo la furia que bullía en su interior.

—¿Qué haces aquí? —preguntó Cam dejando a un lado cualquier atisbo de amabilidad.

—He ido a casa de lord Ashton, ayer los dejé plantados cuando fuimos a buscar a Zach. Cuando su tío me dijo que Annabelle había pasado la noche en casa de la señora Fenton, intuí que estaría aquí.

—¿Qué quería?

—¿Tú qué crees? —espetó Edward con brusquedad—. ¿Has arruinado su reputación?

Cameron no sabía qué contestar, no había esperado que su hermano fuese tan directo en un asunto así. Estar a solas en una habitación con una dama y rozar su mano enguantada, en aquella sociedad moralista y encorsetada, ya era motivo para poner en entredicho el honor de una joven, y ellos habían pulverizado los límites de la intimidad, aunque no hubiesen consumado su relación.

—No.

Edward pareció soltar el aire que retenía en sus pulmones, Cam no podía creer que todavía pretendiese mantener su proposición de matrimonio siendo tan obvio que no podía competir con lo que había surgido entre él y Annabelle.

—¿En qué diablos estás pensando, Cameron? Deja de jugar con ella de una maldita vez. Los dos sabemos que no vas a comportarte como un caballero.

—Por supuesto, para eso ya estás tú. Con tu brillante armadura y el estandarte de los Amery ondeando al viento. Solo que ella no quiere tus atenciones, no quiere casarse contigo, asúmelo.

—Me sorprende que trates de humillarme solo porque intento comportarme de manera honorable con ella. Ojalá tú estuvieses capacitado para hacerlo. Pero no lo harás. ¿Qué pasará cuando te des cuenta de que no estás preparado para cuidarla, para darle lo que necesita, para formar una familia que le aporte el cariño que siempre le ha faltado?

—No digas tonterías, Edward. Soy capaz de hacerlo.

—Pero ¿querrás hacerlo?

—Estoy enamorado de ella, la quiero. Eso debe ser suficiente. ¿No te parece? Además, ambos hemos vivido situaciones parecidas, nos entendemos.

—Ese es el problema, Cam. Annabelle necesita olvidar todo este infierno, empezar una nueva vida, lo que ha sufrido ha sido muy traumático. Yo puedo alejarla de ese dolor, de todo ese mundo oscuro en el que tú te desenvuelves como un pez en el agua y que te niegas a abandonar del todo.

—Entiendo lo que ha padecido mejor de lo que tú lo harás jamás. —Cameron intentó defenderse, pero los argumentos de Edward estaban horadando su confianza.

—Cam, un náufrago no puede salvar a otro náufrago. Acabarás arrastrándola hasta el fondo.

Edward se marchó dando un portazo y sus palabras se quedaron flotando en el aire tras su marcha.

Una desacostumbrada frialdad se había establecido entre Annabelle y Cameron desde que se montaron en el carruaje de camino a la casa de la señora Fenton, y ella lo achacaba a la conversación con Edward. No sabía qué habría pasado pero el ánimo de Cam se había vuelto taciturno y su vista permanecía clavada en la ventana. Se negó a darle importancia, ahora lo primordial era ver a Zach. Por suerte, cuando llegó a su habitación, ya estaba despierto y su hermana Cynthia se encontraba junto a él.

Annabelle sabía que debía volver a casa o comenzaría a despertar sospechas. Ni siquiera entendía cómo su tío Joseph había aceptado sin más que pasara la noche en casa de la señora Fenton sin cuestionar nada, supuso que se debía a que la reputación y la posición de esa mujer era incuestionable, o puede que solo fuera porque no le importaba lo más mínimo su paradero. Prefirió no interrogar a Zachary, parecía afectado y todavía tenía que recuperarse, por lo que decidió que esperaría al día siguiente para obtener las respuestas que necesitaba.

—Creo que será mejor que me marche, tienes que descansar —dijo apretando su mano. Le costaba mirarlo a la cara, ver sus ojos morados e hinchados y el profundo corte de su mejilla hacía que se estremeciera. Zach bostezó en respuesta, su hermana Cynthia también se había retirado a su habitación hacía un buen rato, pero su estómago clamaba por recibir un poco de atención.

—¿Sabe que no es bueno dormir con el estómago vacío?

Ella soltó una carcajada.

—¿Qué te apetece? —preguntó poniéndose de pie.

—No sé, cualquier cosa que esté dulce. Supongo que no tendrán pastel de boniato, ¿verdad?

—Voy a ver, pero, si no tienen, te prometo que le diré a mi cocinera que te prepare uno.

Zach intentó sonreír en respuesta, pero la tirantez de sus heridas le provocó una mueca.

Annabelle se acercó a la puerta de Zach portando un plato de porcelana con una buena porción de bizcocho de mantequilla. Sin saber por qué, se detuvo al escuchar la voz de Cam a través de la puerta entreabierta de la habitación. No sabía que aún seguía allí, puesto que en cuanto ella subió a ver a Zach, él se reunió con Kate Fenton y no lo había vuelto a ver en toda la mañana. Intentó captar algún retazo de conversación, pero ambos hablaban en susurros, así que se acercó un poco más con sigilo.

—No pude evitarlo, señor Wade. —Zach sollozó, lo cual le extrañó en alguien tan duro como él—. Le hicieron daño a Cynthia; si no hubiese confesado...

—Lo entiendo. Sé que eres leal a la señorita Ridley, Zach, no tuviste más remedio.

—¿La ayudará? Ese Bournet es un mal bicho, no va a quedarse de brazos cruzados, lo sé.

—Claro que la ayudaré.

Annabelle escuchó la silla chirriar contra el suelo y se alejó unos pasos de la puerta intuyendo que Cameron se había levantado para marcharse. Disimuló esbozando una sonrisa cuando se cruzó con él en el pasillo, pero de nuevo se topó con la frialdad de sus ojos azules que esquivaron los suyos.

Annabelle se había visto obligada a confesar una medio verdad en cuanto volvió a casa y se topó con su tío Joseph, que parecía más preocupado por ella de lo esperado. Le contó que Zach había sufrido un aparatoso accidente mientras la acompañaba a visitar a la señora Fenton, y que ella lo había acogido en su casa mientras se recuperaba. Se había auto inculpado diciendo que la idea de que había sido Kate quien había sufrido el percance había sido suya, por miedo a que le impidiera quedarse a cuidar a Zach. Le sorprendió que esa mujer fuese tan caritativa como para acoger a un maleante en su hogar, pero el alivio de no haber tenido que hacerlo él mismo le hizo no investigar demasiado. Había muchos flecos en aquella historia, pero estaba demasiado cansado de todo aquello y se limitó a darlo por bueno y a concederle permiso para que acudiese a cuidarlo. De nuevo se había visto obligada a tejer una telaraña de mentiras a su alrededor, algo que detestaba, pero no había tenido más remedio que actuar así.

Eso le permitió poder salir de su casa y dedicarse a seguir a Cameron, tal y como él había hecho con ella. Estaba segura de que pensaba buscar a Bournet y no estaba dispuesta a que nadie más resultase herido por un problema que le concernía a ella.

Estaba empezando a perder la esperanza, sus pies estaban congelados por el frío en el interior de aquel viejo carruaje de alquiler y el cochero ya le había preguntado en dos ocasiones cuánto tiempo más iban a estar allí. Se habían apostado discretamente a una distancia prudencial de la casa de Cameron, pero no había visto ningún movimiento. Quizás no estuviera allí o quizás hubiese llegado tarde y Cam estuviese en la otra punta de la ciudad. La luz de la tarde empezaba a descender y pronto la noche caería sobre la ciudad. Un jinete vestido de oscuro salió de una de las caballerizas e inició su marcha a toda velocidad. Era Cameron sin duda, reconocería su silueta ruda y elegante a la vez en cualquier parte. Golpeó el techo del carruaje con desesperación apresurando al cochero para no perderlo de vista.

Cameron se transformaba en otra persona cuando tenía una misión que acometer. El aristócrata refinado que los años de educación habían conseguido pulir se desvanecía como si se tratase de un disfraz y volvía a resurgir el hombre que latía dentro de él, el que se había criado rodeado de peligro, el que se dejaba llevar por sus instintos, el que no le temía a nada. Pero esta vez era diferente, esta vez Cameron tenía miedo, la idea de que Annabelle sufriera algún daño le aterrorizaba. Zach le había dicho que Bournet solía pasar gran parte del día en una taberna de mala muerte, no porque no pudiera permitirse ir a otro lugar, sino porque le gustaba estar rodeado de ese ambiente sombrío. Su primer impulso había sido ir hasta allí y apretar su cuello hasta que le diera todas las respuestas que Annabelle necesitaba, pero sabía que eso implicaba exponerse demasiado, no podía tirar el nombre de su familia por el fango si alguien llegaba a reconocerlo.

Decidió mandarle recado con uno de los chicos que colaboraban con él y, para su sorpresa, la respuesta no tardó en llegar; por lo visto era un hombre curioso, también avaricioso, y la idea de sacar tajada de todo eso era muy tentadora. Se citaron en un almacén abandonado junto a los arrabales del río, una zona poco transitara frecuentada por *muldarks,* muy cerca de donde habían encontrado a Zach. Sospechó que aquel podía haber sido también el lugar donde le habían tendido la trampa a Brendan Ridley una década atrás.

Bajó de su caballo y se dirigió al almacén con sigilo, aunque el instinto le decía que le estaban vigilando. Había especificado que solo sería una reunión de negocios, que no llevaría hombres de refuerzo y que esperaba que Bournet también acudiera solo, o no habría trato. No sabía hasta qué punto podía confiar en ese tipo, probablemente no debería hacerlo. Pero a veces había que arriesgar para ganarse el respeto de aquella gentuza.

El edificio tuvo que ser impresionante en su época, aunque ahora no era más que un nido de ratas que amenazaba con desmoronarse en cualquier momento. Las cristaleras del piso superior, que había desaparecido con el paso del tiempo, estaban en su mayoría rotas y el viento entraba por ellas con un aullido y un crujir de maderas. Alguien había encendido una lámpara de aceite que se balanceaba colgada en el espacioso pasillo, iluminando un círculo tembloroso en el que solo había suciedad.

—Quítate la chaqueta y tírala lo más lejos que puedas. —La voz áspera le llegó desde un punto indeterminado por culpa del eco y no tuvo más remedio que obedecer. Por suerte había escondido una pequeña pistola en su bota, pero le resultaría bastante complicado acceder a ella en esas circunstancias.

Los pasos amortiguados se aproximaron hasta que el hombre que había hablado entró en el círculo de luz.

—Bournet... —la voz de Cam sonó menos firme de lo que le hubiese gustado. El tipo sonrió mostrando la hilera de dientes de oro que le caracterizaba.

—Señor Wade. —Bournet lo miró con un mohín, fijándose en los músculos que se marcaban a través de la tela de su impoluta camisa blanca, y la anchura de su espalda, imposible de disimular por el chaleco hecho a medida. Ese tipo podía ser un aristócrata, pero parecía tan rudo como un boxeador—. Usted dirá. ¿Qué ha venido a buscar a mi humilde morada?

—Respuestas.

—Vaya, eso suele ser bastante caro. Las respuestas a menudo contienen pequeñas trampas venenosas.

A Cameron le enfermaba aquel tono burlón que empleaba, como si lo que hacía fuese tan inofensivo como jugar al criquet.

—Soy un hombre de negocios y supongo que, a su manera, usted también. Iré al grano. Brendan Ridley. Murió hace unos diez años. —Cameron miró a su alrededor con expresión de asco—. Puede que incluso fuera aquí mismo. Quiero saber quién está detrás de esto, dudo que escogieras a ese muchacho al azar para...

—El circulo se cierra —lo interrumpió—. Así que te ha mandado esa dama metomentodo. Hay cosas que es mejor mantener enterradas, y la resucitada es una de ellas. Si hubiera seguido donde estaba, su vida sería más fácil. Pero me está empezando a resultar bastante incómoda.

Cameron se adelantó con la furia empañando su sensatez y levantó a Bournet de las solapas de su chaqueta. El tipo ni siquiera se inmutó, a pesar de que apenas tocaba el suelo con las punteras de sus botas.

—Fue un puto encargo de alguien con dinero. —Soltó una risotada y solo entonces Cam notó el filo de un puñal apretando su costado. Con solo un movimiento en falso, Bournet podía acabar con su vida. Solo la idea de conseguir un beneficio lo retenía—. Mira, no quiero problemas. Me hago mayor. Coge a esa insensata y lárgate con ella antes de que mi paciencia se agote. Yo me las apañaré con Fly para que me abone una buena suma por dejar esto enterrado.

Cam sujetó su muñeca en un rápido movimiento para alejar el cuchillo de su cuerpo y Bournet comenzó a perder la paciencia. La resucitada era un cabo suelto y, por lo visto, si había llegado hasta allí era porque recordaba lo que había ocurrido, lo recordaba a él, a pesar de que Fly le había asegurado lo contrario. Podía asegurarse una buena cantidad de dinero apretándole las tuercas a Fly, y desaparecer un tiempo, un cambio de aires sería bienvenido, pero Wade se había convertido en otro cabo suelto. Y él odiaba los cabos sueltos.

Aflojó el agarre para que Cameron se confiara, pero ese tipo era un hueso duro de roer. Ahora entendía que había sido un error acudir solo, pero había imaginado que tendría que lidiar con un noble pusilánime envalentonado por su afán de convertirse en héroe, no con un tipo como él. Retorció el brazo y propinó un cabezazo en la mandíbula de Cam, que lo aturdió unos segundos, los suficientes para que Bournet se soltase de su agarre y con un rápido movimiento le acuchilló en el brazo. La camisa blanca comenzó a empaparse inmediatamente y Cameron comenzó a caminar en círculos frente a él buscando el momento para atacarle y quitarle el arma.

—La gente suele preferir las pistolas —dijo Bournet soltando una carcajada nerviosa—. Yo prefiero los puñales. Son como una prolongación de mí mismo. Seguro que tú prefieres las armas, son más limpias.

—Déjate de estupideces, Bournet. Escúchame, podemos llegar a un acuerdo. Solo dime su nombre, dime quién te contrató y seré benevolente —rogó Cam, mientras tapaba la herida con su mano.

—Benevolente... ¿Quieres decir que me permitirán comer cordero antes de ahorcarme? Ese Ridley era un vizconde, hay que ser muy estúpido para pensar que obtendría clemencia.

—Me interesa la persona que hay detrás, alguien lo bastante cercano para beneficiarse de algo tan cruel, alguien sin escrúpulos. Tú solo fuiste el ejecutor.

Cam quería estrangular a ese bufón sin alma con sus propias manos y, aunque no tenía intención de perdonar su crimen, necesitaba llevarlo a su terreno.

—Bournet... escúchame.

El estruendo de unas maderas cayendo en uno de los laterales del edificio atrajo la atención de ambos, poniéndolos alerta. Los nervios de Bournet se crisparon y decidió que aquella situación ya había durado demasiado tiempo, debía deshacerse de ese aristócrata y buscar a la chica. Aprovechó la distracción para lanzarse hacia Cam empuñando el cuchillo, pero él consiguió sujetarlo. Cayeron al suelo y, a pesar de que Cameron era más fuerte, estaba en desventaja, ya que la herida de su brazo le restaba destreza y estaba empezando a debilitarlo. Y Bournet jugaba mucho más sucio.

Annabelle había reconocido el caballo en el que había visto marcharse a Cam amarrado en un porte junto a uno de los edificios abandonados, a pesar de que lo habían perdido de vista unos minutos. No había querido que el carruaje la dejara en la puerta y se había apeado unos metros más allá. Había dado una buena propina al cochero para que la esperase, pero en cuanto ella había caminado unos pasos, había emprendido la marcha a toda velocidad, sin mirar atrás. Aquella zona era peligrosa y ninguna propina valía tanto como el propio pescuezo. Caminó lentamente esquivando los charcos para no resbalar. Cuando levantó la vista, su cabeza empezó a palpitar con un dolor sordo e intenso. A pesar de que estaba anocheciendo y la oscuridad avanzaba con rapidez, los recuerdos volvieron más vivos que nunca, tan nítidos como si acabaran de suceder. Vio a su hermano descender del carruaje y adentrarse en el edificio, y en su ensoñación lo siguió como si estuviese sumida en un trance.

Pero dentro del edificio no estaba Brendan, solo estaban Cam y el hombre que había asesinado a su hermano. Escuchó a medias la conversación con la cabeza enterrada entre sus manos, pero el zumbido incesante de sus sienes le dificultaba tomar conciencia de la realidad que la rodeaba. Apenas fue consciente de que había volcado unos tablones con el ruedo de su falda. En su mente la imagen de Brendan se mezclaba con la del hombre que amaba, y su corazón empezó a gritarle que tenía que hacer algo para impedirlo. Brendan ya no estaba, pero Cam sí. Se asomó entre las maderas que se acumulaban podridas y polvorientas para ver lo que estaba ocurriendo y entonces vio que Cameron estaba tumbado en el suelo y ese hombre levantaba el cuchillo que empuñaba para clavarlo en su pecho. Ella gritó sin poder evitarlo, como gritó el día que asesinaron a su hermano. Cameron aprovechó la distracción para golpear con fuerza a Bournet, que cayó hacia atrás dejando escapar el cuchillo, que rodó con un tintineo. Con un gruñido de frustración, lanzó una patada al brazo herido de Cam y se arrastró intentando alcanzar el puñal que brillaba bajo el círculo de luz que formaba la lámpara. Cameron no podía dilatar aquello teniendo en cuenta que Annabelle estaba allí, más expuesta que nunca, y abandonó el temple que solía mantener en esas situaciones. Su mente ya no estaba concentrada en la necesidad de defenderse de ese asesino, sino en la urgencia de proteger a Anna y eso le hizo vulnerable. Forcejeó con su bota intentando llegar al arma que escondía allí pero el frío del metal atravesando su carne lo detuvo en seco. Levantó los ojos hacia Bournet, que sonreía satisfecho al ver que acababa de deshacerse del problema más grande. Cameron cayó de rodillas e intentó alcanzar a Bournet, luchando contra su propia debilidad. Pero él no se molestó en mirarlo, su objetivo ahora era la muchacha, que se había quedado paralizada mirándolo como si estuviese viendo un fantasma.

Annabelle no podía creer que lo que acababa de presenciar fuera cierto. Las imágenes del pasado, todo el dolor y el terror de antaño se solapaban con lo que estaba viviendo, el mismo sufrimiento, el mismo pánico. Aquello no podía ser real, tenía que ser una de sus pesadillas que volvían para torturarla. Pero el hombre que se acercaba hacia ella a grandes zancadas con un puñal ensangrentado en la mano era de carne y hueso. Por un instante pensó que quizás lo más valiente fuese permanecer inmóvil esperando la muerte, no más sufrimiento, ni huidas. Su destino era morir junto a Brendan, pero lo había esquivado hasta ese día. Puede que esa fuese la manera de ajustar cuentas con la muerte y descansar de una vez. Pero el instinto de supervivencia primó sobre todo lo demás y sus pies comenzaron a correr hacia la salida. De repente ya no era la joven imperturbable, curtida por culpa de una vida llena de necesidades. Annabelle era de nuevo aquella niña aterrorizada cuyo mundo acababa de desmoronarse, que se acababa de quedar completamente sola y desamparada y, aun así, seguía teniendo fuerzas para escapar. Se detuvo al llegar al muelle, con la respiración saliendo a borbotones de sus pulmones doloridos. Las antorchas que iluminaban el lugar se reflejaban en las aguas negras, el aire movía su pelo dificultándole la visión y el corazón empujaba sus costillas queriendo escapar de su pecho. Sus pies estaban justo en el borde de la madera, solo un paso y el río la engulliría, esta vez para siempre.

—Lo siento, no es algo personal. Es solo que eres muy molesta. —La carcajada de Bournet a un par de pasos de ella la hizo girarse y su cuerpo se balanceó peligrosamente a punto de perder el equilibrio.

La luz se reflejó en su sonrisa metálica y Annabelle sintió deseos de abalanzarse y arrancársela a golpes.

—Lo sé. No debería haber sobrevivido a aquel día y seguramente no voy a sobrevivir a esta noche. Pero al menos concédeme saber la verdad —pidió con determinación.

A Bournet le sorprendió la firmeza de su voz. Disfrutaba perversamente de los ruegos de los hombres y los lloriqueos de las mujeres cuando estaban a punto de morir. Ella le estaba arruinando la diversión, pero había que reconocerle su mérito.

—Tienes agallas. Está bien. —Se encogió de hombros deseando marcharse de aquel lugar húmedo y frío para beberse un buen vaso de ginebra. Esta noche celebraría que se había quitado un buen problema de encima con alguna de las chicas, puede que con varias—. Tu hermano no era más que un crío que no sabía ni abrocharse los pantalones solo. Pero había alguien que lo consideraba un estorbo para sus planes y...

El sonido de la detonación los dejó inmóviles. Annabelle se cubrió la cabeza y se dejó caer de rodillas en un intento de protegerse, pero, cuando abrió los ojos, lo único que pudo ver fue a alguien huyendo a caballo perdiéndose en la oscuridad de la noche y a Bournet tumbado en el suelo, ahogándose con su propia sangre.

Gateó para acercarse a él en un intento desesperado por conseguir una palabra, un nombre que la ayudara a resolver aquella tortura.

—Bournet... dime un nombre... ¡Dímelo! —gritó zarandeándolo.

Pero Bournet solo pudo emitir un sonido ronco antes de exhalar su último aliento.

Annabelle se puso de pie y echó a correr en dirección al edificio. No tenía ni idea de quién había disparado, quizás fuese otro misterio más del que no obtendría respuesta. Lo que tenía claro era que en ese instante lo más importante era buscar a Cameron. Sollozó de alivio al entrar y ver que en esos momentos estaba empleando hasta sus últimas fuerzas en intentar ponerse de pie e ir a buscarla. Lo sujetó para evitar que se desplomara; Cameron estaba vivo y ella también, y puede que esa fuera la única respuesta que necesitaba.

29

Annabelle esperó pacientemente a que la estirada ama de llaves de los Amery anunciara su visita, probablemente no veía demasiado bien que una dama soltera se aventurase a visitar a un hombre en su domicilio, aunque el resto de su familia también estuviese allí. Cameron había sobrevivido, pero había perdido mucha sangre, especialmente durante el interminable trayecto a caballo hasta que encontraron ayuda, y todavía se sentía muy débil, por lo que se había alojado en la mansión familiar hasta que estuviese recuperado. Al fin, la mujer volvió para acompañarla hasta la biblioteca, donde Cam ya la estaba esperando. Estaba sentado en un butacón junto a la chimenea en mangas de camisa y con el pelo desaliñado, pero después de una semana ya había recuperado algo de color y su cara no se veía contraída por el dolor. Intentó levantarse y ella lo detuvo apoyando una mano en su hombro, y le resultó extraño sentir que él se tensaba bajo su contacto. Annabelle había esperado emocionada ese encuentro y había fantaseado con echarse a sus brazos y besarlo apasionadamente; sin embargo, la actitud gélida de Cam le dejó bien claro que ahora no eran más que dos extraños. Por un momento llegó a pensar que quizás la situación traumática vivida le había pasado factura como a ella y había olvidado una parte de su vida, quizás la había olvidado como mecanismo de defensa. Miró sus ojos y vio una auténtica tormenta en su interior.

—¿Cómo te encuentras? Parece que tienes mejor aspecto.

—Mejorando poco a poco. ¿Y tú?

—Supongo que haciéndome a la idea de que ya no voy a poder llegar al final del camino —reconoció, con un hilo de voz. Le resultaba muy doloroso no saber quién había odiado tanto a Brendan para idear algo así, ni siquiera se había parado a pensar que ella pudiera estar en peligro. Con la muerte de Bournet se había esfumado la única oportunidad de averiguar la verdad.

—El hombre que mató a tu hermano está muerto, se ha hecho justicia.

—Pero no sabemos quién lo ha hecho y por qué razón.

Cameron se revolvió en su silla. Él no podía salir de casa hasta que estuviese recuperado, pero, con la ayuda de Kate Fenton, había movilizado a todos los hombres que había podido para intentar averiguar quién era el jinete que había matado a Bournet. Su instinto le decía que las casualidades no existían y quien lo había hecho había querido silenciarlo antes de que lo incriminara. Su máxima preocupación era que Annabelle estuviese a salvo. Lo único que le tranquilizaba era que la había tenido a tiro en el puerto y no le había disparado, por lo que no parecía probable que ella fuese un objetivo.

—Hay incógnitas que nunca se resuelven. —A Annabelle no le tranquilizaba esa afirmación, podía cruzarse con ese maldito asesino en cualquier momento sin ser consciente de ello—. Brooks ha venido a visitarme y me ha dicho que la Policía ha dado el tema por zanjado.

Ella asintió y las ganas de salir de aquella habitación cuanto antes se hicieron más acuciantes. La tensión que emanaba de

Cameron era tan cortante como un cuchillo y le costaba mirarlo a los ojos.

—Quizás deberías aceptar sus consejos.

—¿Qué consejos? —inquirió poniéndose a la defensiva.

—El de marcharte una temporada de Londres, y ...

—Y aceptar la proposición de tu hermano —terminó la frase por él al ver que titubeaba.

—Sí, Annabelle. Brooks está decidido a que seas la futura condesa, y Edward puede ofrecerte una vida plena —reconoció con resignación, a pesar de que pretendía sonar firme.

—¿Estás bromeando, Cameron? No puedo casarme con Edward. No estoy enamorada de él, ¡estoy enamorada de ti! Al menos lo estaba antes de que empezases a comportarte como si no hubiera pasado nada entre nosotros —levantó la voz dejándose llevar por la frustración, sin importarle que Cam pareciera hacerse más pequeño en aquel enorme sillón.

—No debió pasar, Annabelle. No me porté como un caballero.

Ella lo miró perpleja sin poder entender a qué se debía ese cambio, y recordó todas las advertencias que Edward le había hecho respecto a su hermano, y que ella nunca había querido creer. Ni siquiera ahora su mente aceptaba que Cameron pudiese desprenderse de lo que habían sentido sin más.

—Cameron, no me importa qué demonios te ha hecho convertirte en un témpano de hielo, pero no menosprecies lo que pasó.

—No lo menosprecio. —Cameron se puso de pie con dificultad incapaz de mantenerse impasible. Por supuesto que no podía menospreciarlo. Para él había significado tanto como para ella. La amaba y esos momentos inciertos en los que no sabía si Bournet había acabado con su vida lo habían destrozado por dentro. Pero tanto Brooks como Edward, incluso su padre, tenían razón. Edward estaba en lo cierto. Annabelle se merecía olvidar todo aquello y emprender un nuevo camino, y él no estaba seguro de poder ofrecérselo. Pedirle que se quedase a su lado sería muy egoísta y, precisamente porque la amaba, no lo haría—. Fue muy importante para mí. De hecho, conocerte es lo más importante que me ha pasado desde que tengo uso de razón.

—Entonces, ¿por qué me empujas a los brazos de otro hombre, Cam? —preguntó con lágrimas en los ojos.

—Porque yo no puedo hacerte feliz, Annabelle. Todo lo que te ha hecho daño, ese mundo que no deberías ni siquiera conocer está muy dentro de mí. Tarde o temprano, siempre acabo volviendo a él por una u otra causa.

—No, vuelves por una causa noble, porque tienes buen corazón. Por eso te quiero, Cameron. Porque no te limitas a mirar para otro lado cuando sabes que alguien necesita ayuda.

Cameron la miró unos instantes con un nudo en el pecho que apenas le permitía respirar. Alargó la mano para acariciar su mejilla en un gesto tan sutil que ella lo percibió más que sentirlo. Cerró las manos atesorando el calor de su piel, ese del que no podría disfrutar jamás.

—¿Qué hay de las cicatrices que nos han hecho lo que somos?, ¿del jarrón reparado con oro?, ¿de...?

—Yo no soy tan valioso... Puede que solo haya barro en mis heridas.

—Cameron...

—Un náufrago no puede salvar a otro, Annabelle. Escucha a Brooks.

Annabelle había llegado al límite de su paciencia y no estaba dispuesta a escuchar más eufemismos que solo resquebrajarían su corazón un poco más. Se dirigió a la puerta y antes de marcharse le dedicó una última mirada a ese hombre que le había dado todo para quitárselo de golpe, y se preguntó si había llegado a conocerlo de verdad. Algo dentro de ella le decía que Cameron no la había engañado cuando le confesó su amor.

—Te habría respetado más si hubieras sido más valiente, Cam. Bastaba con decir que no me querías a tu lado.

Se marchó llevándose con ella el aire de la habitación y cualquier atisbo de felicidad al que Cameron se había atrevido a aspirar.

30

Brooks no esperaba la visita de Annabelle, y frunció el ceño al ver que por enésima vez cruzaba la ciudad sin tomar la precaución de llevar una carabina.

—No te esperaba, Annabelle. ¿Va todo bien?

¿Qué podía decir? ¿Qué acababan de romperle el corazón? ¿que si hubiera tenido a mano uno de esos costosísimos jarrones japoneses se lo hubiera estampado a Cameron Wade en la cabeza?

—Sí, todo va perfectamente y, cuando acabemos con lo que he venido a hacer, irá mejor todavía.

Michael enarcó una ceja con curiosidad y la invitó a sentarse, mientras guardaba en una carpeta el papeleo que tenía desordenado por encima de la mesa.

—Cuéntame en qué puedo ayudarte.

—Necesito arreglar todo este asunto de los Wade de manera definitiva.

—¿Has valorado la proposición del futuro conde, al fin?

—No, Michael. Quiero redactar un acuerdo para cederles la servidumbre de paso y no quiero volver a pensar en este asunto. Creo que ha llegado el momento de que todos aceptéis que no pienso casarme con Edward Wade.

Michael se puso de pie con un exabrupto, sorprendiéndola.

—Ya está bien, Annabelle. He dedicado toda mi vida a cuidarte, te busqué sin desfallecer, y ahora te he procurado un futuro inmejorable. No permitiré que tires ese esfuerzo por la borda.

—Y te lo agradeceré toda la vida. Siempre estaré en deuda contigo por ello, pero no deseo ese matrimonio. No puedo casarme con Edward Wade, porque...

—¡Basta! —la interrumpió dando un puñetazo en la mesa—. ¿Crees que no sé qué te has encaprichado de Cameron? Pero él no es lo suficientemente bueno para ti. Te mereces lo mejor. Serás una condesa perfecta.

Annabelle se puso de pie muy despacio, completamente anonadada por el estallido violento de ese hombre, siempre tan comedido y servicial.

—Lo siento. —Michael se disculpó y comenzó a buscar en sus bolsillos un pañuelo para poder enjugarse el sudor.

El brusco movimiento hizo que el reloj que llevaba en el bolsillo del chaleco se desprendiera de la leontina de oro de la que colgaba y cayera sobre la alfombra con un golpe sordo. Annabelle miró el objeto brillante y vio que la tapa se había abierto. En un acto impulsivo se agachó a recogerlo antes de que lo hiciera Michael.

El mundo se detuvo y dejó de girar sobre su eje, desestabilizándola, y tuvo que apoyarse en la mesa para no caer. Michael intentó quitarle el reloj de las manos, pero ya era demasiado tarde. Annabelle recordó estar sentada en las rodillas de su hermano y pedirle que le dejara ver aquel valioso objeto, que había heredado de su padre, una y otra vez. En la tapa lucía la insignia de la familia Ashton y en el interior su posesión más preciada: una miniatura de su madre. Se sorprendió de que su mente hubiese borrado aquel recuerdo tan especial, pero entonces acudió otro mucho menos amable. La sensación ya familiar la sacudió tan devastadora como siempre y su respiración se convirtió en una sucesión de jadeos entrecortados que apenas llevaban aire a sus pulmones. Ante ella apareció Brendan pidiendo clemencia, también Bournet mirándola con su sonrisa brillante. La imagen tan dolorosa se repitió en su cabeza, el puñal de Bournet atravesando el corazón de su hermano y sus sucias manos arrebatándole el reloj de oro. El reloj que ahora ella sostenía entre sus dedos, no había duda posible.

—Eres tú —susurró con un hilo de voz mientras el reloj resbalaba de sus manos para volver a caer sobre la alfombra.

Michael se apresuró a recogerlo temiendo que hubiera sufrido algún daño, ese reloj era el símbolo de su triunfo, por lo que había luchado tanto tiempo. Annabelle comenzó a retroceder mientras sus ojos se nublaban por las lágrimas. Brooks aprovechó su confusión para adelantarse y colocarse frente a la puerta para impedirle salir.

—No es lo que crees, déjame que te lo explique —rogó mientras levantaba la mano intentando acariciar su cara, pero ella se alejó colocando una silla entre ellos como firme barrera defensiva.

—Déjame salir, Michael, o gritaré tan fuerte que haré que los cristales estallen.

—Te dejaré salir, te dejaré salir... pero antes, permíteme que te cuente la verdad. Querías respuestas, ¿no? —insistió a la desesperada.

—Habla.

—Yo... —Michael abrió el reloj para mirar el retrato de Margot Ridley como si eso le diera fuerzas para continuar su relato, y sonrió—. Nos queríamos, esa es la verdad y la razón de todo. El vizconde no era más que un alcohólico que la hacía infeliz, jamás la respetó.

Annabelle sintió que sus piernas no la sostenían, no podía creer que el hombre en el que se había apoyado desde que descubrió su identidad fuera el mismo que había provocado aquel infierno. Aquello no podía estar sucediendo. Sintió que el repiqueteo de sus sienes volvía más intenso que nunca, cruel e insoportable, y tuvo que apoyarse en el respaldo de la silla para no desplomarse.

—No pienses que fue algo indigno. Ella sufría mucho y yo siempre estaba ahí para escucharla. Fue inevitable que acabáramos enamorándonos. Y entonces llegaste tú, tan parecida a ella, tan hermosa, pero siempre supe que heredarías mi determinación y mi fuerza.

Lo miró horrorizada, ni siquiera había asimilado que él era el responsable de la muerte de su hermano y tenía que digerir que ella era fruto de una deslealtad, que la vida que estaba empezando a conocer estaba levantada sobre mentiras.

—No es verdad, el matrimonio de mis padres era modélico, todos lo dicen.

—Puede que de puertas para afuera. Tu supuesto padre se volvía cada vez más irritable y la situación era tan insoportable para tu madre que comenzó a beber, a fumar opio.... Cualquier cosa que la ayudara a evadirse de aquel infierno. Le rogué mil veces que nos marchásemos a un lugar lejano, solos los tres. Pero ella se negó. «Estás loco, yo soy la vizcondesa de Ashton». —Soltó una risa que sonó un poco demente—. Y entonces lo entendí, supe que ella estaba en el camino correcto. Había que ser ambicioso, aunque disfrutásemos de nuestro amor en privado, ella había conseguido poder y estatus y eso era lo más importante. Eso era lo que ambos queríamos para ti.

Annabelle se pasó las manos por la cara. De repente Michael no era ese tipo sereno que siempre tenía un consejo sensato que ofrecer. No era más que un loco que pretendía que ella cumpliese sus aspiraciones frustradas. Recordó entonces la noche que lo encontró en la galería discutiendo con Joseph, estaban frente al cuadro de su madre.

—Mi tío Joseph lo sabía. Tú eres el cuco, el que aprovecha los nidos ajenos para que cuiden a sus crías.

Él rio aparentemente más relajado, pero con la misma expresión desquiciada tiñendo sus facciones.

—Reconozco que la comparación tuvo su gracia. Convencí a Benjamin a fuerza de comerme mi orgullo y alabar sus inexistentes bondades para que me nombrase tu tutor. Cuando él murió, Joseph entró en colera al enterarse que te había dejado el usufructo de las tierras, también por sugerencia mía. Siempre tuvo sus sospechas respecto a la relación que tenía con tu madre, no tuve más remedio que decirle la verdad; disfruté mucho viendo cómo encolerizaba sabiendo que no había nada que pudiera hacer para cambiar la situación.

—¿Cómo murió mi madre? —preguntó intentando obtener el máximo de información antes de que Michael se cerrara en banda, parecía que su lengua se había desatado, envalentonado ante la idea de que ella lo aceptara, que se convirtiera en su cómplice.

—Fue un accidente, supongo. Probablemente había bebido... No era la primera vez que amanecía tirada en el pasillo o en cualquier otro lugar de la casa. Por suerte, Benjamin no tardó demasiado en seguirla, nunca gozó de muy buena salud, no sabes lo difícil que fue para mí ver cómo ejercía de padre contigo, ese era mi lugar.

A pesar de que presumía de haber amado a Margot, lo relató con tanta frialdad que le congeló la sangre, se negaba a creer que ese hombre tan desequilibrado y perverso pudiera ser su padre.

—¿Y Brendan?

—La gran pregunta que nos ha traído hasta aquí: Brendan. Ese pobre infeliz... —El estómago de Annabelle se revolvió con una oleada de ira y dio otro par de pasos atrás para alejarse de él, a pesar de que eso también la alejaba de la puerta, pero la presencia de ese hombre le despertaba un asco visceral—. No se dejaba aconsejar, no era como su padre. Fue una verdadera suerte que accediera a mantener las tierras a tu nombre y que me permitiera seguir siendo tu tutor en caso de fallecer; habría sido muy engorroso tener que falsificar los documentos.

—¿Cómo puedes ser tan cruel? —Annabelle no pudo retener más las lágrimas y verla tan hundida pareció desestabilizar a Michael, que había esperado encontrar en ella a una igual—. No se merecía morir.

—¡Tú no sabes nada! Pretendía mandarte a un internado para poder dedicarse a vivir la vida y despilfarrar su herencia.

Annabelle recordó aquella tarde en la que ambos fantaseaban con cruzar el mar en su propio navío. Michael sabía que Brendan estaba planeando comprar un barco y le preparó una trampa, ahora todo parecía encajar a la perfección.

—Brendan quería deshacerse de ti para vivir sin obligaciones y gastarse la fortuna familiar. Era un inconsciente. No iba a permitirle que alejase a mi hija de mí. Todo debería haber sido rápido, pero tuvo que llevarte con él a ver ese maldito barco. Bournet ni siquiera sabía lo que había sido de ti y durante todos estos años he estado a punto de enloquecer. La culpa fue de Brendan, solo a un descerebrado se le habría ocurrido llevar a una niña pequeña a un lugar así.

—No te atrevas a insultarle.

La expresión de Brooks se transformó en una oleada de ira y confusión y avanzó hacia ella de manera amenazadora.

—¿Lo defiendes? ¿No has oído nada de lo que te he dicho? Eres mi hija, tu lugar estaba donde yo pudiera protegerte, llevarte hasta la cima tal y como Margot quería, pero por culpa de Brendan te perdí durante todos estos años.

—Jamás me consideraré tu hija. No eres más que un monstruo, un loco sin escrúpulos.

Michael se acercó hasta ella y, sin pensar lo que hacía, arrasado por la decepción que sentía, empujó a Annabelle contra la mesa y rodeó su cuello con las manos. Durante unos instantes interminables ella luchó por conseguir que el aire siguiese entrando en los pulmones, pero los dedos de Brooks se aferraban a su garganta como garras.

—Eres una desagradecida —dijo muy cerca de su cara sin importarle que ella intentase arañarle para que la soltara.

Entonces, Brooks parpadeó como si acabase de tomar conciencia de lo que había estado a punto de hacer y la soltó.

—Vete —masculló sin fuerzas, mientras Annabelle tosía intentando recuperar el resuello.

Se dirigió tambaleante hasta la puerta temiendo que él volviera a atacarla y salió al pasillo desesperada por perder de vista a aquel demente que había resultado ser el hombre que le había dado la vida... y que a la vez se la había destrozado. Apenas había esquivado a la secretaria de Michael para huir por las escaleras cuando el sonido de una detonación retumbó como un trueno en el interior de la oficina. Annabelle se detuvo unos instantes, el tiempo justo para escuchar los gritos de la mujer pidiendo ayuda, anunciando que el señor Brooks acababa de volarse la cabeza.

31

La casa de los Ashton estaba especialmente silenciosa, como si los fantasmas del pasado hubiesen tomado posesión de la mansión, y Annabelle tuvo la sensación de que los duelos que ya habían superado se hacían tan presentes como el primer día. Incluso había tenido la tentación de vestirse de luto, no por Brooks, sino por Brendan, ya que sentía el dolor de su pérdida con más intensidad que nunca. Pero Charlotte le quitó la idea de la cabeza, argumentando que eso solo conseguiría que cada vez que viera su reflejo los recuerdos volvieran más hirientes si cabe.

El eco de sus pasos resonó con fuerza en la galería y se sintió incómoda temiendo que el sonido molestara a sus antepasados. Se detuvo frente a los retratos de sus padres, sin querer juzgar si lo que le había contado Brooks era cien por cien real o si su imaginación había aderezado los recuerdos a su conveniencia. En lo que a ella respectaba, Michael nunca sería su padre. Continuó hasta pararse frente a la imagen de Brendan y se permitió llorar hasta que las lágrimas se agotaron. No quería torturarse por ello, solo era una niña cuando Brendan murió, pero siempre tendría la desagradable sensación de que ella fue la causa de su muerte.

Se giró al ver que alguien más se acercaba por el pasillo y se limpió las lágrimas al ver que era su tío Joseph.

—Así que estabas aquí. —Ella asintió con una sonrisa triste—. Estaba buscándote para que me explicases qué significa esta estupidez.

El vizconde desplegó ante su cara un documento que ella reconoció inmediatamente. Había acudido a un abogado para que lo redactara. En él renunciaba a sus derechos sobre sus propiedades y los devolvía a su legítimo dueño, que no era otro que su tío Joseph.

—Creo que está muy claro. Si realmente Brooks dijo la verdad, lo más honesto es que devuelva esas tierras. No me pertenecen, para mí son una carga. —Annabelle intentó sonar firme, pero suspiró entrecortadamente al sentir la mirada intensa del vizconde sobre ella.

Joseph se giró y observó unos segundos el retrato de su hermano en silencio.

—Todos intuíamos lo que había entre Margot y Michael. Mi hermano no le prestaba demasiada atención a tu madre, supongo que se sentía sola. Intenté abrirle los ojos a Benjamin, hacerle entender que se estaba equivocando, pero lo único que conseguí fue que me odiara por ello y que me apartara de su vida —dijo con calma deteniéndose frente al retrato de Margot—. Brooks era como una sanguijuela, un envidioso que quería usurpar lo que no le pertenecía, pero mi hermano confiaba en él ciegamente. Cuando murió y me enteré de que había nombrado a Michael tu tutor si le sucedía algo a Brendan, me sentí tan dolido que decidí alejarme de vosotros y centrarme en mi propia familia. Y lo lamento tanto... Ahora sé que Brooks era un manipulador nato y que él fue el responsable de todo.

Joseph suspiró con el peso de aquellos recuerdos sobre sus hombros y acto seguido rasgó el papel en varios trozos.

—Pero... —Annabelle extendió la mano hacia él intentando recuperar los pedazos que se guardó en el bolsillo.

—Ahora yo soy tu tutor y te vigilaré de cerca para que no hagas más tonterías de este tipo —bromeó, pero su semblante se volvió serio casi al instante—. Annabelle, aunque lo que Brooks te contó fuese cierto, eso no cambia nada. Mi hermano te crio con todo el cariño que pudo intentando suplir la ausencia de tu madre cuando ella murió, aunque no tuvo demasiado tiempo para hacerlo. Eras su hija. Eres mi sobrina. Y el resto de la historia para mí no es más que el delirio de un loco.

Annabelle comenzó a llorar de nuevo, pero esta vez con una mezcla de alivio y felicidad. No sabía hasta qué punto necesitaba sentirse querida hasta ese momento y, sin pensar, aceptó los brazos que Joseph extendió hacia ella para fundirse en un abrazo. Joseph también lo necesitaba, había focalizado en ella la frustración que la constante presencia de Brooks en sus vidas le provocaba. Pero ahora entendía que ella era una víctima más, la que más había perdido de todos.

Le ofreció el brazo mientras caminaban por el pasillo sintiendo que la pena que los había asfixiado durante tanto tiempo casi se había diluido.

—Bien, necesito tu colaboración, no todo va a ser bueno. Tienes que ayudarme a convencer a Charlotte de que tenemos que dar por finalizada la temporada. Después de todo lo que ha pasado, no tiene mucho sentido permanecer en Londres fingiendo que todo va bien.

—No será una empresa fácil, todavía tiene tres vestidos sin estrenar —bromeó arrancando una carcajada a su tío.

En realidad, Charlotte parecía ansiosa por dar la temporada por concluida y huir de los salones atestados de jovencitas sin gracia y caballeros insulsos, y el instinto le decía que Edward

Wade tenía mucho que ver en el asunto, aunque ella no lo quisiese reconocer.

—Vendrás con nosotros, tus otras tres primas están deseando conocerte.

—Me gustaría visitar a mi amiga Hellen también.

—Me parece bien; cuando pases más de tres días seguidos con mis ruidosas hijas, necesitarás un remanso de paz al que huir. Incluso puede que yo también me vaya a visitar a Hellen contigo.

Annabelle rio de nuevo, sorprendida y encantada de la manera en la que podía cambiar la vida de un día para otro. Brooks había envenenado su mundo desde dentro, y ahora que no estaba el futuro se presentaba mucho más limpio y esperanzador ante ella.

32

El tío Joseph había tenido razón en una cosa; tras una semana en compañía de sus tres ruidosas hijas menores, Annabelle incluso había llegado a echar de menos la silenciosa casucha que compartió con Nancy. Charlotte, en cambio, se veía más taciturna que de costumbre, y no porque le apeteciera ni lo más mínimo permanecer en Londres, parecía haber perdido la ilusión. Después de intentar que se abriera a ella en varias ocasiones, al final Charlotte confesó lo que había ocurrido con Edward, incluyendo el beso que habían compartido en el jardín y el remojón de sus posaderas en el pequeño estanque del jardín. Annabelle también se sinceró con ella y ambas llegaron a la conclusión de que los Wade eran unos inmaduros además de un poco idiotas. Si dependiera de ellas, tendrían que empezar a construir un puente para transportar su dichoso carbón cuanto antes, y fantasearon con la idea de volarles el sombrero de un disparo en cuanto la puntera de sus botas pisara sus tierras. Era una dulce venganza despotricar sobre ellos, ya que al final el dinero parecía ser lo único que les interesaba.

Después de una semana en la finca de los Ashton, emprendió el camino hacia Lowtown para pasar unos días en casa e Hellen.

Necesitaba aclarar sus ideas y decidir qué quería hacer con su vida. Puede que trasladarse al campo fuese una buena idea.

Para su sorpresa, a medida que se acercaba a Lowtown, en lugar de sentir rechazo, la invadió una sensación extraña parecida a la nostalgia. Miró por la ventana del carruaje y reconoció el paisaje inhóspito, los caminos embarrados, las caras taciturnas de las gentes con las que se cruzaban, y su estómago dio un brinco invadido de emoción. Para bien o para mal, aquel lugar también la había convertido en quien era; allí había pasado momentos terribles, pero también había disfrutado de breves destellos de felicidad; Nancy, las chicas del pueblo, Hellen... todas ellas habían aportado un granito de arena en lo que había sido su camino hasta ahora.

Los días en casa de Hellen pasaban lentos y tranquilos en una cómoda rutina. Tan lentos, que tenía demasiado tiempo para pensar y desmenuzar cada una de las sensaciones que la sacudían por dentro. Cada mañana luchaba contra la sensación oscura que se aposentaba en su estómago al pensar en Brooks, en sus padres, en Brendan... Era como intentar librarse de un remolino que amenazaba con tragarla constantemente, pero sabía que todo eso formaba parte de un pasado que no podía cambiar. Necesitaba tiempo, solo eso conseguiría calmar su inquietud.

Pero lo más acuciante era encontrar la manera de deshacerse de ese otro sentimiento que se abrazaba a ella como una tela de araña. Lo que sentía por Cameron, lejos de diluirse por efecto de la distancia, se empeñaba en asediarla cuando menos lo esperaba. No podía evitar evocar su imagen en los momentos más inoportunos, incluso el alivio que había sentido al verse libre de las pesadillas que la habían torturado se había visto empañado por los sueños en los que Cam era el protagonista. A veces eran tórridos, rememorando los momentos íntimos que habían compartido, otras veces tiernos, cuando aparecía ese Cam que la había cuidado y defendido a capa y espada, y otras dolorosos, cuando ante ella aparecía ese hombre frío que le había roto el corazón sin titubear. Cameron Wade se había colado tan dentro de su mente y su piel, que le parecía imposible poder librarse de él. Pero tenía que hacerlo.

El sonido de la aldaba de la puerta la sacó de su ensoñación y volvió a concentrarse en lo que estaba haciendo: intentar arreglar el dobladillo de una falda sin mucho acierto. Hellen entró en la habitación con un paquete envuelto en papel y lo depositó con delicadeza en la mesa frente a ella.

—Han traído esto para ti.

Annabelle levantó la vista, extrañada, y miró el bulto informe con curiosidad. Quizás Charlotte le habría enviado algo. Pero ¿qué? Solo había una forma de averiguarlo. Rasgó el papel sin delicadeza alguna y lo que encontró la dejó sin habla. Se trataba de un jarrón, adornado con unas flores pintadas en llamativos colores. Sobre la superficie lisa de porcelana el oro formaba un camino irregular, marcando unas cicatrices serpenteantes. Annabelle sintió que su vista se nublaba por las lágrimas, pero parpadeó y tomó aire recomponiéndose de aquel momento de debilidad.

—¿Quién lo ha traído? —preguntó con tono seco.

—Un muchacho muy guapo —confirmó Hellen con una sonrisa pícara—. No he querido dejarlo entrar en casa, creo que he sido un poco descortés, pero al fin y al cabo es un desconocido.

—Has hecho bien, no es de fiar.

Annabelle se dirigió hacia la entrada con paso decidido y abrió la puerta que daba la calle con tanta brusquedad que estuvo a punto de arrancarla de sus goznes.

Cameron estaba allí, girando el sombrero entre sus manos con impaciencia, tan atractivo como siempre y con una sonrisa travie-sa en el rostro. Su mirada indicaba que estaba un poco avergonzado, o puede que arrepentido, pero no importaba. No era bien recibido allí.

—Annabelle...

Ella levantó la mano interrumpiendo el discurso que había venido repitiéndose durante el interminable trayecto en carruaje, en su periplo desde Londres hasta la finca de su tío, y desde allí a Lowtown. Si por él hubiera sido, habría hecho el viaje sin detenerse, pero los caballos y el cochero no eran de piedra y tuvo que pasar la noche en una posada de mala muerte. Estaba seguro que tenía picaduras de chinche por todo el cuerpo y la espalda le dolía horrores por haber dormido en un incómodo catre, pero había valido la pena con tal de llegar hasta ella.

—No sé qué has venido a hacer aquí, pero puedes marcharte por donde has venido.

—He venido a hablar contigo y no me iré hasta que lo haga —aseguró con firmeza. No había esperado una cálida bienvenida después de su último encuentro y estaba preparado para ello, sin embargo, le impresionó la furia que vio en sus ojos.

Annabelle intentó cerrarle la puerta en las narices, pero él lo impidió colando su bota en el umbral.

—Necesito que me escuches.

—¿Por qué? ¿Has encontrado alguna nueva metáfora para ilustrar lo inadecuado que resulta lo nuestro? Si has venido a hablar de náufragos y jarrones, te advierto de que no me siento demasiado paciente hoy.

—He venido a decirte que me equivoqué. Edward, Brooks... todos me persuadieron de que yo no era lo bastante bueno para ti. Y me esforcé en convencerme a mí mismo de que te merecías a alguien mejor. Edward puede ofrecerte estabilidad, un título y un millón de cosas más. Pero nunca te va a querer como lo hago yo. Es lo único que tengo para ofrecerte, pero es todo lo que soy.

—¿Has terminado?

—No. No he terminado. Me pediste que fuera valiente, ahora te lo pido yo a ti. Sé lo bastante valiente para perdonarme, Annabelle. Desde que saliste de mi casa no sé lo que es vivir, me he limitado a sobrevivir como si no tuviera alma. Necesito que me perdones.

La respiración de Anna estaba agitada, a pesar de que se esforzaba por aparentar indiferencia. Cameron había aprendido que debajo de su capa fría y comedida ardía un verdadero volcán y solo había que mirarla para saber que estaba a punto de estallar. Aun así, ella lo sorprendió hablando con tono calmado.

—Te perdono, Cameron. El rencor no aporta nada bueno al alma. Que tengas un viaje tranquilo de regreso a Londres.

Esta vez lo dejó tan aturdido que no pudo frenarla cuando giró sobre sus talones para entrar en la casa y ni siquiera el portazo lo sacó de su estupor. Permaneció unos segundos mirando la puerta cerrada con cara de idiota. Estaba a punto de levantar la mano para volver a llamar, pero en ese momento la madera volvió a abrirse y Annabelle apareció más furiosa aun que antes.

Le plantó el jarrón en las manos y él estuvo seguro por su expresión de que hubiera preferido hacerlo en su cabeza.

—Te lo agradezco, pero no combina con los muebles del salón.

El nuevo portazo casi provocó que el jarrón saliera despedido de sus manos, pero lo sujetó justo a tiempo. Esta vez no pudo evitar esbozar una sonrisa.

Annabelle observó con los codos apoyados sobre la mesa el jarrón que brillaba a la luz de la multitud de velas que iluminaban la salita. Hellen lo había traído de vuelta y lo había plantado delante de sus narices sin importarle sus quejas.

—Es tan bonito que combinaría con cualquier estancia. ¿No te parece, querida? —preguntó la anciana con la intención de provocarla.

—No, no me lo parece. Pero, si tanto te gusta, quédatelo tú —refunfuñó con la cara enterrada entre las manos—. Traidora —musitó al ver que Hellen cortaba una nueva porción de tarta de frutas para llevársela a Cam que continuaba pacientemente sentado en los escalones a pesar de que estaba a punto de anochecer.

—Es un hombre enorme. No querrás que coma como un pajarito. Y hablando de eso, no pienso despertarme mañana y descubrir que se ha congelado en la entrada de mi casa como un gorrión. Sal y habla con él o, al menos, déjame que lo invite a pasar. Seguro que alguno de esos profesores de protocolo de la ciudad te enseñó que una dama educada no deja a los invitados a la intemperie.

—Nadie lo ha invitado.

—Dios mío, pero qué testaruda eres, Annie. Salta a la vista que está arrepentido y es obvio que estás loca por él.

—Devuélvele esta cosa —insistió sin querer dar su brazo a torcer. Hellen la ignoró y salió de la habitación con el trozo de pastel, gruñendo por lo bajo.

Annabelle contempló las delicadas flores y descubrió una grulla escondida entre ellas. Resiguió con la yema del dedo la línea dorada que surcaba el jarrón. Ya no estaba tan enfadada con él, la ira se había ido evaporando a medida que pasaban las horas y meditaba sobre lo que Cameron le había dicho. Había ido hasta allí, había abierto su corazón y a pesar de su desplante se había sentado en los fríos escalones de piedra de la señora Baker para darle tiempo a recapacitar. No había mucho que pensar respecto a lo que sentía por Cameron, no tenía ninguna duda de que lo amaba. La única cuestión era averiguar si el orgullo valía más que el amor, si el miedo a fracasar debía prevalecer ante la posibilidad de disfrutar día tras día de una vida con él. Ambos se habían roto de mil formas diferentes, sus vidas se habían truncado, pero habían sido lo bastante fuertes para pelear con todas sus fuerzas por una bocanada más de aire, por un día más en este mundo, por inhóspito que fuera. Si habían sido capaces de reconstruirse por sí mismos, por qué no iban a poder reconstruir lo que habían sentido, lo que había nacido entre ellos.

Se levantó con la intención de marcharse a su habitación y olvidarse de que ese día había existido, pero sus pasos se encaminaron hacia la puerta.

El sonido de la madera al abrirse pilló a Cameron desprevenido, ya que estaba empezando a perder la esperanza de volver a verla ese día. Antes de darle tiempo a levantarse, Annabelle se sentó a su lado mirando al frente con la vista perdida en los campos que se extendían frente a la casa.

—¿Cuánto tiempo piensas quedarte aquí sentado? —preguntó abrazando sus rodillas.

—Hasta que me haga viejo o hasta que muera de frío, lo que ocurra antes. Depende del tiempo que necesites para perdonarme.

—¿Qué quieres, Cameron? —preguntó sin mirarlo todavía, si lo hacía toda su determinación se esfumaría.

—Quiero que me creas.

—Te creí cuando me rompiste el corazón. ¿Qué ha cambiado?

—Yo, yo he cambiado. Sé que dije muchas tonterías, pero pensé que retenerte a mi lado era egoísta. Has sufrido mucho, quería que tuvieras la posibilidad de conocer una vida diferente, una vida que no estuviese empañada por un pasado doloroso —reconoció volviéndose hacia ella y conteniendo la tentación de coger su mano.

—Tú mejor que nadie sabes que la vida puede cambiar de un momento para otro, que pasan cosas malas que escapan de nuestro control, pero también pasan cosas buenas. De eso se trata, Cam. De enfrentarse juntos a las adversidades y disfrutar de los momentos felices.

—Lo sé, lo sé. Y quiero compartir todo eso contigo. Te dije que había algo de ese Londres oscuro muy dentro de mí, pero no es verdad. Lo único que hay dentro de mí eres tú. Y no sé qué más hacer para que me entiendas. Quiero que seas mi esposa, quiero hacerte feliz, quiero...

—Sí. —Annabelle lo interrumpió y estuvo a punto de echarse a reír al ver la cara de incredulidad de Cameron.

—¿Cómo que sí? ¿Quieres decir que...? —Cameron saltó de los escalones y se plantó en toda su envergadura delante de ella, incapaz de mantenerse sentado ni un minuto más.

—Se supone que eso era una petición de matrimonio. Pues, si es eso, la respuesta es...

Esta vez fue Cameron quien la interrumpió posando la yema de sus dedos sobre sus labios.

—Me niego a recordar el momento más trascendental de mi vida como una sucesión de confesiones lastimeras. Déjame hacerlo bien.

Annabelle se puso de pie y se llevó la mano a los labios conteniendo una risita mientras Cameron se enderezaba el nudo del pañuelo, se recolocaba el chaleco y se arrodillaba al fin frente a ella. Cogió su mano entre la suya y suspiró sonoramente antes de comenzar, esperando que el nerviosismo no le hiciera meter la pata.

—Annabelle Ridley, eres la mujer más extraordinaria que he conocido. No puedo prometerte que sea perfecto, pero lo intentaré con todas mis fuerzas. ¿Me concederías el honor de ser mi esposa?

—No quiero que seas perfecto, solo quiero que seas tú.

—¿Eso es un sí?

—Claro que es un sí.

Cameron la cogió por la cintura elevándola del suelo y la besó tan apasionadamente que cuando terminó a ella le costaba respirar con normalidad.

—La prueba de que no seré perfecto es que estaba tan obcecado buscando el dichoso jarrón que me olvidé de traerte un anillo —se lamentó volviendo a besarla.

—No importa. El jarrón es una maravilla.

—Mirémoslo por el lado bueno. Cuando te compre el anillo, volveré a pedirte matrimonio, hasta que lo haga bien. Y así será siempre, amor; repetiremos las cosas buenas una y otra vez durante el resto de nuestra vida.

—Suena perfecto.

—Lo será.

Y sin duda eso fue, una sucesión de sucesos maravillosos, y otros que no lo fueron tanto, pero sus vivencias los habían hecho fuertes y, como aquel jarrón, no dudaron en sellar cada grieta con lo más valioso que tenían: el verdadero amor.

FIN

Epílogo

Annabelle se detuvo en la cima de la pequeña colina y contempló la carretera que serpenteaba entre las hayas y los fresnos. Cameron llegó a su altura y entrelazó la mano con la suya.

—Ahí la tienes.

—¿Quieres decir que ese trocito de tierra nos ha dado tantos quebraderos de cabeza? —preguntó enarcando las cejas, algo decepcionada. No sabía exactamente qué esperar de aquella maldita franja de terreno que había mantenido en vilo a los Amery durante tantos años—. Me esperaba algo más espectacular.

—Ese trocito de tierra nos ha traído hasta aquí. Eso ya de por sí es espectacular. ¿No te parece?

—Sí, lo es. Tienes razón. —Annabelle le rodeó el cuello con los brazos y le besó.

Hacía cinco meses que se habían casado y después del viaje de novios habían decidido pasar una temporada en las tierras de Annabelle. Aunque ninguno lo había hecho con la intención de establecer allí su residencia definitiva, ambos habían quedado fascinados por la mansión y todo lo que la rodeaba. Habían organizado unas jornadas de caza con la familia y los amigos más íntimos, y esa tarde se habían animado a dar un paseo a solas para tener un poco de intimidad. Annabelle se giró en sus brazos y apoyó su espalda contra su pecho, permitiéndole que la rodeara con fuerza. Le encantaba la sensación de seguridad que la envolvía cuando lo hacía.

—Quizás deberíamos volver. Puede que a estas alturas Charlotte haya acribillado a mi hermano con la cucharita del té —bromeó inclinándose para darle un beso en el cuello haciéndola reír—. En serio, Anna. No entiendo qué puede haber pasado entre ellos tan grave para que sientan esa animadversión mutua.

Annabelle se mordió el labio evitando contestar. No le gustaba ocultarle nada a Cameron, pero en esta ocasión se trataba del secreto de Charlotte. No podía contarle que su hermano la había besado en el jardín y que él había acabado con su dignidad sumergida en el estanque, o ninguno de los dos se lo perdonaría.

—¿No te parece bastante motivo humillarla como lo hizo? Mostró abiertamente su interés por ella, permitió que se ilusionara y luego la ignoró sin una explicación.

—Está bien, no fue muy caballeroso, pero me consta que le pidió perdón. Incluso le mandó flores.

—Solo la soberbia masculina puede dar por sentado que un ramo de flores puede arreglar el orgullo herido, Cam.

—Oye, no la tomes conmigo, cielo. Sé que Edward puede ser un petulante y un cretino, pero no tiene mal corazón.

—Es un libertino —concluyó con el ceño fruncido.

—Y no entiendo por qué debería eso molestar a tu prima Charlotte, a no ser que...

—¿Y tú crees que Edward...?

Ambos guardaron silencio unos instantes pensando en la tensa situación que había entre sus parientes y que ninguno se molestaba en disimular.

—No lo sé, pero recuerda cómo terminó nuestro banquete nupcial.

—Lo haría si no me hubieras arrastrado hasta nuestra habitación antes de que se marchasen los invitados, cariño —señaló ella dándole una palmadita cariñosa en la mano.

Él soltó una carcajada cantarina y la apretó más fuerte contra él.

—Y no me arrepiento lo más mínimo. Aunque hubiera sido memorable ver al siempre impoluto Edward con la tarta estampada en su cara.

Annabelle rio al imaginar la escena.

—Reconócelo. Charlotte tiene carácter, pero Edward debió de decirle algo muy desafortunado para que le atacase con el postre.

—Quizás deberíamos mediar entre ellos. Pueden intentar sellar las cicatrices de su relación con merengue o con lo que les apetezca, pero tendrán que entrar en razón.

—Creo que no nos va a quedar más remedio. —Annabelle se giró sin romper el abrazo para tenerlo frente a frente y enredó los dedos en el pelo que se enroscaba en su nuca—. ¿Recuerdas que me dijiste que querías que los padrinos de nuestro primer hijo fuesen Edward y Charlotte?

—Sí, pero si siguen con esta actitud infantil tendremos que cambiar de idea. No quiero una batalla campal en la iglesia. Pero... ¿por qué...?

La pregunta se congeló en los labios de Cameron al ver la sonrisa radiante en el rostro de su esposa.

—Vamos a ser padres...

Cameron no la dejó terminar, la besó con ternura con el pecho henchido de felicidad.

—A veces no me creo que podamos ser tan felices —susurró con la cara hundida en su cuello para que ella no viera sus lágrimas de felicidad.

—Pero lo somos.

Y era cierto. Lo eran. A veces volvían las pesadillas, aunque, en cuanto Cameron la abrazaba, se desvanecían convirtiéndose en un vago recuerdo. Todo parecía alinearse para que toda la dicha del mundo cayera sobre ellos, y estaban preparados para disfrutar de cada segundo.

índice